Rückkehr ins Leben

Dieses Buch ist auch als eBook erhältlich.

Verlag Krug & Schadenberg, Hauptstr. 8, 10827 Berlin

Tel. (030) 61 62 57 52, info@krugschadenberg.de

www.krugschadenberg.de

Wenn Sie mögen, folgen Sie uns auf Facebook und Twitter.

Clare Ashton

Rückkehr ins Leben

Roman

Aus dem Englischen von Andrea Krug

Krug & Schadenberg

KAPITEL 1

1

Sie beobachteten mich. Ich musste nicht aufblicken und mich umsehen, um das zu wissen. Der Dorfsupermarkt war zu ruhig – niemand kaufte hier tatsächlich gerade ein. Niemand schritt auf der Suche nach bestimmten Dingen durch die Gänge. Niemand redete. Ich konnte mir vorstellen, wie sie über die Regale hinweg nach mir spähten.

Eine Frau flüsterte am anderen Ende des Ladens. »Wirklich ein Jammer.« Ich schloss die Augen und versuchte bei der vertrauten Aufmerksamkeit nicht zu erröten. Früher hieß es: »Wirklich ein Jammer. So ein nettes junges Paar. Aber sie ist noch jung ...«, als hätte ich jede Menge Zeit und Kraft, mich zu erholen.

Jetzt, ein Jahr später, hieß es nur noch: »Wirklich ein Jammer.«

Ich zwang mich, mich auf die Dosensuppen im Regal vor mir zu konzentrieren. Ich brauchte für jeden Tag eine als Mittagessen. Tomate, Pilze, Hühnchen. Ich legte von jeder eine in meinen Korb. Ich musterte die restliche Auswahl, wie ich es immer tat, und nahm nochmal je eine Tomate, Pilze und Hühnchen. Eine brauchte ich noch, um eine Woche auszukommen.

Unter den beobachtenden Blicken setzte mein Verstand aus. Unschlüssig las ich die Etiketten auf den Dosen vor mir, aber die Worte blieben nicht lange genug in meinem Kopf, um eine Entscheidung treffen zu können. Ich wusste nicht, was ich tun sollte. Ich spürte das Herz in meiner Brust schlagen, und die Klauen, die meinen Magen zusammendrückten, machten sich auf den Weg nach oben. Ich musste weg hier. Ich würde einen Tag ohne Mittagessen auskommen müssen.

Ich ging in den hinteren Teil des Ladens. In der Ecke hing ein konvexer Spiegel oben an der Decke. Darin erschien ich übergroß, verzerrt, mit einem Riesenkopf, während sich mein Körper zu winzigen Füßen verjüngte. Selbst dieses verzerrte Abbild zeigte mir, dass ich anders aussah als früher.

Ich hatte nie viel Make-up aufgelegt. Jetzt machte ich mir überhaupt nicht mehr die Mühe. Mein Gesicht war einförmig blass, die Wangen leicht gewölbt, stumpfe waagerechte Striche für Augenbrauen und Mund. Mein Haar hatte ich zurückgebunden, was mich noch nichtssagender aussehen ließ. Mit hängenden Schultern stand ich da, über meinen Korb gebeugt. Je mehr ich mich zu verbergen suchte, desto mehr zog ich die Aufmerksamkeit der Leute auf mich. Doch ich brachte es nicht fertig, die Schultern zu straffen und selbstbewusst aufzutreten.

In der durch den Spiegel verstärkten Ferne konnte ich zwei Frauen an der Kasse ausmachen. Ihre winzigen Gesichter waren mir zugewandt, sie schauten in meine Richtung. Vielleicht glaubten sie, dass ich sie nicht sehen könnte. »Wirklich ein Jammer. So ein nettes junges Paar ...«, hörte ich die eine schließlich sagen. Einer der winzigen Köpfe wurde geschüttelt. Ich hätte nicht sagen können, ob es der Kopf derjenigen war, die gesprochen hatte, oder ob es der Kopf der anderen war, die so ihre Zustimmung kundtat.

Sie waren alt, so viel konnte ich sehen. Was ich alt nannte. Sie mussten alt sein, wenn sie uns als junges Paar bezeichneten. Ich war tatsächlich noch immer recht jung, sechsundzwanzig, aber Jake war vierzig gewesen. Wir waren drei Jahre zusammen gewesen. Vielleicht meinten sie das, wenn sie uns als junges Paar bezeichneten.

Ich ging weiter und spürte, wie sie mir mit ihren Blicken durch den Laden folgten. Ich versuchte, nicht hinzuhören. Ich nahm zwei Laibe Brot und sieben Päckchen Nudeln. Ich überlegte, dass ich noch etwas anderes auswählen sollte, etwas ganz anderes zum Kochen oder für die Mikrowelle oder den Toaster, aber es hatte mich bis dahin sowieso schon zu viel Zeit gekostet. Ich nahm noch drei große Packungen Milch und eine Handvoll Schokoriegel und ging zu der anderen Kasse. Ich versuchte, nicht zu den Frauen hinüberzusehen.

Ich hielt den Atem an, den Blick gesenkt, während ich die Einkäufe auf das Band legte. Ich wollte nicht sehen, wie mich die Person an der Kasse erkannte. Ich wollte dem mitleidigen Blick ausweichen, der folgen würde: das Neigen des Kopfes, die geschürzten Lippen, die hochgezogenen Brauen. Es würde den Klammergriff um meinen Magen nur verstärken, ihn heben und mir erstickte Tränen abringen; ich würde verkrampfen und vor Angst beben, würde mich fürchten vor diesem ganzen Mitleid, das ich nicht verdiente.

Ich packte meine Einkäufe in meinen Rucksack und zwei Tragetaschen und bezahlte bar, ohne aufzublicken. Es war fast neun Uhr, als ich den Laden verließ, und ich war spät dran.

Draußen herrschte trotz der Morgenstunde Abenddämmerung, es war windstill und bedeckt. Wir hatten Ende Oktober, und bei schlechtem Wetter wurden die Tage nicht richtig hell. Die mit devonischem Schiefer gedeckten Läden und Häuser um den Dorfanger sahen dunkel und nass aus. Die Luft war feucht von dem unablässigen Nieselregen und den Wolken, die vom Meer her ins Tal krochen. An diesem Tag sahen die Gebäude aus wie elende Tiere, die sich zusammen um den Dorfanger kauerten, weil sie nichts Besseres zu tun hatten.

Ich blickte die Straße hinauf, die landeinwärts führte. Jakes Mutter würde auf dem Weg zu ihrer Arbeit im Postamt jeden Moment die Straße entlangkommen. Mir graute davor, ihre charakteristische Gestalt zu erblicken: die leicht hängenden Schultern, über die ihre Einkaufstasche hing, die bequemen blauen Nylonhosen, der rote Wollmantel, der um ihre Mitte herum spannte und sich so gemein mit ihrem ergrauenden rostroten Haar biss. In meiner bangen Besorgnis sah ich sie so lebhaft vor mir, dass ich ein paarmal blinzeln musste, um ihr Bild von der leeren Straße zu wischen. Ich öffnete die Augen weit, so dass sie die Kälte in der Brise spürten, und versuchte sie zu zwingen, die Wirklichkeit zu sehen. Einen Augenblick lang sah ich die leere Straße, und dann erschien eine kleine rote Gestalt in der Ferne, am Horizont; sie war aus einem der weißgetünchten Cottages am Rande des Dorfes getreten.

Brust und Kehle zogen sich mir zusammen, meine Bedrängnis äußerte sich in einem unterdrückten Gurgeln. Tränen füllten meine Augen, und aus schierer Verzweiflung über das zeitliche Zusammentreffen entfloh ein Schluchzen meinem Mund. Ich rannte über die Straße zu meinem Fahrrad, das an einer Bank am Rande des Dorfangers angeschlossen war. Meine Hände zitterten, als ich versuchte, es aufzuschließen; die beiden Plastiktüten waren mir im Weg. Meine Finger waren fühllos, und ein scharfer Schmerz zuckte durch meine Fingerknöchel, als ich das Schloss aufzerrte und mich mit der Hand an der Pedale stieß.

Das Schloss glitt mir aus den nassen Fingern und fiel laut auf das Pflaster. Ich wäre fast in Tränen ausgebrochen. Ich war versucht, das Rad, die Einkäufe und das Schloss zurückzulassen und davonzulaufen.

Stell die Taschen ab, sagte ich mir und musste jedes Wort der Anweisung einzeln denken, um mich zu beruhigen. Heb das Schloss auf. Jetzt steck das Schloss in die Tragetasche. Gut so. Schwing das Bein über die Stange und setz dich auf den Sattel. Jetzt tritt in die Pedalen.

Das Rad kippelte unter mir, als ich vom Dorfanger davonfuhr, die beiden Tragetüten schwangen links und rechts vom Vorderrad. Ich trat heftig in die Pedalen; meine Beine waren ganz schwach vor nervöser Anspannung. Es war nicht weit bis zu der einspurigen Straße, die mich aus dem Dorf heraus zum Meer bringen würde. Ich würde es schaffen. Ich durfte nicht zurückblicken.

»Lucy!«, hörte ich. Die Stimme war unverwechselbar, und ich vernahm sie deutlich, auch wenn der Klang vom Nebel gedämpft war. »Lucy!«, rief sie wieder. Aber ich war schon in die Straße eingebogen, und das Rad nahm hügelab Fahrt auf. Mein Nacken fühlte sich steif an, mein Kopf blieb stur geradeaus gerichtet, nicht willens, sich umzudrehen und einen Blick auf sie zu werfen.

Ich begann leichter zu atmen, als das Rad im Freilauf am letzten Haus des Dorfes vorbei und weiter hügelabwärts rollte. Ich meinte das Meer zu riechen. Ich glaube nicht, dass es möglich war, nicht an einem Tag wie diesem, an dem meine Nase vor Kälte fühllos war.

Die Straße machte einen Bogen; sie führte direkt in Richtung Meer. Zu dieser Jahreszeit konnte man über die Hecken spähen und weit über die Felder blicken. Im Süden waren die Felder mit Schafen getupft, weiß aus der Ferne, aber aus der Nähe ein schmutziges Creme. Manche sahen zu mir herüber, als ich auf meinem Rad vorbeihetzte, und starrten mich aus weiten Augen an, die nicht echt aussahen: große, verständnislose Glasmurmeln. Die Schafe waren mir unheimlich, wie sie die Köpfe hoben, aufgestört, und auf mich herabsahen.

Wieder geriet ich ins Eiern, eine Dose in einer der Plastiktüten schlug immer wieder gegen die Speichen. Ich fluchte. Ich hätte besser den größeren Rucksack genommen oder es riskieren sollen, zu Fuß zu gehen. Zu dieser Jahreszeit waren weniger Leute unterwegs; keine Menschen, die anhielten, wenn sie mich erkannten, und mir anboten, mich mitzunehmen, und es freundlich meinten.

Zu dieser Jahreszeit würde ich höchstens dem Bauern begegnen. Er wusste inzwischen, dass er nicht zu halten brauchte. Er war hartnäckig gewesen mit seinem Angebot, mich in seinem Land Rover mitzunehmen. Ich hatte ihn anschreien müssen, bis er kapierte, dass ich nicht wollte. Er hatte beleidigt gewirkt und verdutzt über meine hartnäckige Weigerung. Jetzt sah er peinlich berührt aus, wann immer er an mir vorüberfuhr. Vielleicht hatte ihm jemand erklärt, wie unangemessen es gewesen war, mich zu drängen, wieder in ein Auto einzusteigen.

Ich musste nur eine halbe Meile fahren, ehe ich von der Straße in den Weg zu meinem Haus abbog. Der Weg führte in ein bewaldetes Tal hinunter, das sich vom Meer bis nach Pennance zog. Ich wohnte etwa in der Mitte dazwischen.

Das Tal sah dunkel aus. Die nackten Bäume waren schwarz, ihre Stämme und Äste von Feuchtigkeit getränkt. Sie wirkten gespenstisch, als ich zwischen ihnen hindurch zu meinem Cottage hinunterfuhr. Sie wirkten, als gäben sie nur vor stillzustehen – jeden Moment bereit loszustürzen. Ich konnte mir vorstellen, wie sie sich hinter meinem Rücken nach mir umwandten, wenn ich an ihnen vorbeigefahren war.

Auf dieser Seite des Tales war es am dunkelsten, obwohl der Baldachin aus Zweigen keine Blätter mehr trug. Die Sonne stieg zu dieser Zeit des Jahres nicht mehr hoch genug, um über die sich aufwölbenden Wände des Tales zu lugen. Die Luft war unbewegt und feucht, und ein durchtränkter grüner Moosteppich zog sich um das Cottage. Es war eine Erleichterung, zur Haustür hochzufahren. Ich hatte das Cottage zu meinem Heim gemacht und ich rechnete nicht damit, vor Ablauf einer Woche wieder jemanden zu Gesicht zu bekommen.

Das Cottage war ein weißgetünchtes altes Steinhaus, das einst wohl für die Landarbeiter errichtet worden war. Weiter den Weg entlang, in der Mitte des Tales, lag ein größeres georgianisches Anwesen, das vermutlich der eigentliche Gutshof gewesen war. Es stand leer, seit das ältere Paar, das dort gelebt hatte, zwei Jahre zuvor gestorben war, und meist kam wochenlang niemand den Weg entlang.

Ich machte mir nicht die Mühe, das Rad abzuschließen. Ich schob es um die Ecke des Cottage und lehnte es an das

Feuerholz unter dem Schutzdach, das sich hinter dem Haus bis zum Boden hinunterzog. Ich stellte meine Einkaufstüten beiseite und tastete die Taschen meiner Jeans nach dem langen Schlüssel für das Einsteckschloss ab. Ich schaute auf die Tür. Durch das Glas konnte man nicht hindurchgucken. Das Haus war dunkel und wirkte nicht so, als lebte jemand darin. Ich sah nur mein Spiegelbild, als ich die Hand ausstreckte und den Schlüssel ins Schloss steckte.

Im Haus war es kälter als draußen, es bewahrte noch immer die Kühle der Nacht. Die modrige Luft umfing mich, als ich durch die Tür trat; sie strich über mein Gesicht und machte es klamm. Ich schloss die Tür hinter mir, brachte das Rauschen des fernen, sich brechenden Meeres zum Schweigen. In der Stille des Hauses fühlten sich meine Ohren steif und strapaziert an. Ich wartete einen Moment mit geschlossenen Augen, nahm die kalte, feuchte Luft auf meinen Lidern wahr. Ich wartete darauf, dass Jake erschien.

Er schien immer hinter mir aufzutauchen. Seine Anwesenheit erzeugte eine Gänsehaut auf meinem Nacken, meinen Schultern, meinem Rücken. Ein kühles Luftkissen schien mich zu berühren, strich sanft über meinen Rücken, indem er hinter mir Gestalt annahm. Ich hörte ihn atmen, konnte ihn fast riechen. Für mich roch er immer nach frischem Schweiß.

Er folgte mir nur innerhalb des Hauses, er begleitete mich nie nach draußen. Ich dachte an ihn, wenn ich aus dem Haus war, er ging mir kaum je aus dem Sinn. Aber ich dachte nie so klar an ihn wie im Cottage. Wenn ich nach hinten langte, erwartete ich, dass er meine Hand ergriff – meine Finger prickelten in Erwartung, seine großen fleischigen Hände zu spüren.

Diesmal erschien er nicht. Ich öffnete meine Augen in der leeren dunklen Küche. Seit einem Jahr schon herrschte hier das reinste Chaos. Auf dem Esstisch in der Mitte des Raumes befanden sich Stapel von Post: bezahlte Rechnungen, ungeöffnete Werbung, Briefe an Jake. Der hintere Teil der Küche war seit Monaten ungenutzt. Auf dem Gasherd standen die Töpfe von der letzten Mahlzeit, die ich gekocht hatte, ehe die Gasflasche leer war. Ich hatte zu große Angst, sie auszutauschen.

Ich benutzte nur die schmale Küchenzeile am Fenster. Ich benutzte die Mikrowelle, den Kessel, den Toaster und die Spüle, um ein einziges Besteckset, einen Becher und einen Teller abzuwaschen. Manchmal starrte ich beim Abwaschen aus dem Fenster. Irgendwann merkte ich dann, wie ich mich auf die durchgedrückten Arme stützte, die Hände bis zu den Handgelenken in kaltem Wasser, sämtliche Blasen des Spülmittels waren längst geplatzt und hatten nur noch einen seifigen Rand rings um meine Arme hinterlassen. Ich bin nicht sicher, woran ich dachte, während ich hinausstarrte – meistens an nichts.

Ich packte meinen Rucksack und die Einkaufstüten aus, reihte die Suppendosen nebeneinander auf und legte die Nudeln tageweise obenauf. Der Kühlschrank musste saubergemacht werden, stellte ich fest, als ich die Milch hineinstellte. Er roch immer noch nach dem Weichkäse, den ich im vergangenen Jahr gekauft hatte.

Ich knüllte die Plastiktüten zusammen und warf sie unter den Tisch. Sie flogen raschelnd über den Steinfußboden. Der sah dreckig aus. Ich konnte mich nicht erinnern, wann ich ihn das letzte Mal geputzt hatte. Er wies einen dünnen gallertartigen Schmutzfilm auf, eine Mischung aus Essensresten, Erde und was immer ich sonst noch an den Schuhen hereingetragen hatte. Er hatte ein Stadium erreicht, in dem er dreckiger nicht mehr aussehen konnte, und so war ich froh, mich nicht darum kümmern zu müssen.

Ich wandte mich um und ging die engen Stufen zwischen Küche und Wohnzimmer hinauf, dann stieg ich ins Licht. Mein Schlafzimmer war im vorderen Teil des Hauses und bot einen Blick auf den Weg und in die Bäume. Vom Treppenabsatz aus konnte ich durch das niedrige Fenster sehen. Die Glasscheiben waren mit Kondenswasser beschlagen, das sich auf dem Fensterbrett sammelte. Die Bäume draußen bewegten sich, als ich in den Raum trat, ihre Zweige wischten durch die feuchten Schlieren am Fenster.

Die Decke war niedrig und wurde von einem mächtigen schwarzen Balken geteilt. Ich kam mir übergroß vor, eine hochgewachsene moderne Frau in einem Haus, das für Arbeiterinnen und Arbeiter mit bescheideneren Essgepflogenheiten erbaut worden war. Ich dachte an Jake, wie er sich unter dem Balken duckte, wenn er in das Doppelbett am Fenster stieg. Die tiefverwurzelte Erinnerung an ihn, wie er sich duckte und dann auf die Bettkante setzte, die langen muskulösen Beine hineinschwang, schien ihn herbeizurufen.

Ich konnte spüren, wie er hinter mir stand. Ich stellte mir seinen kalten Atem auf meinem Scheitel vor. Er war ein großer Mann. Er war ein großer Mann gewesen. Ich dachte an ihn, wie er auf mich herabsah, der Atem durch seine Nasenlöcher entwich. Er stand da, die starken Arme vor seiner kräftigen Brust verschränkt. Es war eine Haltung, die ich inzwischen mit Polizisten allgemein in Verbindung bringe.

Er hatte rostrotes Haar, wie seine Mutter, und die bleiche Hühnerhaut, die rothaarigen Menschen eigen ist. Es war nicht unattraktiv, nur seltsam zart für einen hünenhaften Mann.

Ich stellte mir vor, mich umzudrehen und mich in seine Arme zu schmiegen und den Kopf an seine feste Brust zu legen. Er würde mich sachte drücken und sein Kinn auf meinen Scheitel legen. Er würde mir versichern, dass alles gut wäre – falls ich ihn reden ließe –, trotz dem, was ich getan hatte. Ich stellte mir vor, wie er sich mit dem, was geschehen war, ausgesöhnt hatte. Es waren meine Schuld und das Urteil anderer, wovor ich mich fürchtete.

»Entschuldige, ich muss mit meiner Arbeit vorankommen«, dachte ich voller Unbehagen, als mir meine Schuld in den Sinn kam.

Ich zog mich um, tauschte die Jeans, die schlammbespritzt und schmierig vom Fahrrad war, gegen eine saubere. Ich streifte meine wasserdichte Jacke ab, ließ sie auf den Boden fallen und zog mir das kalte, verschwitzte T-Shirt über den Kopf.

Aus reiner Gewohnheit kratzte ich meinen Unterarm, die lange Narbe entlang, die sich bis zu meiner Hand zog. Ich fuhr mit dem Finger darüber. Sie fühlte sich wulstig, aber glatt an. Sie sah aus wie ein riesiger Regenwurm, der plattgedrückt auf meinem Arm klebte. Ich stellte mir vor, wie Jakes kalte Gestalt um mich herum griff und sie ebenfalls berührte, meinen Arm mit leichter Zartheit streichelte. Ich wünschte, ich könnte seine Hand in meine nehmen, könnte ihm vermitteln, sich keine Gedanken zu machen und dass die Narbe mich überhaupt nicht störte. Es war komisch, sich klarzumachen, was der Autounfall hinterlassen und was er genommen hatte.

Ich begann zu zittern, prickelnde Gänsehaut überlief mich. Schnell zog ich mir zwei Fleecepullis über und dicke Socken und ging nach unten ins Wohnzimmer. Ich musste das Licht anmachen. Der Raum besaß nur ein Fenster, das auf den Durchgang an der Seite des Hauses hinausging – es war der dunkelste Raum im ganzen Cottage. Er sah trist aus mit dem leeren Sofa, das dem nackten Kamin zugewandt war. Es gab nur wenige andere Dinge in dem Zimmer abgesehen von meinem Schreibtisch mit dem Computer, der zwischen die Rückenlehne des Sofas und das Fenster gequetscht war. Auch hier war es kalt. Ich schaltete den Ölradiator an, auf die höchste Stufe, ehe ich mich an den Schreibtisch setzte.

Ich hatte den Computer im Standby-Modus gelassen, damit ich mich sofort ans Werk machen konnte, wenn es mir möglich war. Ich war nicht in der Lage, acht Stunden am Stück zu arbeiten. Meine Tage waren zerstückelt; ich schlief, arbeitete und aß, wenn ich konnte, nicht, wenn ich sollte.

Ich checkte meine E-Mails. Die Firma hatte in letzter Minute eine Änderung des Designs für die Website verlangt, die ich gerade überarbeitete. Mein Chef hatte das Ansinnen aufs Freundlichste formuliert, um angesichts der Dringlichkeit bloß keine Unruhe in mir hervorzurufen. Seine mit Bedacht gewählten Worte weckten Schuldgefühle in mir.

Ich antwortete ihm, versprach, den angepassten Website-Code bis zum Wochenende in das Software-Repository der Firma eingestellt zu haben. Meine Gedanken kreisten bereits um die Änderungen, die ich würde vornehmen müssen, begierig, das Programmierpuzzle zu lösen.

Ich hielt inne. Jake war gekommen. Ich merkte, dass er hinter mir stand. Ich meinte seine kalten Hände auf meinen Schultern zu spüren, wie er über meinen Kopf hinweg auf den Bildschirm schaute.

»Ich kann nicht arbeiten, wenn du da bist«, dachte ich, entschuldigend, und richtete die Worte in Gedanken an ihn. »Ich werde jetzt eine Weile abtauchen.«

Ich setzte meine Kopfhörer auf. Musik vertrieb ihn, löste das kalte Gefühl hinter mir auf. Musik half mir, mich zu konzentrieren, löschte jede andere Ablenkung aus, umhüllte mich mit vertrauten Lauten. Ich begann zu denken, meine Sicht verschwamm, während das Software-Repository vor meinem geistigen Auge Gestalt annahm.

2

Da war ein Gesicht am Fenster, das Gesicht eines Mannes, dunkel und unrasiert. Seine Handkante war gegen das Glas der Scheibe gedrückt, um seine Augen zu beschatten. Sein Atem ließ das Bild einen Moment lang verschwinden, dann erschien es wieder. Seine Augen funkelten unter dem welligen schwarzen Haarschopf und waren auf mich gerichtet.

Ich saß da, starrte ihn an und spürte, wie sich die Wärme meines Körpers vor Angst verflüchtigte. Mein Mund stand offen, und meine Augen waren schreckgeweitet. Das Herz schlug mir so schnell in der Brust, dass ich meinte, es müsste zu sehen sein, wie es unter meiner Haut pulsierte.

Ich erkannte ihn nicht auf Anhieb. Der Schreck lähmte meinen Geist ebenso wie meinen Körper. Vor mir öffnete sich der

Mund des Mannes; er verzog sich mit den Sätzen, die er sprach, seine dunkelrote Zunge bewegte sich hinter einer Reihe gelber Zähne, die sich über den Worten schloss. Ohne dass ich in der Lage war, einen Laut zu vernehmen, sah es beängstigend aus, ekelerregend.

Es war Tom Riley von der Autowerkstatt. Mir wurde übel, als ich ihn erkannte. Ich hatte einen Stapel Briefe von ihm auf dem Küchentisch zu liegen, jeder noch verzweifelter als der vorherige, in denen er mich bat, sich außergerichtlich mit ihm zu einigen und den Vorwurf der Fahrlässigkeit so schnell wie möglich aus der Welt zu schaffen.

Ich riss meine Kopfhörer herunter und stand schnell auf. Mein Stuhl schrammte geräuschvoll über den Boden, als ich ihn zurückschob. »Mrs. Arundell!«, hörte ich ihn in seiner behäbigen ländlichen Mundart sagen. Mir kam es so vor, als grummele er die Worte, als ließe er gutturale Laute in seiner Kehle rollen.

Ich trat von meinem Schreibtisch zurück und wandte mich der Treppe zu. Er spiegelte meine Bewegungen, folgte mir draußen am Haus entlang zur Eingangstür. Vermutlich dachte er, ich ginge in die Küche, um ihn hereinzulassen. Wieder erstarrte ich vor Panik, suchte Halt an der Lehne eines Stuhls.

Wieder erschien er am Fenster. »Mrs. Arundell! Ich hab an Ihre Tür geklopft. Ich dachte, Sie können mich wohl nicht hören.« Ich hörte ihn, aber ich nahm nicht auf, was er sagte.

Ich fühlte mich elend und in die Ecke gedrängt. Ohne nachzudenken, hetzte ich zur Treppe und sprang hinauf bis auf die halbe Höhe. Ich wandte mich um, vergewisserte mich, dass ich außer Sicht war. Ich sah seinen verschwommenen Schatten über den Boden streichen, als er vom Wohnzimmerfenster zur Küche hinüber und wieder zurück ging. Er kam mir vor wie ein Tier, das um das Haus schlich und einen Weg suchte hineinzugelangen.

Ein verzweifeltes Schluchzen kam aus meinem Mund, als mir klar wurde, dass die Haustür nicht abgeschlossen war. Ich ließ mich auf die Stufe sinken und machte mich klein; ich schlang die Arme um die Knie und barg mein Gesicht auf ihnen.

»Ich will doch nur mit Ihnen reden. Bitte, Mrs. Arundell!« Ich hörte, dass seine Stimme höher klang, verzweifelt. Er verharrte draußen vor dem Wohnzimmer. »Es kommt keine Kundschaft mehr in die Werkstatt!«, rief er. »Bitte, Mrs. Arundell! Ich möchte die Sache aus der Welt schaffen.«

Ich saß zusammengekauert auf den Stufen. Meine Kehle war wie zugeschnürt. Ich gab ein ersticktes Stöhnen von mir, als ich mich noch kleiner zusammenkauerte.

»Ich hab den Kerl rausgeschmissen, der an Ihrem Wagen gearbeitet hat. Alle anderen habe ich noch mal geschult. Ich versuche, alles ins Reine zu bringen. Bitte, Mrs. Arundell. Ich habe meinem Anwalt gesagt, er soll das Angebot erhöhen, aber er hat mir gesagt, dass Sie ihn gar nicht anhören.«

Ich begann mich fremd und fern zu fühlen. Ich schloss die Augen und fand mich von einer tröstlichen weichen Dunkelheit umhüllt. Ich schien mich mit dem starken Schlagen meines Herzens zu wiegen. Mein Kopf bewegte sich unwillkürlich vor und zurück, wie nickend. Ich hörte nicht, was er danach noch sagte, obwohl er weiterhin laut rief und draußen hin und her strich.

Stattdessen sah ich den Abend des Unfalls vor mir. Die Szene spielte sich oft in meinem Kopf ab. Alle sorgten dafür, dass ich sie niemals vergaß, von der Polizei am Unfallort bis hin zu dem Anwalt, den Jakes Familie sich genommen hatte – wieder und wieder lief sie vor meinem geistigen Auge ab.

Wir waren schon beinahe zu Hause gewesen. Wir hatten im Dartmoor gezeltet, hatten die letzten trockenen Tage im vergangenen September genutzt. Ich war müde, mir war ein bisschen kalt. Es war spät am Abend und sehr dunkel, sämtliche Sterne waren zu sehen.

Wir fuhren eine Meile von Pennance entfernt hügelaufwärts, als ich ein Geräusch hörte, das von unterhalb des Chassis kam: eine Mischung aus einem dumpfen Knall und einem scharfen metallischen Laut. »Was war das?«, fragte ich, ohne wirklich alarmiert zu sein. Ich war zu müde, um mir ernsthaft Sorgen zu machen. Ich wandte mich Jake zu. Er schürzte die Lippen und runzelte die Stirn. Er zuckte die Achseln, auch ohne wirkliche Besorgnis.

Wir kamen eben über die Kuppe des Hügels und fuhren eine enge Straße hinunter, die von Bäumen gesäumt war. Im Lichte der Scheinwerfer blitzten die Stämme zu beiden Seiten der Straße grau auf; ihre Zweige über uns bildeten fast einen Tunnel.

Ein Wagen kam uns um eine Kurve entgegen, etwa hundert Meter von uns entfernt; er wechselte von Fernlicht zu Abblendlicht. Jake schaltete einen Gang herunter und wollte bremsen, doch sein Fuß traf auf dem Boden auf, das Bremspedal bot keinerlei Widerstand. Jake sah erschrocken nach unten. Wieder und wieder trat er mit dem Fuß das Bremspedal bis zum Boden durch. »Scheiße!«, hörte ich ihn sagen. Ich blickte ihn an; Panik stieg in mir auf. Ich sah, wie er die Arme durchdrückte, sich vom Lenkrad wegschob. Im hellen Scheinwerferlicht des entgegenkommenden Autos war sein Gesicht sehr blass.

»Nein, bitte nicht!«, rief ich. Ich betete, dass die Flut von Erinnerungen aufhören möge. Ich atmete schnell und heftig, von Panik erfüllt. Ich zitterte am ganzen Leib. Ich hörte, wie Tom draußen fluchte. Ich hörte einen Aufprall und dann splitterndes Glas. Wieder schrie ich auf; ich dachte, es wäre eine eingeworfene Fensterscheibe.

»Das wird für Sie auch nicht schön werden!«, hörte ich Tom schreien. »Je länger sich das hinzieht, desto hässlicher wird es. Das hier ist ein kleines Dorf, wissen Sie. Hier kriegen alle alles mit.«

Er hielt inne, und dann hörte ich, wie er langsam wieder zum Wohnzimmerfenster hinüberging. Der düstere Schatten auf dem Boden wurde länger. Er musste wohl wieder durch das Fenster lugen. »Wir werden etwas finden, wissen Sie. Wenn Sie sich nicht einigen wollen ... dann müssen wir eben etwas finden ...«

Wieder wurde mir übel. Furcht presste meinen Magen zusammen. Ich begann zu schluchzen, mein Mund starr und offen in einem stummen Schrei. Ich senkte den Kopf, grub meine Zähne fest in meine Knie, und Speichel sickerte in meine Jeans.

Er hämmerte an die Fensterscheibe; gedämpfte Schläge, erzeugt von den fleischigen Unterkanten seiner Fäuste. »Mrs. Arundell – bitte!«, rief er.

Bei seinen Rufen kauerte ich mich nur noch kleiner zusammen; ich versuchte, ihn auszublenden. Ich weiß nicht, ob er noch irgendwas sagte; ein paar Minuten später hörte ich jedenfalls, wie ein Motor ansprang und ein Wagen davonfuhr.

Ich kam langsam wieder zu mir; mir wurde bewusst, wo ich war. Ich spürte, wie Jake erschien, wie er sich neben mir auf der Treppe niederließ. Ich hob den Kopf von den Knien und wischte mir mit dem Handrücken die Tränen und den Sabber fort. Ich schniefte laut, wandte mich von Jake ab und starrte auf die Wand neben der Treppe. »Es tut mir leid.« Ich schluckte.

Jake sagte nichts.

Ich saß starr da und stellte mir vor, was Tom und sein Anwalt wohl als Nächstes tun würden, was sie ausgraben würden. Übelkeit stieg wieder in mir auf, hochgedrückt von der fortwährenden Umklammerung meines Magens. Ich fürchtete, ohnmächtig zu werden, ausgelaugt von meiner andauernden Angst.

»Es tut mir leid«, dachte ich laut, an Jake gewandt. »Ich kann das nicht durchziehen.« Er stand schweigend auf, wandte sich um und stieg die Treppe hinauf. Selbst Jakes Geduld hatte ein Ende, wie mir schien.

Ich ging nach unten zum Telefon auf meinem Schreibtisch. Feigling, wie immer ein Feigling – ich wählte die Nummer von Jakes Mutter, obwohl ich wusste, dass sie nicht zu Hause sein würde.

Das Telefon schnarrte mehrmals in mein Ohr und bat mich dann, eine Nachricht zu hinterlassen.

»Hi, Margaret«, sagte ich. Meine Stimme war zittrig, brach. Mein Hals fühlte sich wund an; ich war es nicht gewohnt, laut zu sprechen. »Tom Riley war gerade hier.« Ich musste husten, um meine Kehle freizukriegen. »Ich denke, wir sollten uns auf einen Vergleich einlassen.« Meine Augen füllten sich mit Tränen, und mein Mund wurde ganz starr vor Schmerz. »Ich glaube, es wäre das Beste, wenn du – wenn wir einem Vergleich zustimmten.« Weiter kam ich nicht mehr. Ich legte schnell auf, damit der Anrufbeantworter nicht aufnahm, wie ich scharf Luft holte und aufschluchzte.

Ich sank auf meinem Stuhl zusammen. Tränen rannen mir übers Gesicht. Mir graute davor, Jakes Mutter wiederzusehen.

3

Ich war nicht Mrs. Arundell. Wie anmaßend von Tom, davon auszugehen, dachte ich, als ich mich ein wenig beruhigt hatte. Jake und ich hatten nie geheiratet. Er hatte mich nie darum gebeten. Ich fragte mich, ob er je vorgehabt hatte, mir einen Antrag zu machen. Hätte ich ja gesagt, wenn er es getan hätte?

Ich war davon ausgegangen, dass er verheiratet war, als wir uns das erste Mal begegneten.

»Hallo, ich bin Jake«, hatte er gesagt. Wir wanderten in einer Gruppe den Küstenpfad westlich von Plymouth entlang. Ich hatte mich zwei Jahre nach meinem Universitätsabschluss, als auch die letzten meiner Studienfreundinnen und -freunde weggezogen waren, einer Wandergruppe angeschlossen.

Jake gesellte sich zu mir und nannte mir voller Selbstvertrauen seinen Namen, so als sollte ich ihn mir merken. Ich hatte den Eindruck, er stelle sich mir in freundschaftlicher Absicht vor. Seine Kontaktaufnahme schien frei von Hintergedanken zu sein, anders als bei den Avancen jüngerer Männer. Ich fühlte mich unbefangen in seiner Gegenwart.

»Schön, ein neues Gesicht zu sehen«, hatte er gesagt. »Wie hast du von uns erfahren?«

»Über die Website, obwohl ich zum Telefon greifen musste, um herauszufinden, wann die nächsten Touren geplant waren. Sie ist ein bisschen veraltet.«

»Oje!« Er lachte, ein Laut tief aus seiner Brust. »Ich fürchte, das ist meine Schuld. Ich habe vor ein paar Jahren eines der Kids dazu gebracht, sie aufzusetzen. Und jetzt habe ich keinen blassen Schimmer, wie man sie aktualisiert.«

Ich dachte, er spräche von einem seiner Kinder.

»Ich könnte sie aktualisieren, wenn du möchtest. Oder sie komplett neu aufsetzen«, erbot ich mich. »Es gibt jede Menge Content-Management-Systeme, die es ermöglichen, Webseiten ganz einfach zu aktualisieren. Irgendeine Blog- oder Wiki-Software.«

Er wandte sich mir näher zu, während wir unseren Weg fortsetzten, runzelte die Stirn und sah mich anklagend an.

Ich lachte. »Tut mir leid. Ich kann dir ein paar Beispiele zeigen, um zu verdeutlichen, wovon ich rede. Ich könnte dir ein paar Links schicken, wenn du eine E-Mail-Adresse hast.«

»Äh ... E-Mail?«, zog er mich auf.

Wieder lachte ich.

»Also, Lucy, wie kommt eine junge Frau wie du nach Plymouth und in unsere Wandergruppe?«, fragte er später, als wir vorneweg gingen.

Ich blinzelte; ich fragte mich, warum er die Sprache darauf brachte, dass ich eine junge Frau war. Ich wandte mich um und betrachtete den Rest der Gruppe, der allmählich zurückfiel. Über den roten und blauen Regenjacken machte ich eine große Anzahl an grauen Köpfen aus. Es gab ein Paar, das schätzungsweise in den Dreißigern war, und zwei schlaksige

Jungen im Teenageralter, die vor sich hin trotteten und eine Flappe zogen.

Ich wandte mich wieder Jake zu. Ich fragte mich, wo seine Frau war. In der Gruppe hinter uns hatte ich keine möglichen Kandidatinnen ausgemacht. Er war in den mittleren Jahren, sein Hals und sein Gesicht wurden von den ersten rötlichen Linien durchzogen. Ich konnte mir vorstellen, dass so manche Frau ihn attraktiv finden mochte, auch wenn ich mich nicht in dieser Weise von ihm angezogen fühlte. Ich vermutete, dass seine Frau so ähnlich war – eine hübsche Frau mittleren Alters.

Ich lächelte. »Ich habe an der Universität von Exeter studiert und wollte hinterher einfach nicht fortgehen. Mir gefällt es hier unten im Süden«, sagte ich und schaute zum Meer hinüber.

Er folgte meinem Blick und lächelte ebenfalls. »Das ist nicht zu toppen, stimmt's? Ich lebe schon immer hier«, sagte er. Ich bemerkte den weichen hiesigen Akzent, mit dem er sprach. »Ich habe bislang noch keinen Grund gehabt, von hier wegzugehen«, fuhr er fort und schob seine Brust vor, als er die Hände in die Hosentaschen steckte.

Ich hörte, wie sich hinter uns ein Rascheln und dröhnende Schritte näherten. Eine verärgerte Stimmbruchstimme sagte: »Sarge, Sarge ...« Einer der Teenager tauchte schweißgebadet neben uns auf. Er warf mir einen finsteren Blick zu. Eine lange Narbe zog sich durch die eine Augenbraue, was seinem Gesicht einen für sein Alter drohenden Ausdruck verlieh. »Ich dachte, heute sollte ich die Wanderung anführen«, beschwerte er sich. Sein Ärger galt mir.

Jake blieb stehen und drehte sich um. Wir hatten die Gruppe bereits weit hinter uns gelassen.

»Du hast recht, Junge«, sagte er jovial. Er schlug ihm auf die Schulter. Er war größer als der Teenager und konnte ihn ohne Probleme mit seinem muskulösen Arm umfangen. »Geh du voran. Los!« Er tätschelte ihn und schob ihn vorwärts.

Der Ärger verschwand aus dem Gesicht des Jungen, und er trottete vorneweg.

Jakes Blick folgte ihm. »Kein Grund, sich seinetwegen Sorgen zu machen«, meinte er, als der Junge außer Hörweite war. »Hat ’ne schwierige Kindheit gehabt, ist aber kein schlechter Kerl, glaube ich. Das sind zwei Kids aus der Gruppe der Jugendlichen, die polizeiauffällig geworden sind.« Er wies mit dem Kopf auf den zweiten Teenager. »Nach Möglichkeit nehme ich bei jeder Wanderung zwei von ihnen mit. Es war einer von denen, die die Website aufgesetzt haben.«

Das Bild von Jake mit seinen eigenen Kindern, das ich im Kopf gehabt hatte, war ausradiert.

»Du meinst also, du könntest eine neue Website für uns machen?«

»Ja, klar, das ist keine große Sache. Nächstes Wochenende geht es allerdings nicht – da ziehe ich um. Ich habe nicht viel Zeug, aber ich fürchte, das hält mich das ganze Wochenende beschäftigt. Aber danach ...« Ich zuckte die Achseln.

»Kannst du Hilfe gebrauchen?«, fragte er.

Ich hatte keine Ahnung, wie er das meinte. Womöglich wollte er mir einige seiner Teenager anbieten – bei dem Gedanken war mir nicht ganz wohl.

»Ich habe nächsten Samstag frei«, fuhr er fort. »Falls dir das was nützt. Ich könnte auch den Van von der Station haben, falls du nicht schon einen Wagen gemietet hast.«

Ich wusste nicht, was ich sagen sollte. Vielleicht war er gar nicht verheiratet. Ich schaute auf seine Hand, sah aber keinen Ring.

»... für deine Hilfe bei der Website«, fuhr er fort. »Meine Muckis im Gegenzug für deine grauen Zellen.«

Ich stand im Schlafzimmer des gemeinschaftlich genutzten Hauses und sah ihn vom Fenster aus. Oben auf dem Scheitel wurde sein Haar schon etwas dünn. Er trat von der Haustür zurück und stemmte die Hände in die Hüften. Er wartete darauf, dass ich ihm die Tür öffnete.

Er sah nicht so aus, wie ich es mir vorgestellt hatte. Ich hatte erwartet, er würde ein verschlissenes T-Shirt tragen, Jeans und Turnschuhe, um mir beim Umzug zu helfen, so wie die Jungs auf der Uni. Er hingegen trug zwar Jeans, dazu aber ein gestreiftes Hemd, einen Wollpullover und Halbschuhe.

Ich schob das Fenster nach oben. »Die Tür ist offen. Komm rauf!«

»Ist das alles, was du hast?«, sagte er, als er in mein Zimmer getreten war und die ordentlich gestapelten Kisten sah.

Ich zuckte die Achseln. »Bücher, Kleidung, Klettersachen, Computer. Was sollte ich sonst noch brauchen?«

Er grinste. »Du bist ein seltenes Exemplar.«

»Ich muss noch ein paar letzte Dinge einpacken, aber eigentlich bin ich so ziemlich fertig.«

»Schön. Dann fange ich mit diesen hier schon mal an.« Er beugte sich zu einer offenen Kiste Bücher hinunter. »Das habe ich auch«, sagte er und richtete sich mit einer Ausgabe von *The Cuillin* wieder auf, einem Buch über eine Gebirgslandschaft auf der schottischen Insel Skye. »Die Cuillin Hills sind großartig, nicht wahr?«

»Bist du schon mal auf Skye gewesen?«, fragte ich.

»Nein, aber ich würde da gern mal hinfahren. Ich wollte immer schon mal die Cuillins erwandern. Und du?«

»Unbedingt!« Ich grinste. »Der Wanderclub der Uni hatte den Trip schon geplant, aber dann habe ich die Grippe gekriegt.«

»Tja, dann nichts wie hin«, sagte er.

Ich nickte enthusiastisch und dachte, er meinte den ganzen Wandertrupp.

Ich stand da und hielt mit dem Fuß die Tür zu meiner neuen Wohnung auf. Jake eilte mit einer Kiste in den Armen die Eingangstreppe herauf.

»Bitteschön!«, meinte er.

Ich konnte den frischen Schweiß riechen, als ich mich vorbeugte, um die Kiste entgegenzunehmen. Unsere Hände berührten sich kurz.

»Sorry«, sagte er bei diesem ersten Körperkontakt.

Ich schüttelte nur den Kopf.

Beim nächsten Mal entschuldigte er sich nicht, und unsere Hände schienen sich bei jeder Übergabe an der Haustür mehr zu berühren. Am Ende des Tages ergriff er meine Hand und hielt sie fest, während wir in meiner neuen Küche standen und Tee tranken.

Ich sah auf seine Hand hinunter – bleich und kräftig, mit dicken Fingern, eine Hand, in deren Zugriff meine Hand verschwand. Ich überlegte, ob ich diesen liebenswürdigen Mann meinen Körper berühren lassen konnte – ob ich es würde genießen können, wenn er meine Brüste umfasst hielt.

4

Ich starrte aus dem Fenster, durch das Tom Riley einige Stunden zuvor hereingespäht hatte. Draußen war es dunkel; der Tag machte den Anschein, als ginge er bald zu Ende, seine Augen schon halb geschlossen. Ich drehte mich um und schaute nach, ob Jake auf der Treppe war, aber ich spürte seine Gegenwart nicht. Ich spürte jedoch das Gewicht seiner Missbilligung, und seine Abwesenheit machte mich unruhig. Ich stand auf und drehte rastlos eine Runde nach der anderen vor dem unbeheizten Kamin.

Ich fühlte mich krank. Vermutlich war ich einfach bloß müde und gestresst. Manchmal sah ich merkwürdige Dinge, wenn ich so erschöpft war, ich sah, wie sich Dinge vor meinen Augen bewegten, die es in Wahrheit nicht taten. Ich wünschte, ich könnte schlafen. Ich hätte mich fast umgedreht, um die Treppe hoch und ins Bett zu gehen, aber ich befürchtete, dass Jake, der sich zur Strafe von mir fernhielt, dort oben war.

Wieder schaute ich nach draußen. Ich schätzte, dass noch etwa eine Stunde Tageslicht blieb – Zeit genug, um joggen zu gehen. Wenn ich eine Stunde lang zügig lief, dann würde ich müde genug zum Schlafen sein, trotz Jakes Missbilligung.

Ich zog meine Joggingklamotten an. Sie lagen auf einem Haufen auf dem Küchenboden. Ich hatte sie eigentlich waschen wollen, sie waren schlammbespritzt und rochen nach altem Schweiß. Die Trainingshose fühlte sich steif und unangenehm an, als ich hineinstieg, und das Sweatshirt müffelte eklig, als ich es mir überstreifte. Ich schob die Füße in die Laufschuhe, die auf der Matte standen, und streckte die Hand aus, um den Schlüssel umzudrehen und die Tür aufzuschließen.

Der Schlüssel drehte sich nicht. Ich stand verblüfft da, bis mir wieder einfiel, dass die Tür nicht abgeschlossen war. Ich starrte sie an und wunderte mich, dass Tom nicht einfach ins Haus eingedrungen war. Eine Woge der Furcht hob sich in meiner Brust. Einen Moment lang zweifelte ich an meinem Gedächtnis. War er ins Haus eingedrungen? Hatte er mich angestarrt, wie ich da auf der Treppe gekauert hatte, verloren in meinen schuldbeladenen Erinnerungen? Ich fühlte mich desorientiert; ich war mir nicht sicher, was geschehen war.

Meine Hand zitterte, als ich den Schlüssel abzog. Ich trat aus der Tür, vorsichtig; ich ertastete den festen Boden unter meinen Füßen, ehe ich den nächsten Schritt setzte. Die kalte Luft draußen strich über mein Gesicht und ernüchterte mich. Ich schüttelte den Kopf und versuchte, die Erinnerungen an ihren rechtmäßigen Platz zurückzuschicken. Wie lange war es her, dass Tom Riley hiergewesen war? Ich sah zu den Bäumen hinüber und den Weg entlang. Kein Anzeichen, dass jemand in der Nähe war. Zwischen den kahlen Bäumen regte sich nichts. Ich lauschte, aber ich hörte nichts als das Branden der See am Ende des Tales und irgendwo über den Bäumen eine Krähe. Ich schloss die Tür ab und schob den Schlüssel in die Reißverschlusstasche meiner Jogginghose. Dann machte ich mich auf und lief mit geschärfter Aufmerksamkeit den Weg ins Tal hinab.

Hundert Meter lang lief ich im Schutz der Bäume, dann trat ich auf die Lichtung hinaus. Der Weg endete an einer kreisförmigen Auffahrt vor dem weißen gregorianischen Anwesen. Es stand selbstbewusst da, die acht viereckigen Augen aufs Meer gerichtet. Hinter den Fenstern regte sich nichts; das Haus lag dunkel und still da wie im Schlaf. Die Steinstufen, die zur Eingangstür hinaufführten, waren mit grau und orange blühenden Flechten gesprenkelt. Auf den Rasenflächen und Blumenbeeten zu beiden Seiten der Auffahrt hatten sich struppiges Unkraut und vertrocknete Büschel von langem Gras breitgemacht.

Aus reiner Gewohnheit blieb ich vor dem Haus stehen. Jake und ich waren diesen Weg oft entlanggegangen. Er blieb immer stehen, kehrte dem Haus den Rücken zu und sah über das Tal hinweg zum Meer.

»Als Junge habe ich in den Ferien immer hier gespielt«, sagte er und wies auf den überwucherten Wasserlauf.

Ich schützte meine Augen vor der hochstehenden Sonne und blickte in die angezeigte Richtung.

»Wir haben Strickleitern gemacht und sie am Ende über die Klippe gehängt. Das kannst du von hier aus nicht sehen«, fuhr er fort und spähte angestrengt dorthin, wo das Tal auf das Meer traf, »aber am Ende des Wasserlaufs ist eine kleine Höhle. Toller Ort zum Spielen.« Seine Erinnerungen ließen ihn strahlen und glühen.

»Auf halber Strecke gab es außerdem einen Teich, unter dem ganzen Mammutblatt.« Er grinste und wies auf die mächtige Riesen-Rhabarberpflanze mit ihren armbreiten Blättern. »Wir haben Verstecken darunter gespielt. Und Cowboy und Indianer.« Er lachte.

Ich versuchte ihn mir vorzustellen, wie er in Shorts und T-Shirt durch das Unterholz flitzte, Pfeil und Bogen hoch erhoben, unter hemmungslosem Geheul. Doch ich sah nur einen vierzigjährigen Mann herumlaufen, mit blassen Beinen und langen grauen Strümpfen, von denen einer halb die Wade heruntergerutscht war und Falten schlug.

»Haben Emily und Lloyd zu der Zeit auch hier gelebt?«, fragte ich. Jake hatte die ältlichen Nachbarn gut gekannt. Ich hatte nur einige Male kurz mit ihnen gesprochen, als wir einzogen, aber kurz darauf waren sie beide gestorben, erst Lloyd, dann Emily. Jake war derjenige gewesen, der Emily tot im Haus gefunden hatte.

Jake atmete aus. »Ja, sie haben jahrelang hier gelebt. Und davor Emilys Mutter, glaube ich.« Er schluckte; sein Adamsapfel glitt in seiner Kehle auf und ab.

»Früher war das ein tadellos gepflegter Garten«, fuhr er stirnrunzelnd fort.

Unterhalb der Bäume waren die Flanken des Tales mit Unkraut bewachsen, und Ginster verunzierte das, was früher vermutlich gepflegte, sich sanft neigende Rasenflächen gewesen waren.

»Wenn ich mich recht entsinne, besaßen sie eine Sammlung von Kamelien, um die alle sie beneideten.«

Ich wusste nicht, was das für Pflanzen waren, aber es widerstrebte mir nachzufragen. Jakes Augen waren glasig und wurden feucht.

»Ich glaube, Emily und Lloyd konnten sich nicht mehr darum kümmern, als sie gebrechlich wurden«, fuhr er mit erstickter Stimme fort. Seine Unterlippe begann unkontrolliert zu zittern, und ein für einen Mann ungewöhnlicher Laut drang aus seinem Mund.

Ich starrte ihn an; ich war verblüfft, wie dieser starke, robuste Polizist zusammenbrach. Ich fürchte, ich war peinlich berührt, ihn so zittern und schluchzen zu sehen. Es kam mir unnatürlich vor, und es war beinahe abstoßend zu sehen, wie seine Gefühle ihn übermannten. Ich trat nicht zu ihm, um ihn zu trösten. Ich legte nicht die Arme um ihn.

Ich schüttelte den Kopf, um die unangenehmen Gedanken und Gefühle zu vertreiben. Ich schaute das Tal entlang. Von einem Teich war nichts zu sehen. Er musste versandet sein und von Unkraut überwuchert, und der Riesen-Rhabarber hatte sich für den Winter verabschiedet. Ich versuchte den Pfad auszumachen, der dem Wasserlauf bis zur Höhle gefolgt war, aber ich entdeckte ihn nicht.

Schuldbewusst schaute ich zum Haus hinüber und entschuldigte mich in Gedanken bei ihm für das, was ich empfunden hatte. Dann joggte ich weiter in Richtung der Bäume auf der anderen Seite des Tales.

Ein schmaler Pfad führte zwischen großen Buchen den Hang hinauf. Er war deutlich zu sehen, er verlief schräg durch das Gehölz bis zum Küstenpfad hoch und dann oberhalb des Tales bis hin zum Meer. Ich verlangsamte mein Tempo, als ich den Beginn der Steigung erreichte, meine Beine verspannten sich vor Anstrengung. Es war matschig an diesem Tag. Alle paar Meter glitt der eine oder andere Fuß aus, wenn ich hügelan mein Gewicht darauf verlagerte.

Als ich oben anlangte, hatte ich zu schwitzen begonnen, doch als ich auf die offenen Felder und Klippen hinauskam, fror ich in der Brise. Der Wind kam vom Meer her und war kühl und feucht. Die Wasseroberfläche war leicht gewellt und dunkelgrau; sie spiegelte den bewölkten Himmel. Ich sah mich um. Ich konnte vielleicht eine Meile weit an der Küste entlangsehen – die wogenden grünen Felder, von denen das Meer große Stücke abgebissen und als graue felsige Wunden die Klippen zurückgelassen hatte.

Ich folgte dem Pfad mit dem Blick, die kahlen Bergsporne entlang durch die Senken, die dunkel vom Stechginster waren, an kleinen ungeschützten Bäumen vorbei, die vom vorherrschenden Wind verzogen waren.

Der Pfad sah frei aus, niemand wanderte dort entlang, nur in der Ferne folgte hie und da eine Reihe Schafe dem Weg. Ich wartete noch einen Moment oder zwei, joggte auf der Stelle und schaute die Küste entlang und zurück, das Tal entlang bis nach Pennance. Niemand zu sehen. Ich hatte den Pfad ganz für mich allein. Ich lief wieder los und gab mir alle Mühe, meine Freiheit zu genießen.

5

Als ich sie entdeckte, war es schon zu spät. Ich war vielleicht eine Stunde gelaufen, und es wurde zusehends schwerer, in der Dämmerung etwas zu erkennen. Ich lief schnell, konzentriert, ich sprang und schlitterte den Pfad hinunter, zwischen den Bäumen hindurch, zurück ins Tal, als ich sie erblickte.

Der Mann stand draußen vor der Eingangstür des Gutshauses. Er hatte die Arme vor der Brust verschränkt und schaute, das Profil mir zugewandt, ins Haus hinein. Er sah angespannt aus, seine Schultern wirkten steif und gestrafft unter der Jacke. Die Haustür stand offen, aber er schien um keinen Preis eintreten zu wollen.

Neben ihm stand ein Mädchen, noch zu jung, um ein Teenager zu sein, und schaute gleichfalls durch die Tür ins Haus hinein. Sie hatte sich bei ihm untergehakt und zwirbelte mit der freien Hand eine lange dicke Strähne ihres dunklen Haars um ihre Finger. Sie wippte auf und ab, vielleicht um sich warmzuhalten, drehte ihre Fußspitzen nach außen und wieder nach vorn. Sie sah zu dem Mann auf und sagte etwas. Ihre Frage hatte eine knappe Antwort zur Folge, die ich nicht vernehmen konnte. Sie zog ein missmutiges Gesicht und schaute wieder ins Haus.

Der Mann runzelte die Stirn und sagte etwas zu jemandem im Haus. Ich sah, wie sich seine Lippen nach außen stülpten, wie er rasch einige Worte ausstieß, die ich nicht hören konnte. Er ging einen Schritt zur Seite und zog das Mädchen mit sich, als eine Frau auf der Türschwelle erschien.

Die Frau verzog keine Miene, als sie an Vater und Tochter vorbeiging, trotz deren anklagenden Gesichtern. Sie glitt die Stufen hinunter, setzte ihre Füße mit der Akkuratesse einer Tänzerin, gelassen und kontrolliert. Sie besaß schlanke, elegante Arme, die an ihrer Seite schwangen, und mit ihrer langen Strickjacke sah es aus, als schwebe sie geradezu die Treppe hinunter.

Sie hatte langes dunkles Haar – die Art Haar, um die ich sie beneidete, seidig und schimmernd, Haar, das im Sonnenlicht kupferfarben aufscheinen würde, ganz anders als mein langweiliges mausbraunes Haar. Überhaupt war sie der Typ Frau, den ich bewunderte und beneidete. Sie musste etwa Anfang vierzig sein. Sie sah blass aus, aber nicht abgehärmt, und sie besaß ein schönes Gesicht. Sie sah aus, als wäre sie eins mit sich, eine selbstbewusste, elegante erwachsene Frau.

Sie schob sich das Haar hinter die Ohren, als sie zu dem Auto in der Auffahrt trat, und beugte sich hinunter, um etwas vom Rücksitz zu holen. Ich hatte eine Tasche oder eine Kiste oder so etwas erwartet, aber als sie sich aufrichtete, hatte sie ein kleines Kind in den Armen. Ich richtete meinen Blick wieder auf Vater und Tochter, irritiert, weil sie das Kind im Auto völlig ignoriert hatten.

Das Kind war zwei bis drei Jahre alt, mit einem Schopf hellen lockigen Haares und einem strahlenden Lächeln für die Mutter. Sie strich ihm einige verirrte Locken aus den Augen und sagte etwas zu ihm, woraufhin es sie angrinste. Ich war nahe genug, um es giggeln zu hören.

»Ich kann hier nicht den ganzen Abend vertrödeln«, sagte der Mann. Er sah gereizt aus, sein Mund missmutig verzogen. »Schaff ihn einfach ins Haus, verdammt noch mal! Er ist doch nicht zerbrechlich.«

Ich wollte ihren Familienzwist nicht stören, aber ich konnte nicht ewig auf dem Abhang verharren und kam schließlich zwischen den Bäumen hervorgestolpert. Wahrscheinlich war mir anzusehen, wie peinlich es mir war, mitten in ihrem Streit aufzutauchen. Ich verlangsamte meine Schritte. Ich konnte schlecht an ihnen vorbeigehen, ohne sie zu grüßen.

Die Frau sah von ihrem Sohn auf und blickte zu mir herüber. Ich hätte gern gesagt, dass sie mich ansah, doch sie nahm mich nicht wirklich wahr, auch wenn sie den Eindruck zu erwecken suchte. Sie war wunderschön, sah aber müde aus, abwesend, die Lider schwer. Sie schenkte mir ein halbes Lächeln, verzog die Mundwinkel, um mir ein wortloses Hallo zu schicken.

Ich kam ein Stück näher – mit meinen praktischen, effizienten Schritten, schwerfällig im Vergleich zu ihrem Dahinschweben. Ihr Blick wanderte an mir herunter. Ich war schlammbespritzt, meine Turnschuhe waren schwer und erdverkrustet bis über die Schnürsenkel. Zweifellos hatte ich dunkle Schweißflecken unter den Achseln und an den Leisten. Es gab eine Menge zu bemängeln, aber die Frau wahrte ihr halbes Lächeln, während sie mich in Augenschein nahm.

Ich stemmte die Hände in die Hüften, noch immer schwer atmend. Ich hatte vorgehabt zu winken und munter hallo zu sagen, während ich an ihnen vorbeilief, und so zu tun, als hätte ich von ihrem Streit nichts mitbekommen. Ich warf einen raschen Blick auf Vater und Tochter. Ich hatte schon halb die Hand gehoben, um zu winken, aber als ich ihre Gesichter sah, erstarrte ich mitten in der Bewegung. Sie schauten mich aufmerksam an, blickten mir direkt in die Augen. Beide runzelten die Stirn, der Vater hielt die Arme fest über der Brust verschränkt. Die beiden strahlten eine solche Kälte aus, die Tochter genau wie der Vater, dass mir unbehaglich zumute wurde. Ihre Blicke ließen nicht von mir ab, als ich weiterging, und schließlich schaute ich weg, zu entnervt, um sie auch nur ansatzweise zu grüßen.

Mir war unwohl, als ich an ihnen vorbei war und nicht länger sehen konnte, was sie taten. Ich hätte mich am liebsten umgewandt, aber ich war sicher, dass sie hinter mir her starren würden. Ich beschleunigte meine Schritte, als ich die Steigung zum Cottage hinauflief – ich wollte sie los sein. Ich meinte förmlich zu spüren, wie ihre Augen mich verfolgten, mein Rücken und mein Nacken prickelten förmlich unter ihren Blicken. Ich sagte mir, dass es reine Paranoia war. Ich verbrachte viel Zeit damit, mich verängstigt und aufgewühlt und schuldig zu fühlen; ich war mir bewusst, welche Auswirkungen das hatte – wie argwöhnisch und irrational ich manchmal war. Es war fast dunkel. Ich versuchte, vernünftig zu sein und mir klarzumachen, dass sie mich nicht mehr sehen konnten. Ich hatte das Cottage schon fast erreicht, als ich mitten auf dem Weg stehen blieb und widerstrebend den Kopf drehte. Mein Nacken war steif und knackte unwillig.

Ich keuchte auf vor Überraschung. Ich konnte sie allesamt deutlich sehen. Die Frau hatte die Arme um ihren Sohn geschlungen und war mir zugewandt. Sie konnte niemand anderen als mich ansehen. Der Vater und die Tochter hatten sich vom Haus entfernt und waren die Auffahrt hinuntergegangen. Sie schauten eindeutig den Weg entlang – ihre missbilligenden Blicke waren mir tatsächlich gefolgt.

Ich riss den Kopf herum, die Augen weit und starr vor Schreck. »O mein Gott!«, flüsterte ich verzweifelt.

Ich ging schnell zum Cottage hinüber. Meine Hände zitterten, als ich versuchte, den Schlüssel ins Schloss zu stecken, unbeholfen stocherte ich um das Loch herum, verfehlte das Ziel wie ein Kind, das mit einem unvertrauten Spielzeug spielt. Ich glaube, ich stieß einen erleichterten Schrei aus, als der Schlüssel schließlich ins Schloss glitt und die Tür sich öffnete.

6

Ich stand im Wohnzimmer, vornübergebeugt, die Hände auf die Knie gestützt und atmete schwer. Ich hatte angefangen zu frieren in meinen feuchten Joggingklamotten; der Schweiß kühlte meinen Rücken, und der kalte Matsch erzeugte eine Gänsehaut auf meinen Beinen. Die Panik begann abzuflauen.

Meine Kleidung fühlte sich jedoch ekelhaft an. Stellenweise war sie immer noch steif, mit den Salzrändern von altem Schweiß. Feuchte, fettige Haarsträhnen hatten sich gelöst und hingen mir ins Gesicht. Ich richtete mich auf, strich mir die Haare zurück über den Kopf. Meine Haut fühlte sich am ganzen Leib klamm und dreckig an. Ich erschauderte, fühlte mich unwohl unter meinen Schmutzschichten.

Ich duschte, schrubbte mich von Kopf bis Fuß, bis meine Haut sauber und rot war; ich beeilte mich, denn ich wollte nicht zu lange nackt und verletzlich sein. Während ich in der Dusche war, verpasste ich eine SMS. Jakes Bruder Ben hatte mir eine Nachricht geschickt: »Komme auf dem Heimweg vorbei. Bin in 5 Min. da.«

Ich hatte eben noch Zeit, mir das Haar zu bürsten und einen Morgenmantel überzuziehen, als es auch schon an der Haustür klopfte.

Ben zog den Kopf ein, als er eintrat, nahm seine schwarze Polizeimütze ab und klemmte sie sich unter den Arm. Er fuhr sich durch das plattgedrückte Haar – kurze rostrote Locken, genau wie Jake sie gehabt hatte. Die gleichen großen Finger und quadratischen Nägel fuhren sich kratzend über den Kopf. Er erinnerte mich manchmal schmerzlich an Jake, besonders wenn er Uniform trug, das gleiche Haar, der gleiche Teint, die gleichen Eigenarten und diese tiefe Stimme mit einer Spur von ländlich gerolltem R.

Ben war jedoch einige Jahre jünger. Er war nicht ganz so hochgewachsen und nicht ganz so breit wie Jake. Ben hatte große schöne Augen mit langen rostroten Wimpern und größere fleischigere Lippen – er war eine weichere, mehr feminine Version von Jake.

Ich spürte einen Gefühlsknoten in meinen Hals aufsteigen, als ich ihn sah – der Stress des Tages begann sich in der Sicherheit, die seine Anwesenheit bot, zu lösen. Ich spürte, wie es mich drängte, zu ihm zu laufen, wie es meine Brust, meinen Bauch danach drängte, mich an seine Wärme zu schmiegen. Ich wollte mich in seinen beschützenden Armen verbergen.

Ich musste mich darauf konzentrieren, meinen Körper zurückzuhalten, ihn daran zu hindern, zusammenzubrechen und Trost bei Jakes freundlichem Bruder zu suchen. Einmal war ich ihm erlegen; das musste vor ungefähr sechs Monaten gewesen sein. Der Gedanke an unsere warmen nackten Berührungen, gefolgt von dem Kälteschauer, den ich verspürte, als er innehielt, um ein Kondom hervorzuholen, ließ mich erschaudern. Wo ich doch Jake schon nicht hinreichend geliebt hatte, würde ich für seinen kleineren Bruder auf keinen Fall je genug empfinden.

»Hey«, sagte er leise. Er sah mich unsicher an, so wie er es immer tat nach jener Nacht.

»Hi«, erwiderte ich so gleichmütig wie möglich. »Komm rein. Möchtest du irgendwas zu trinken oder so?« Ich versuchte mich zu erinnern, wie Menschen sich verhielten, wenn sie Besuch bekamen.

Er sah sich verstohlen in der Küche um. Er musste die Töpfe gesehen haben, die seit seinem letzten Besuch immer noch unabgewaschen dastanden. Ich sah, wie sein Blick über die Nudeln und Suppen glitt, die tageweise aufgereiht auf der Arbeitsfläche standen. Er hätte einiges sagen können über Nährstoffmangel und den Zwang, wieder und wieder das Gleiche zu essen. Er sah besorgt aus, sagte aber nichts.

»Nein, mach dir keine Umstände – danke«, sagte er. Er fummelte an seiner Mütze herum, gab sie von einer Hand in die andere und schien nicht zu wissen, wie er fortfahren sollte. »Mum hat gemeint, dass du angerufen hast«, sagte er und sah beklommen aus. Es war beinahe eine Frage.

Ich schämte mich für die Nachricht, die ich Margaret so kurz und knapp hinterlassen hatte. »Ich mache mir jedenfalls eine Tasse Tee«, sagte ich und wich damit einem Gespräch aus. Ich ging zum Wasserhahn hinüber, füllte den Kessel und gab Ben mit einer Geste zu verstehen, er möge am Tisch Platz nehmen. Ich kehrte ihm den Rücken zu, während ich den Tee zubereitete.

Ich sah zu, wie der Dampf aus dem Kessel strömte – eine kleine träge Wolke zunächst, die anstieg und höher kletterte, bis sie sich in einen Strahl verwandelte, der unter Pfeifen aus dem Kessel stieß. Ich schluckte und räusperte mich.

»Ich möchte den Strafantrag zurückziehen«, sagte ich und drehte mich um. Ich verschränkte die Arme vor der Brust und wartete mit angehaltenem Atem auf seine Reaktion.

Er rutschte auf dem Stuhl herum, sagte aber nichts. Er seufzte – das war alles.

»Ich möchte den Unfallhergang nicht noch einmal erzählen müssen«, erklärte ich. Allein schon bei dem Gedanken fühlte ich mich müde und ausgelaugt.

»Aber wir haben es fast geschafft«, erwiderte Ben und sah mich an. »Mum sagt, in drei Monaten könnte es vorbei sein.«

»Drei Monate.« Ich hielt inne, die Stirn gerunzelt, voller Verzweiflung darüber, wie lange sich das anhörte. »Ich bin es leid, den Anwälten zu erzählen, wie die Bremsen versagt haben. Ich ertrage das nicht wieder und wieder. Ich glaube nicht, dass ich es packen würde, wenn wir das alles vor Gericht wiederholen müssen.«

Ben neigte den Kopf zur Seite. »Es wäre doch nur noch ein Mal. Alle sind der Meinung, dass wir im Recht sind. Wir kriegen Tom wegen Fahrlässigkeit dran, du wirst sehen.«

Ich krallte meine Finger unter meinen verschränkten Armen in den Stoff des Morgenmantels. Mein ganzer Körper war angespannt. Der Gedanke, noch weitere Monate unter Beobachtung zu stehen, weckte Panik in mir.

»Ich kann das einfach nicht.« Ich merkte, wie meine Stimme unter dem Druck zu versagen drohte.

»Aber ich dachte, das wäre das, was du wolltest? Die Werkstatt daran hindern, womöglich noch weitere Fehler zu begehen?« Er blickte beschwörend zu mir auf.

»Das ist das, was deine Mutter will«, entgegnete ich kalt. Sie war diejenige, die den Strafantrag gestellt hatte. Ben hatte keine Antwort darauf und senkte den Blick.

Ich atmete ein und atmete aus und versuchte, nicht in Tränen auszubrechen.

»Ich möchte einfach, dass es vorbei ist. Ich möchte mir nicht länger Sorgen darüber machen müssen, ob ich Tom Riley und seinen Freunden über den Weg laufe.« Und deiner Mutter, fügte ich in Gedanken hinzu.

»Mum meinte, Tom wäre vielleicht vorbeigekommen«, sagte Ben leise.

Wut wallte in mir auf. Er klang ungläubig, zumindest zögerlich. Ich war sicher, dass ich in meiner Nachricht auf dem Anrufbeantworter gesagt hatte, dass Tom Riley dagewesen war. Ich hatte keinen Zweifel daran.

»Ja, er war hier«, sagte ich mit fester Stimme. »Er hat Drohungen ausgestoßen«, hätte ich gern hinzugefügt, aber ich wollte nicht, dass Ben fragte, inwiefern Tom mir drohen könne. »Er klang sehr bedrohlich«, sagte ich stattdessen vage. »Es war sehr unangenehm, dass er hier einfach so aufgetaucht ist.«

Ben schwieg; er sah aus, als dächte er sorgsam nach, bevor er das Wort ergriff. »Du kannst Anzeige erstatten deswegen, weißt du«, sagte er dann. »Falls er hier war und dich bedroht hat, kannst du ihn wegen Nötigung drankriegen.«

Die Formulierung »Falls er hier war« und der Zweifel, der in seiner Stimme mitschwang, ließen meinen Zorn wieder anschwellen. Ich spürte, wie meine Schultern sich hoben und verspannten, während ich versuchte, die Fassung zu wahren und einen Wutausbruch zu vermeiden. Tom Riley war hiergewesen, und er hatte mich ganz gewiss eingeschüchtert. Ich erinnerte mich genau an seine dunkle, unrasierte Visage am Fenster.

Ich schaute Ben an. Ich konnte ihm am Gesicht ablesen, was er über mich dachte. Ich war unberechenbar, labil.

»Es ist deine Entscheidung«, sagte er betrübt und wich meinem Blick aus. »Lass es mich wissen, wenn du ihn anzeigen willst.«

Einen Moment später hellte sich sein Gesicht wieder auf. Er sah mich wieder an und wechselte das Thema. »Du kriegst übrigens neue Nachbarn.« Er lächelte.

»Neue Nachbarn?« Ich war überrascht, dass er von den neuen Nachbarn wusste, nicht dass ich sie bekam.

»Ja, das wird einiges ändern, nicht wahr? Dann bist du nicht mehr allein hier auf diesem einsamen alten Weg.« Er schien erfreut, dass er mir diese Neuigkeiten erzählen konnte.

»Wer sind sie?«, fragte ich.

»Karen Trevithick. So hieß sie damals«, fügte er stirnrunzelnd hinzu. »Ich weiß nicht, wie sie jetzt heißt, wo sie verheiratet ist. Sie und ihre beiden Kinder ziehen wieder hierher.«

Ich wandte mich automatisch um und schaute aus dem Küchenfenster zum Gutshaus hinüber, aber draußen war nichts als Dunkelheit. Das Gefühl, gestalkt zu werden, kehrte zurück – ich sah die Familie wieder vor mir, wie sie mich angestarrt hatte.

»Wieso wieder hierher?« Ich versuchte, das Zittern meiner Stimme zu unterdrücken.

»Sie ist die Tochter von Emily und Lloyd. Du weißt schon, das Paar, das dort gewohnt hat, als du hier eingezogen bist.«

»Ja, ich erinnere mich an Emily und Lloyd.« Ich war irritiert. Es war seltsam, dass das freundliche ältere Ehepaar eine so einschüchternde Tochter haben sollte, aber dann rief ich mir in Erinnerung, dass nur der Mann und die Tochter so unangenehm gewirkt hatten.

»Ich glaube, ich habe sie gesehen«, sagte ich und spielte meine Besorgnis herunter. »Aber es war ein Mann bei ihnen. Er wirkte unfreundlich.« Ich versuchte, nicht die Stirn zu runzeln, als ich das sagte, aber das hatte bloß zur Folge, dass mir die Augen tränten.

»Das muss David gewesen sein – ihr Mann.« Ben zuckte die Achseln. »Sie haben sich getrennt. Das ist der Grund, warum sie wieder hierher zieht. Vielleicht hat er die Kinder bei ihr abgeliefert.«

»Oh.« Ich atmete auf. Meine Erleichterung musste mir anzusehen gewesen sein. Meine Schultern sackten herab, als die Spannung aus ihnen wich. Ich lachte, eine Reaktion auf die nervliche Entspannung, und ich schlug verlegen die Hand vor den Mund.

Ben schaute mich alarmiert an. Vermutlich klang mein Lachen dieser Tage nicht sehr natürlich – es kam so selten vor. Meine Gesichtsmuskeln fühlten sich steif an, als ich weiterhin grinste. Es kam mir vor, als bisse ich die Zähne zusammen, nicht als würde ich vor Freude lächeln. »Tut mir leid«, sagte ich, noch immer innerlich lächelnd. »Ich bin heute Nachmittag an ihnen vorbeigekommen. Und ich bin ziemlich erleichtert zu hören, dass ich ihn nicht allzu oft sehen werde.«

»Was ist passiert?« Ben runzelte besorgt die Stirn.

»Ach, nichts«, antwortete ich schnell. Ich streckte die Hand aus und drückte seine Schulter unter dem dicken Mantel, um ihm zu versichern, dass es keinen Grund zur Besorgnis gab. »Er hat mir bloß so einen schrecklichen Blick zugeworfen, als ich an ihm vorbeigelaufen bin. Mir hat sich der Magen umgedreht.« Ich wandte den Blick ab und rief mir den Vorfall in Erinnerung. »Aber ich glaube, sie hatten gerade Stress miteinander und waren nicht so erfreut, dass ich in eben dem Augenblick aufgetaucht bin.«

Ich sah Ben wieder an. Sein Gesicht war weicher geworden. Er lächelte und schaute mich mit großen, sehnsuchtsvollen Augen an, wie ein Welpe. Rasch nahm ich meine Hand von seiner Schulter und wich unwillkürlich zurück. Er tat mir leid, und gleichzeitig fühlte ich mich von ihm abgestoßen. Ich hätte mich am liebsten entschuldigt, wusste aber nicht, wie ich ihm das erklären sollte.

Wir blieben still – ich in mich zurückgezogen, und Ben sah verletzt aus. Wieder begannen sich Schuldgefühle und ängstliche Besorgnis auf mich herabzusenken. Ich spürte, wie Jake sich bemerkbar machte. Ich meinte ihn an der Wand neben der Wohnzimmertür lehnen zu sehen. Er beobachtete uns. Er sah nicht missbilligend aus. Er passte bloß auf seinen jüngeren Bruder auf.

Ich straffte die Schultern. »Es ist schon spät. Ich möchte allmählich ins Bett gehen«, sagte ich rundheraus.

Ben sah einen Augenblick lang verwirrt aus. Er konnte meinen Stimmungsschwankungen nicht folgen, geschweige denn sie nachvollziehen. Er schob den Stuhl zurück, der laut über den Küchenboden schrammte, und stand bedächtig auf. »Okay. Dann will ich mal«, sagte er und schaute mich unschlüssig an.

Er setzte seine Mütze auf und machte sich auf den Weg zur Tür, trat hinaus und drehte sich noch einmal um. »Du wirst mit Mum über die Sache sprechen müssen, weißt du«, sagte er und blickte mich entschuldigend an. »Ich bin nicht derjenige, den du überzeugen musst.«

Ich nickte mit gesenktem Blick und schürzte die Lippen.

Ich ging direkt ins Bett, nachdem ich im Haus herumgewuselt war, sämtliche Stecker ausgezogen und die Rauchmelder zweimal überprüft hatte. Ich schaltete sämtliche Lampen aus, um Ben zu signalisieren, dass er sich fernhalten sollte.

Doch ich konnte nicht schlafen. Ich lag im Bett und schaute nach oben, wo sich die Decke befinden musste und von wo die kalte, undurchdringliche Dunkelheit herabsank und mein Gesicht küsste und streichelte. In meinen Ohren schrillte die Stille.

Ich war derartig müde. In meinem Kopf schwirrte und schlingerte alles vor lauter Erschöpfung. Ich hätte heulen können, so verzweifelt sehnte ich mich nach Schlaf. Ich schloss die Lider und verfolgte das Feuerwerk, das meine Augen vor mir veranstalteten. Das Funkenstieben begann spiralförmig zu wirbeln und erzeugte flüchtige Muster.

Ich spürte meinen Kopf wegsacken. Ich zuckte zusammen, riss die Augen auf und schnappte nach Luft. Es war kühl und klamm im Schlafzimmer, und die Kälte rüttelte mich wieder wach. Ich stieß einen Jammerlaut aus, so verzweifelt war ich über meine Unfähigkeit zu schlafen.

Ich weinte, die Tränen rannen mir aus den Augenwinkeln und über die Schläfen, liefen mir kitzelnd in die Ohren. »Ich vermisse dich«, sagte ich laut. Ich schniefte und wischte mir über die Augen. »Ich vermisse dich wirklich«, stammelte ich. Ich hustete, tränenerstickt, schluchzte unkontrolliert.

Ich spürte Jakes kalte Anwesenheit. Er lag auf dem Bett, ein klammes Luftkissen neben mir. Ich fand es tröstlich. »Danke«, sagte ich und wischte mir die erkalteten Tränen fort.

KAPITEL 2

1

Einige Tage lang sprach ich mit niemandem. Ich sah Karen zweimal vorbeifahren, einmal aus dem Küchenfenster und einmal, als ich nachmittags aus dem Schlafzimmerfenster schaute. Sie blickte nicht zum Cottage herüber. Sie sah ausdruckslos geradeaus, auf den Weg konzentriert, ihre schlanken Finger hielten das Lenkrad umfasst. Ich bin nicht sicher, ob sie wusste, dass das Cottage bewohnt war. Ich hätte es ihr nachgesehen, falls sie dachte, sein dunkles Inneres sei verlassen.

Eines Tages kam ein großer Umzugswagen angefahren und strich an den Ästen der Bäume vorbei, aber danach ließ sich niemand mehr blicken. Ich folgte meiner Routine in dem stillen Cottage; ich arbeitete, ich aß, ich schlief, doch immer nur kurz.

Am Montag darauf musste ich mich auf der Arbeit blicken lassen. Ich konnte es nicht länger hinauszögern. Die Fahrt an sich machte mir nichts aus, selbst bei schlechtem Wetter nicht. Ich musste acht Meilen mit dem Fahrrad bis zur nächsten Bahnstation nach Looe fahren; dort schloss ich das Rad an und fuhr mit dem Zug eine Stunde nach Plymouth. Ich mochte den Zug – gleichförmig und sicher folgte er seinem Gleis. Ich betrachtete die vorbeiziehende Landschaft. Es wäre eine angenehme Fahrt gewesen, wenn mir nicht so davor gegraut hätte, in die Firma zu müssen.

Als der Zug in Plymouth ankam, regnete es. Ich war bereits verschwitzt und nass vom Radfahren, und so legte ich die halbe Meile bis zum Büro, das sich in einem der neuen Backsteinklötze des Gewerbegebiets befand, im Laufschritt zurück.

Die Eingangstüren glitten bereitwillig auseinander, um mich aus dem Regen hereinzulassen. Im Eingangsbereich hielt ich inne und nahm meinen Rucksack ab, um meinen Firmenausweis herauszuholen. Ich sah, wie die Empfangsdame mich ansah, mich musterte, mich bemitleidete.

»Oje, regnet es? Wie scheußlich«, sagte sie, während sie über den Tresen spähte und die Brauen hob. In ihrer Stimme schwang höfliche Anteilnahme mit.

Ich wusste nicht, was ich sagen sollte. Ich sah zu ihr auf, verzog meine Lippen zu einem bemühten Lächeln und kramte weiter in meinem Rucksack.

»Suchen Sie Ihren Firmenausweis? Ist schon gut. Ich weiß, wer Sie sind. Gehen Sie einfach durch«, sagte sie und legte den Kopf schief. Sie lächelte; sie schien mit sich zufrieden, weil sie etwas für die arme Frau hatte tun können.

Ich nickte, um mich dankbar zu zeigen, und ging an der Rezeption vorbei in das Hauptbüro. Ruhig trat ich durch die Doppeltüren und ging den Mittelgang des Großraumbüros entlang. Ich zog den Kopf ein und hoffte, niemand würde Notiz von mir nehmen.

Mein Schreibtisch war lag am fernen Ende des grauen Areals, das durch blaue Raumteiler untergliedert war. Nur Peter, einer der anderen Programmierer, war an diesem Tag da. Er hatte den Mund voll Schokoladenkeks, als ich meinen Rucksack auf dem Schreibtisch neben ihm absetzte. Er blickte auf, hob die Hand zur Begrüßung und lächelte, Schokolade und dunkle Krümel zwischen den Zähnen.

»Morgen«, sagte ich. Ich mochte Peter. Er erwähnte den Unfall nie. Er hatte mich nie mit dieser unerträglichen Mitleidsmiene angeschaut. Er kaufte mir einfach Kekse, wenn er fand, ich sähe aus, als bräuchte ich sie.

»Deborah hat gefragt, ob du heute kämst«, sagte er beinahe entschuldigend.

Ich sah ihn an und nickte. Ich hatte gehofft, dass die neue Abteilungsleiterin an diesem Tag außer Haus wäre, irgendwo unterwegs. Ich hob den Blick über die Raumteiler und hielt nach Deborahs langem gebleichtem Haar Ausschau. Sie war am entgegengesetzten Ende des Büros und unterhielt sich angeregt mit dem Leiter der Produktentwicklung. Sie stand zu nahe bei ihm. Sie warf ihr Haar zurück, legte den Kopf schräg und blickte ihn mit Schlafzimmeraugen an.

Ich glaube, ich habe mich sichtlich geschüttelt.

»Möchtest du die Vier-Augen-Kontrolle gleich machen, damit das erledigt ist und du wieder gehen kannst?«, bot Peter an.

»Wenn es dir recht ist«, sagte ich erleichtert.

Ich packte meine Sachen aus und setzte mich hin, um die Qualitätskontrolle vorzubereiten, die meine Arbeit durchlaufen musste. Ich öffnete die Webseite auf dem großen Bildschirm auf meinem Schreibtisch und zum Vergleich auf dem Bildschirm daneben die neue Programmierung. Peter rollte seinen Stuhl neben meinen und überflog den neuen Code.

»Meine beiden liebsten Developer!«

Beim Klang von Deborahs Stimme hinter uns zuckte Peter zusammen. Ich hörte, wie das Klacken ihrer Absätze näher kam; ich rollte ein Stück von meinem Schreibtisch zurück und drehte mich um. Sie blieb stehen, fasste Peter bei den Schultern und beugte sich vor. »Hey, Leute. Wie geht's voran?«

Sie drückte ihren Schenkel einen Augenblick gegen Peter, während sie ihre Finger in seine Schultern grub. Peter wurde rot.

»Lucy, schön, dich zur Abwechslung mal im Büro zu sehen.«

Sie ließ mir keine Gelegenheit zu antworten.

»Hast du schon das neue Admin-Tool gesehen, das Peter fertiggestellt hat?«, fuhr sie fort. »Einfach brillant. Du hast nur halb so lange gebraucht, wie du gedacht hast, Peter, stimmt's?« Deborah lächelte auf ihn herab. Er murmelte etwas, während seine Miene einige Gefühlsregungen durchlief.

»Ich hab's gesehen – ja«, erwiderte ich. »Es ist sehr gut.« Ich schlug die Beine übereinander und versuchte einen entspannten Eindruck zu machen.

»Ich möchte nur noch die eine oder andere Optimierung«, fuhr sie fort und lächelte weiter auf Peter herab. »Ich bin sicher, dass du es schaffst, sie bis Ende der Woche umzusetzen.«

Peter sagte nichts. Er nickte und wurde wieder rot.

»Hat einer der Entwickler das Ausmaß der verbleibenden Arbeit eingeschätzt?« Ich fragte, was Peter hätte fragen sollen.

»Nein, aber ich bin sicher, für Peter ist das nur Kinderkram«, sagte sie, und damit war das Thema erledigt.

Sie schaute auf den großen Bildschirm auf meinem Schreibtisch und runzelte die Stirn. »Ist das das neue Bestellformular?« Jetzt wurde sie geschäftsmäßig. Sie ließ Peter los und zog sich einen Stuhl heran. Peter entschuldigte sich leise, nahm seine Kaffeetasse und verschwand in Richtung Küche.

Ich verschränkte die Arme und sah zu, wie Deborah konzentriert auf den Bildschirm starrte, die Augen flitzten über meine Arbeit.

»Das Logo ist winzig«, sagte sie und wies auf den Bildschirm. Sie drückte den Finger auf das Firmenlogo des Kunden und hinterließ einen verschmierten Fingerabdruck.

Ich zuckte die Achseln. »Ich brauchte den Platz, damit das ganze Formular auf die Seite passt.«

»Wir können doch sicher einige der Felder kleiner machen, um ein bisschen Platz zu gewinnen. Dann kann unser Logo auch etwas größer werden.« Sie zeigte mir lächelnd die Zähne; ihre Augen lächelten nicht.

Ich schüttelte den Kopf. »Die Felder sind so schon arg klein.«

»Unsinn, und guck dir das hier mal an.« Wieder berührte sie den Bildschirm.

Wieder zuckte ich die Achseln. »Ich habe den Kunden gefragt; ich habe darauf hingewiesen, dass der Header auf allen Seiten des Webauftritts gleich sein sollte, aber er hat klar gesagt, dass er es so haben möchte.«

»Ich verstehe mehr davon, Lucy«, sagte Deborah entschieden. »Design ist mein ureigenes Gebiet.«

Ihre Beharrlichkeit irritierte mich. »Aber der Kunde möchte es so haben«, wiederholte ich.

»Ändere die Größe der Logos«, sagte sie laut.

Uns beiden wurde die Stille im übrigen Büro bewusst. Niemand sprach. Das Tappen der Finger auf den Tastaturen war verstummt. Deborah lachte gekünstelt und warf den Kopf in den Nacken.

»Ich werde dir das durchgehen lassen«, sagte sie laut und gab sich gnädig. »Mach von da aus weiter. Bis auf eines ...« Sie hielt inne und rollte auf ihrem Stuhl näher zu mir. Sie legte mir die Hand aufs Knie und beugte sich vor, so dass ihre Brüste sich ein wenig aus der Bluse drückten. »Ich möchte, dass du es hier ein bisschen optimierst«, sagte sie, beugte sich noch näher zu mir und wies auf den Bildschirm.

Ich wandte mich ihr zu und sah sie ungläubig an, den Mund leicht geöffnet. Ich war sprachlos angesichts ihres unangemessenen Verhaltens. Glaubte sie, ich ließe mich von ihrer Anmache so verunsichern wie die männlichen Programmierer? Hatte sie vergessen, dass ich eine Frau war? Ich brachte kein Wort heraus und starrte sie bloß irritiert an.

Sie blinzelte und senkte leicht das Kinn; dann zog sie ihre Hand fort und schob ihren Stuhl zurück. Sie wurde weder rot noch verlor sie ein Wort darüber, was sie getan hatte. »Okay«, meinte sie leise. »Wir lassen es genau so, wie du es gemacht hast.« Und damit stand sie auf und ging.

Ich blickte mich um; ich wollte sehen, wer von den anderen ihr Verhalten mitbekommen hatte, aber niemand schaute zu mir herüber, und die Geräuschkulisse im Hintergrund des Büros hatte wieder eingesetzt.

2

Ich hatte mein Review mit Peter mittags abgeschlossen und erwischte den Zug am frühen Nachmittag zurück nach Looe. Die Rückfahrt konnte ich besser genießen als die Hinfahrt; ich war entspannt, denn ich wusste, dass ich die nächsten vierzehn Tage niemanden von der Arbeit sehen würde.

Es war noch weit vor Sonnenuntergang, als ich nach Pennance zurückradelte. Gewöhnlich mied ich das Dorf, wenn ich zur Arbeit und zurück fuhr, aber an diesem Tag war ich zu müde, um außen herum zu fahren, und entschied mich für den Weg hügelab durchs Dorf.

Es war komisch, diese Route zu nehmen, obwohl ich sie schon mehrere Male seit dem Unfall gefahren war. Mir war unbehaglich zumute, als ich den vertrauten Hügel hinunterrollte und in den Tunnel aus Bäumen einbog, der sich dicht an der Straße entlangzog. Unter dem Dach der Zweige war es dunkler, und die Luft erschien mir drückend, obwohl das Dach keine Blätter hatte. Die Luft war feucht und schwer und stand. Ich merkte, wie sich meine Brust und mein Magen klaustrophobisch zusammenzogen und die Übelkeit aufzusteigen begann.

Am Ende der Strecke konnte ich ein Lichtfenster durch die Bäume erkennen, ehe die Straße nach rechts führte. Ich verlangsamte die Fahrt, hörte auf zu treten und bremste, als ich mich dem Loch näherte, und starrte auf die Stelle, an der unser Wagen durch die Bäume und das Unterholz gebrochen war.

Ich hielt am Straßenrand an und streckte die Hand nach einem großen Baum aus. Ich ließ die Finger über den Rand der dünnen grünen Rinde gleiten, an der der Wagen sie gestreift und aufgerissen hatte. Das blasse Holz darunter wies noch immer Spuren roter Farbe auf. Ich hob den Blick. Kleinere Schößlinge zwischen den ausgewachsenen Bäumen waren abgeknickt oder gespalten worden, als das Auto, das sich nach dem Aufprall am Baum überschlug, hindurchgeflogen war. Ich fühlte mich ganz unbeteiligt, als ich mir den Wagen von außen vorstellte und seine Flugbahn anhand der Schneise, die er geschlagen hatte.

Der Wald war nicht tief an dieser Stelle. Die Bäume standen nur ein paar Meter dicht, und ich konnte die Wiese sehen, die sich hinter der Baumlinie hügelab erstreckte. Das Feld weiter unten wies noch Narben auf. Die braunen Einschnitte, dort, wo der Wagen auftraf und sich überschlagen hatte, hatten angefangen zu heilen. Graswuchs begann die Ränder der Furchen in der Erde abzumildern. Am Fuße des Abhangs konnte ich den verbrannten rußigen Flecken sehen, wo der Wagen endgültig zum Stehen gekommen war. Die von der starken Hitze geschwärzte Erde brauchte länger, um sich zu erholen.

Plötzlich fühlte ich mich verletzlich, als ich dort stand. Mir war, als könnte mir etwas zustoßen, wenn ich zu lange dort blieb – als ob ich das Schicksal herausforderte und eine Strafe heraufbeschwor. Ich wandte mich um, voller Furcht, dass jemand hinter mir aufgetaucht war, um die Bestrafung vorzunehmen. Ich wollte nicht, dass mich irgendjemand sah und sich fragte, warum ich so schuldig aussah. Irgendwo hinter mir hörte ich ein Auto, außer Sichtweite, und ich trat in die Pedalen, eifrig bemüht, von der Unfallstelle fortzukommen.

Es war beruhigend, unter den Bäumen herauszukommen und die frische Luft auf dem Gesicht zu spüren. Ich fuhr in rasendem Tempo hügelabwärts ins Dorf; ich ließ die Räder ungebremst laufen und hörte, wie sie schneller wurden, hörte, wie das Gummi die Straße fraß und die Luft durch die Speichen pfiff. Meine Augen begannen zu tränen, so heftig schnitt mir der Fahrtwind ins Gesicht. Ich sah Pennance verschwommen näher kommen.

Als ich fast auf Höhe der ersten Häuser war, legte ich die Hände auf die Bremsen und zog sie nach und nach an, während ich mich dem Dorfanger näherte. Als ich das Rad schon beinahe zum Stillstand gebracht hatte, löste ich eine Hand vom Lenker und wischte mir über die Augen, meine Finger klatschnass vom Tränenfilm. Ich sah verschwommen, wie sich eine Gestalt über das Grün näherte. Ich beachtete sie nicht weiter, sondern zog langsam einen Kreis am Straßenrand, um meinen Augen Zeit zu geben, sich zu erholen.

Die Gestalt kam rasch näher, wurde viel schneller größer, als ich erwartet hatte. Ich starrte dümmlich in ihre Richtung, ich war nicht in der Lage, sie klar auszumachen. Ich bemerkte das verschwommene Hellrot oberhalb der beiden blauen Stämme nicht, die sich näherten, um mir den Weg abzuschneiden.

»Lucy.« Mein Blick nahm die Gestalt von Jakes Mutter direkt vor mir in den Fokus.

Sie griff nach dem Lenker meines Fahrrads, blockierte meine langsame Fahrt und zwang mich, die Füße von den Pedalen zu nehmen und auf den Boden zu setzen. Sie sah nicht so aus, als würde sie mich davonkommen lassen.

»Lucy, endlich!«, sagte sie, außer Atem. »Ich versuche schon seit Tagen, dich zu erreichen. Hast du meine Nachrichten bekommen? Ich habe mehrmals auf deinen Anrufbeantworter gesprochen und auf deine Handy-Mailbox.« Sie sah mich vorwurfsvoll an. Ich hatte beim Festnetztelefon den Stecker gezogen und den Akku meines Handys einfach nicht aufgeladen. Ich bekam kaum je Anrufe. Meine Arbeitskollegen und meine ferne Familie schickten mir E-Mails.

»Na egal, jetzt bist du ja hier. Ich habe gerade Mittagspause. Möchtest du mit zu mir nach Hause kommen und eine Tasse Tee trinken oder einen Happen essen?« Sie klang sehr freundlich. Wer immer uns auch hörte, würde die Einladung für harmlos halten. Ich murmelte vage, dass ich heim müsse und sah zu der Straße hinüber, die zum Meer führte.

»Nun, dann spreche ich eben hier mit dir«, sagte sie entschieden. Sie hielt immer noch den Lenker fest und neigte den Kopf, um meinen Blick zu erhaschen.

»Weißt du, ich habe angefangen, Geld zu sammeln, für Jake, im Postamt. Wie findest du das? Ich dachte, wir könnten hier im Dorf eine kleine Gedenkstätte für ihn einrichten«, fuhr sie fort und schaute über die Grünfläche. »Vielleicht eine Bank oder so was.«

Ich konnte mir nichts Unpassenderes vorstellen. Ich sah die Plakette auf der Rückenlehne der Bank vor mir, die Jake gewidmet war – Jake, der niemals stillgesessen hatte und ganz gewiss nicht mitten im Dorf. Sie wartete nicht auf meine Meinung.

»Ich habe schon ein paar Pfund zusammen. Die Menschen hier sind so großzügig. Natürlich kannte und mochte ihn jeder hier im Dorf. Er war ein sehr beliebter Junge, weißt du.«

Ja, das wusste ich. Es war eines der Dinge, die ich an Jake zu hassen gelernt hatte – dass jeder ihn kannte und dass durch ihn jeder auch mich kannte. Seine Mutter war von Stolz erfüllt, als sie das sagte. Sie blähte ihren mächtig gewölbten Busen, der tief auf ihren Bauch hing.

»Wir könnten auch beim Tanz auf der Tenne sammeln. Du kommst doch, nicht wahr? Es ist kurz vor Weihnachten.«

Ich hatte nicht die Absicht, zum Tanz auf der Tenne zu gehen, und musste unwillig ausgesehen haben.

»Keine Sorge – Ben wird dich begleiten. Du musst nicht allein hingehen. Kein Grund, dir darüber Gedanken zu machen.«

Ich wunderte mich über sie – wie bereitwillig sie mir Ben anbot, wo sie doch von meiner Beziehung mit Jake nie sonderlich begeistert gewesen war. Wie unterschiedlich sie ihre Söhne doch schätzte.

»Wir werden gut auf dich aufpassen«, fügte sie hinzu.

Ich hätte ihr gern gesagt, dass man auf mich nicht aufpassen musste, aber ich hätte weinen können, so dringend brauchte ich einen Menschen, der mir seine Freundschaft anbot. Von der Familie Arundell wollte ich jedoch keine Unterstützung, und das hätte ich am liebsten auch gesagt.

»Dann wäre da noch etwas weniger Erfreuliches, fürchte ich.« Sie legte nun auch die andere Hand auf den Lenker, stützte sich schwer darauf und verankerte mein Rad im Boden.

»Tom Rileys Anwalt hat mit Edward gesprochen. Er hat uns ein weiteres Angebot gemacht.« Sie seufzte, und ihr Blick wurde unbestimmt, als sie einen Moment ihren Gedanken nachhing.

»Nimm es um Gottes willen an«, wäre ich gern herausgeplatzt. »Können wir es nicht einfach annehmen!«, doch stattdessen hielt ich die Luft an.

»Ich werde es nicht annehmen.« Sie stand aufrecht da, das Kinn leicht gereckt, so als wolle sie jedwedem Widerspruch trotzen. Ich starrte sie stumm an.

Sie ruderte ein Stück zurück. »Aber Edward würde gern auch deine Meinung hören, weil der Fall ja in deinem Namen eröffnet wurde.« Sie schaute mich gespannt an, wartete auf meine Reaktion. Ich nickte, womit ich bloß meinte, dass ich ihre Worte verstanden hatte.

Sie räusperte sich. »Er sagt außerdem, dass es Tom Riley leid tut, dass er neulich bei dir vorbeigekommen ist – dass er dich damit dermaßen kalt erwischt hat.« Sie musterte mich. Einen Augenblick lang sah sie weicher aus, ihr fleischiges bleiches Gesicht zeigte vielleicht zum ersten Mal eine Spur von Mitleid. Sie war eine hässliche Frau. Breite Stirn, kantiges Kinn, Züge, die Jake geerbt hatte, die zu ihm als Mann aber besser gepasst hatten. Von Ben entdeckte ich nichts in ihr – außer seiner Haarfarbe.

»Ich habe Edward gesagt, er soll alles an mich weiterleiten, damit Tom keine Veranlassung hat, dich zu bedrängen. Das war richtig so, nicht?« Wieder stand sie sehr aufrecht da, ließ mein Rad aber immer noch nicht los.

»Sein Anwalt ist nicht gerade begeistert davon, wenn du mich fragst. Er meinte, sie müssten alles noch mal von vorn durchgehen. Jeden Stein noch mal umdrehen.« Sie schüttelte den Kopf, unbeeindruckt von diesen Drohungen. Aber sie hatte ja auch nichts zu befürchten.

Ich sah auf ihre fleischigen Hände hinunter, die weiß waren, so fest drückten sie den Lenker nach unten.

»Aber unsereins hat nichts zu verbergen, stimmt's«, sagte sie spitz. Sie senkte den Kopf, um meinen Blick einzufangen. Sie schaute mich aufmerksam an, und ich sah einen Anflug von Abscheu oder vielleicht auch Hass über ihr Gesicht flackern, und ihr Mundwinkel zuckte.

Mir war schlecht. Ich schluckte und bemühte mich, die aufsteigende Übelkeit zu unterdrücken. Ich sah auf. Ich versuchte ihrem Blick standzuhalten, versuchte den Anschein zu erwecken, als wäre alles in Ordnung, aber meine Augen tränten vor Anstrengung. Ich spürte, wie eine Träne überquoll und mir die Wange hinunterlief.

Ihr Blick flackerte, und sie wandte die Augen ab.

»Tja, angenehmere Neuigkeiten ... Du bekommst eine neue Nachbarin.« Sie streckte ihre geschwollenen Finger und nahm endlich ihre Hände weg. Ich hätte am liebsten sofort in die Pedalen getreten, um so schnell wie möglich von ihr wegzukommen.

Ich schluckte wieder und blickte zögernd auf. Es hatte den Eindruck, als sei sie stolz auf ihr Wissen. Ihre Augen weiteten sich, und sie hob die Brauen, um der Neuigkeit Nachdruck zu verleihen. Ich erzählte ihr nicht, dass Ben ihrer Verkündung schon zuvorgekommen war.

»Karen Trevithick? Emilys und Lloyds Tochter?«, fuhr sie fort.

Ich nickte. Meine Gesichtszüge waren so angespannt, dass es mir nicht gelang, interessiert zu lächeln.

»Wie wunderbar, wieder eine Trevithick im Gutshaus zu haben. Ich kenne die Familie schon mein Leben lang«, sagte sie stolz. Sie verschränkte die Arme, hob sich mit all ihrem Gewicht auf die Zehenspitzen und ließ sich wieder zurücksinken.

»Karens Großvater war ein berühmter Arzt, weißt du. Einer der ersten Psychiater oder Psychologen oder wie immer die heißen – ein kluger Kopf, sehr beeindruckend. Und dazu noch dieses wunderschöne Haus. Früher hatten sie dort im Sommer die vornehmsten Gartenpartys. Sehr großzügig waren sie – Emily und Lloyd. Haben sich immer um die Leute im Dorf gekümmert. Und Karen war als junges Mädchen eine echte Schönheit. Eine wundervolle Familie.«

Ich hoffte, dass Margarets Verbindung mit den Trevithicks meinen Eindruck von meiner Nachbarin nicht nachteilig färben würde. Mir drohte schon übel zu werden, wenn ich hörte, wie die Trevithicks erwähnt wurden oder Karens Name fiel.

»Natürlich war es ein Jammer, als Karen fortzog, vor allem mit diesem Mann, den sie geheiratet hat – ich habe den Kerl nie gemocht. In meinen Augen hat der in keiner Hinsicht zu ihr gepasst. Sie hätte es sehr viel besser treffen können. Aber wo sie jetzt zurückkommt, wird sie uns im Dorf sehr willkommen sein«, fügte sie großmütig hinzu. Sie schwieg einen Moment, und ich überlegte, ob ich mich verabschieden konnte. Ich machte Anstalten zu fahren, denn ich hielt unser Gespräch für beendet.

»Ich bin schon dort gewesen, um sie zu besuchen«, fuhr Margaret hastig fort. Enttäuschung legte sich auf meine Brust – ich war immer noch nicht entlassen.

»Sie war mit Auspacken beschäftigt und mit den Kindern. Die machten ganz schön Krawall. Ich bin dann auch nur zwei Stunden geblieben.«

Ich wurde rot; ich empfand Mitleid mit Karen und schämte mich für Margaret. Karen hatte nicht glücklich ausgesehen, eher ziemlich melancholisch. Ich hegte den Verdacht, dass neugierige plump-vertrauliche Nachbarinnen, die unverhofft hereinschneiten, das Letzte waren, was ihr noch gefehlt hatte. Ich fragte mich auch, ob sie es ebenso wie ich als Druck empfand, von allen gekannt zu werden, und ob sie der Tatsache, dass alle von ihrer Scheidung wussten, mit größerer Würde begegnete, als es mir möglich gewesen wäre.

»Wunderhübsche Kinder«, sagte Margaret. »Diese Sophia ist schon fast eine richtige junge Dame.«

Ich erlaubte mir stillschweigend, ihre Meinung nicht zu teilen.

3

Jake wartete auf mich, als ich heimkam. Die Begegnung mit seiner Mutter hatte mich ziemlich mitgenommen. Ich versuchte, nicht allzu gründlich darüber nachzudenken. Ich wollte nicht, dass Jake es hörte.

Sie hatte gnadenlos auf mich eingeredet. Ich hatte mich oft gewundert, dass Jake so wenig nach seiner Mutter kam. Ich fand sie übergriffig und hatte keine Ahnung, wie es Jake gelungen war, so ein friedlicher und rücksichtsvoller Mensch zu werden. Ich stellte mir vor, dass sein verstorbener Vater in vieler Hinsicht ein wunderbarer Mann gewesen sein musste. Ich wurde rot – ich fürchtete, dass Jake mich gehört hatte.

Seiner Mutter begegnete ich zum ersten Mal, als sie uns eines Sonntagnachmittags zu Tee und Kuchen eingeladen hatte. Ben war an jenem Tag auch dort gewesen. Ihr Cottage war klein, aber man hatte die Wand zwischen den beiden Haupträumen im Erdgeschoss durchbrochen und ein großes Wohnzimmer daraus gemacht. Margaret lebte dort seit ihrer Heirat mit Jakes Vater, und es war schwer vorstellbar, wie sich vier so große Menschen dieses Haus ohne Probleme hatten teilen können. Vielleicht erklärte das Jakes und Bens ruhiges, tolerantes Wesen. Es war der reinen Notwendigkeit entwachsen. In diesem Haus hatte nur eine lärmige Person Platz – alle anderen mussten sehen, wie sie damit zurechtkamen.

Ich hatte auf dem Sofa gesessen und mich klein gefühlt auf der mächtigen geblümten Couchgarnitur, die für Menschen von der Statur der Arundells angeschafft worden war. Jake und Ben halfen ihrer Mutter nebenan in der Küche. Ich konnte hören, wie Margaret Anweisungen erteilte und Jake und Ben sie still befolgten und Tassen auf Untertassen und Teller auf ein Metalltablett stellten.

Ich starrte die Wand mir gegenüber an. Sie war mit einer hellbeigen Tapete mit erhabenem Blumenmuster tapeziert, die aussah, als wäre sie aus Styropor. Ich stand auf und ging zu der Wand hinüber. Ich berührte die schwammartigen weißen Blumen und folgte mit den Fingern den Stielen. Ich grub meine Nägel in den steifen Schaum, um zu sehen, woraus er bestand, und sah zu, wie die Delle sich wieder schloss, als wäre nichts gewesen.

Über dem Kamin in der Mitte der Wand hing ein Bild. Es war eine idyllische ländliche Szene, ein diesiger Sommertag, an dem Menschen bei der Heuernte waren. Sie beluden den Wagen hoch mit langem goldenem Gras. Aus der Ferne hatte es ausgesehen, als ob die Leute beim Arbeiten lächelten und lachten.

Als ich nah vor dem Bild stand, erkannte ich, dass die grobe Strichführung die Figuren harscher erscheinen ließ. Ihre Gesichter waren hässlich und kantig, ihre Wangen flächig – ein einziger blasser brauner Strich. Ihr Lächeln sah mehr wie eine Grimasse aus, und die dunkleren Striche, die ihre Augen beschatteten, ließen sie verärgert erscheinen. Ich schaute auf die Signatur – ein in schwarzer Farbe hingehudelter Name. Eliza Trevithick, meinte ich zu entziffern.

Die Küchentür öffnete sich, und Margaret führte ihre Familie herein. So wie sie alle beieinander standen, sahen sie noch größer aus – vereint ragten sie vor mir auf.

»Setzen Sie sich doch, meine Liebe«, sagte Margaret und klang beinahe beleidigt. »Fühlen Sie sich ganz wie zu Hause.«

Jake lächelte mir zu, ein Lächeln, das mich beruhigen sollte; er nahm mich bei der Hand und führte mich zum Sofa zurück. Ben und Margaret saßen zu beiden Seiten des Kamins. Sie waren schick angezogen. Jake trug Anzughosen und ein gestreiftes Hemd, hatte aber von einer Krawatte abgesehen. Er saß auf dem Sofa, die langen Beine übereinandergeschlagen. Seine braunen Budapester schimmerten im Lichtschein – sie waren auf Hochglanz poliert. Ben war ebenso gekleidet. Margaret trug einen Rock und einen Pullover mit V-Ausschnitt, dazu eine große Brosche. Sie saß auf der Kante des Sessels, ihre Füße steckten in Kitten-Heal-Pumps und waren züchtig geschlossen. Die Schuhe sahen leicht absurd an ihr aus. Ein eiförmiges Stehauffrauchen auf winzigen Pfennigabsätzen, die zu zierlich wirkten für eine Frau von Margarets Statur.

In meinen Jeans und meinem Fleecepullover fühlte ich mich nicht angemessen gekleidet. Ich hatte dicke graue Wandersocken an den Füßen; meine Schuhe standen draußen vor der Eingangstür. Ich zog meine Füße bis ans Sofa heran und presste verlegen meine Knie zusammen.

»Wie schön, am Sonntag zum Tee Besuch zu haben«, sagte Margaret, während sie vier Tassen Tee einschenkte. »Meine Jungs kommen sonntags immer vorbei«, fügte sie hinzu und lächelte sie stolz an.

Jake sprang vom Sofa auf, um ihr die Tassen abzunehmen und sie herumzureichen. Meine Tasse klirrte auf dem Unterteller, als ich sie entgegennahm. Wieder lächelte Jake mich an, und als er sich wieder neben mich setzte, drückte er mir kurz das Knie.

»Wie oft sehen Sie Ihre Eltern?«, fragte Margaret mich. »Vermutlich nicht so oft, wenn sie oben in Schottland leben«, gab sie sich selbst die Antwort. »Fort William ist so weit weg, nicht wahr? Ich bin noch nie dort gewesen. Wie lange fährt man mit dem Auto? Dauert doch bestimmt einen ganzen Tag. Sie telefonieren sicher andauernd mit ihnen«, sagte sie und verzog das Gesicht halb lächelnd, halb grimassierend.

Endlich schwieg sie. Alle drei sahen sie mich erwartungsvoll an. Ich zuckte die Schultern. »Ich telefoniere alle paar Wochen mit ihnen.«

»Alle paar Wochen!«, rief Margaret entrüstet. »Alle paar Wochen« – sie lachte über meine aberwitzige Antwort. »Ihre Mutter muss zutiefst unglücklich sein, wenn sie nur alle paar Wochen von Ihnen hört!« Margaret schaute mich an, die Augen ungläubig geweitet.

Ich zuckte wieder die Schultern. »Es scheint ihr nichts auszumachen. Sie kann mich ja jederzeit anrufen, wenn sie möchte.« Meine Eltern führten ein sehr erfülltes Leben. Sie waren in Frührente gegangen und nach Schottland gezogen und versuchten, jeden einzelnen der über zweihundertfünfzig Munros zu erklimmen, so lange sie noch fit waren. Wir tauschten uns vorwiegend per E-Mail aus; gewöhnlich schickten sie mir Bilder von den Highlands. Sie waren viel zu beschäftigt, um sich übermäßig Sorgen um mich zu machen.

Diese Auffassung schien bei Margaret allerdings nicht auf Zustimmung zu treffen. Sie betrachtete mich einen Moment lang, den Kopf zurückgezogen, so dass ihr Kinn zum Doppelkinn wurde.

»Nun, ich weiß nicht, wie ich damit fertigwerden würde. Wenn meine Jungs nicht im selben Dorf lebten, würde ich sie wohl jeden Abend anrufen müssen, um mich zu vergewissern, dass es ihnen gut geht. Also kommt nicht auf dumme Ideen, ihr beiden«, sagte sie und drohte Ben und Jake mit dem Finger. »Alle paar Wochen würde mir nicht genügen, wenn ihr wegziehen würdet«, fuhr sie, nun explizit an Jake gewandt, fort. Mir schien, als hätte sie eine Träne im Auge. Ich fragte mich, ob sie echt war.

»Natürlich nicht, Mutter«, sagte Jake liebevoll und drückte gleichzeitig mein Knie – er registrierte ihre Missbilligung angesichts meiner Gepflogenheiten und versuchte mich zu beruhigen.

»Was ist mit Ihrem Bruder?«, fragte sie, nachdem sie sich von ihrer selbstmitleidigen Inszenierung erholt hatte. »Ich wette, er spricht öfter mit ihnen. Jake hat erzählt, dass er einen kleinen Sohn hat, von daher wette ich, dass seine Oma und sein Opa ständig in Kontakt mit ihnen sind.« Sie lächelte bei der Vorstellung einer solchen familiären Nähe.

Wieder zuckte ich die Achseln. »Sie sehen sich öfter, denke ich.« Mein älterer Bruder lebte mit seiner Frau und seinem Sohn in London. Meine Eltern nahmen manchmal den Nachtzug, um sie zu besuchen, aber sie sprachen auch nicht öfter miteinander als wir. Ich wollte Margaret jedoch nicht widersprechen und ließ sie das Bild meines glücklichen weiteren Familienkreises genießen.

Ben half Margaret, das Teegeschirr zusammenzustellen und begleitete sie in die Küche. Jake blieb neben mir auf dem Sofa sitzen. Er erzählte mir von seinem Vater und wie sie abends immer Schach gespielt hatten, als er noch jung war. Ich hörte nur mit halbem Ohr zu. Ich konnte Margarets Stimme aus der Küche vernehmen und fing den einen oder anderen Halbsatz von ihr auf.

»... verstehe ihre Familie nicht ... nicht richtig, so weit voneinander entfernt zu leben ...« Es überraschte mich nicht, sie das hinter meinem Rücken sagen zu hören. Im Grunde hatte sie mir das ja auch schon direkt ins Gesicht gesagt.

Ich wandte mich Jake zu und lächelte und gab mir den Anschein, als höre ich seiner Geschichte zu. Er lächelte, den Blick in die Ferne gerichtet, während er seinen Kindheitserinnerungen nachhing.

»... Sie hat sich nicht besonders viel Mühe gegeben, stimmt's? Man sollte denken, eine Frau, die es ernst meint, würde sich ein bisschen mehr anstrengen ...« Ein weiterer Gesprächsfetzen kam mir zu Gehör. Eigentlich konnte sie sich bloß auf meine Kleidung beziehen. Auch das machte mir nichts aus. Selbst wenn ich vorgewarnt gewesen wäre, hätte ich mir kaum viel mehr Mühe gegeben. Ich fand es merkwürdig, dass man sich für seine eigene Familie schickmachen sollte, zu Tee und Kuchen bei sich zu Hause. Und ich hätte ohnehin nichts Passendes anzuziehen gehabt.

Bens ruhige Stimme drang gleich darauf zu uns herüber, als Jake eine Pause in seiner Erzählung machte. »Ich weiß, es ist schon so lange her, und wenn er sie doch mag ...« Seine Stimme verklang. Ich stellte mir vor, wie er die Schultern zuckte. »Es überrascht mich nicht, dass Jake jemanden gefunden hat«, sagte er dann klar und deutlich.

Jake hörte es auch. Er rutschte verlegen neben mir herum, hustete und fuhr dann mit seiner Geschichte fort, lauter und in schnellerem Tempo.

»Wirklich?« Ich hörte ihre Ungläubigkeit. Einen Moment war es still, vielleicht ließ sie es sacken. »Tja, vermutlich war es an der Zeit«, gestand sie dann zu, »aber sie ist einfach nicht das, was ich erwartet hatte. Überhaupt nicht sein Typ ...« Margarets Meinung war klar und deutlich zu vernehmen.

Jake hielt einen Augenblick lang meine Hand. Dann stand er auf. Mit zwei, drei hastigen Schritten war er in der Küche.

»Und wie läuft's hier?«, sagte er in seiner Polizistenstimme. Seine unterschwellige Verärgerung war nicht zu überhören. »Kann ich irgendwie helfen?«

4

Ich zitterte. Ich hatte seit dem Frühstück nichts gegessen und war an diesem Tag über zwanzig Meilen mit dem Fahrrad gefahren. Ich hatte allerdings auch keinen Hunger. Allein schon bei dem Gedanken an Essen wurde mir übel.

Ich ging früh zu Bett und versuchte zu schlafen, aber ich fand einfach keine Ruhe. Mir war entweder zu heiß unter der Bettdecke oder kalt vor Schweiß, wenn ich sie von mir stieß. Der Eifer, mit dem Margaret die Anschuldigung gegen Tom Riley verfolgte, machte mir Angst. Die Kralle um meinen Magen war wieder da und drückte schmerzhaft zu. Schweiß brach mir auf Stirn und Rücken aus, wenn ich an die Anzeige wegen Fahrlässigkeit dachte, und Jake schritt im Haus auf und ab, voller Unbehagen angesichts meiner schuldbewussten Gedanken.

Sobald es hell wurde, stand ich auf. Ich hatte in der Nacht immer nur wenige Minuten am Stück geschlafen. Ich war zu aufgewühlt, kam einfach nicht zur Ruhe. Ich machte mir einen Kaffee mit viel Zucker und zwang mich, eine Scheibe Toast mit Butter zu essen. Ich musste langsam essen, immer nur einen winzigen Bissen, sonst hätte ich würgen müssen.

Jake ging immer noch im Haus umher. Ich konnte die Spannung nicht mehr ertragen. Ich befürchtete, vor Müdigkeit zusammenzubrechen, wenn ich den Klammergriff in meinem Inneren nicht lösen konnte.

Mit einem kurzen Antippen holte ich den Computer aus dem Ruhemodus und setzte die Kopfhörer auf. Ich würde mich in die Arbeit flüchten. Ich starrte auf den Code, den ich offengelassen hatte, aber die Worte verschwammen mir vor Augen. Ich rieb sie mir, um meinen Blick wieder fokussieren zu können, aber Sekunden später verschwammen die Zeilen alle miteinander und wanderten gespenstisch auf dem Bildschirm umher.

Verärgert stand ich auf. Unter diesen Umständen konnte ich nicht im Haus bleiben. Aber ins Dorf konnte ich auch nicht gehen. Ich war mir nicht sicher, ob ich einer weiteren Begegnung mit Jakes Mutter gewachsen war – nicht wenn ich so müde war wie jetzt.

Ich schaute auf meine Joggingsachen, die steifgetrocknet auf dem Gestell über dem Radiator hingen. Ich war dermaßen erschöpft, dass mich der Gedanke zu laufen beinahe in Tränen ausbrechen ließ. Und ich konnte nicht mehr an der Küste entlanglaufen, jetzt, wo das Gutshaus bewohnt war. Sie würden nicht wollen, dass ich ihre Auffahrt hinauflief und durch ihren Garten.

Ich stand zwischen Küche und Wohnzimmer, meine Hände kniffen eine Hautfalte über meinen Hüften; ich wusste nicht, was ich tun sollte. Eine Träne rann mir übers Gesicht, kitzelte meine Wange und tropfte zu Boden. Ich senkte den Kopf, völlig schockiert. Ich starrte auf den kleinen Fleck, den sie in einer Fuge zwischen den Bodenfliesen bildete, sah zu, wie die Stelle dunkler wurde, als die Träne einsickerte. Ich hatte nicht bemerkt, wie aufgewühlt ich war.

Ohne eine bewusste Entscheidung getroffen zu haben, zog ich meine Joggingsachen an und ging zur Tür hinaus. Selbst wenn ich nicht die Energie hatte zu laufen, musste ich unbedingt aus dem Haus.

Ich hatte vorgehabt, am Gutshaus vorbeizugehen, ohne näher hinzuschauen. Ich war entschlossen, mich durch energisches Gehen wieder ins Lot zu bringen, und ich wollte nicht, dass mich der Anblick der Familie entmutigte. Ich marschierte den

Weg entlang, den Blick starr nach vorn gerichtet, und ging mit knirschenden Schritten über den Kiesweg, der vorn am Haus entlangführte. Doch ich konnte nicht anders – ich konnte nicht verhindern, dass mein verstohlener Blick die Bewohnerinnen und Bewohner des Hauses auszumachen suchte.

Es war ein düsterer Tag, und im Erdgeschoss brannte Licht. Ich sah Karen durch das Fenster des Zimmers links von der Eingangstür. Sie sprach mit jemandem, der nicht zu sehen und offenkundig kleiner war als sie, eines ihrer Kinder, vermutete ich. Noch hatte sie mich nicht gesehen, aber ich stand ungeschützt da, so dass sie mich auf jeden Fall entdecken würde, wenn sie den Kopf hob.

Ich wischte mir die Tränen aus den Augen, zog schniefend die Nase hoch und wandte mich um, um den Weg zur Haustür einzuschlagen. Ich hatte schon die Hand gehoben, um die Klingel zu betätigen, als ich gedämpfte Stimmen im Haus vernahm. Durch das dicke Glasfenster in der Mitte der Tür wurde ich Bewegungen gewahr.

»Warum kriegt George das vordere Zimmer?«, hörte ich eine Mädchenstimme schreien. »Es ist größer als meines. Ich sollte das haben. Ich bin älter als er. Ich will tauschen!«

Die Stimme einer Frau, Karens vermutlich, antwortete in ruhigem, versöhnlichem Ton. »Er kriegt es doch nur, weil es direkt neben meinem ist, Schätzchen. Ich möchte ihn hören können, wenn er in der Nacht etwas braucht.«

»Und was ist mit mir? Was ist, wenn ich was brauche?« Die Stimme des Mädchens verstieg sich zu einem Greinen.

»Du weißt doch, dass du mich nicht in dem Maße brauchst wie George. Es ist doch nur, solange er so klein ist.«

»Du hast George lieber als mich. Deshalb. Das sagen alle.«

»Was?« Karen schwieg einen Moment. Ich konnte sie vor mir sehen, wie sie völlig überrascht dastand und ihre Tochter anstarrte. »Das stimmt nicht. Wer um alles in der Welt ... wer sagt das?«

»Es ist nicht zu übersehen«, sagte das Mädchen trotzig. »Ich will nach Hause. Ich hasse es hier.«

»Das ist jetzt unser Zuhause, Süße. Ich weiß, es ist weiter bis zur Schule, aber ...«

»Dann will ich zu Dad nach Hause. Warum kann ich nicht dort wohnen? Warum kann ich nicht bei Dad leben?«

»Das hatten wir schon. Und dein Vater auch«, sagte Karen geduldig.

»Dad hat gesagt, ich kann bei ihm wohnen, wenn ich will.«

Auf diesen Hieb folgte Schweigen. Karen gab keinen Laut von sich.

»Also, kann ich?«, fragte das Mädchen beharrlich.

Karens Stimme klang ein wenig erstickt, als sie antwortete. »Du weißt, ich möchte, dass ihr zusammenbleibt – du und George«, beschwor sie ihre Tochter.

»Warum? Ich kann George nicht mal leiden. Er ist bloß ein Baby. Ich will in der Stadt leben und meine Freundinnen sehen und bei Dad wohnen.« Die Stimme des Mädchens wurde leiser; sie verschwand tiefer im Haus.

»Ich ... ich weiß nicht, was ich sagen soll. Sophia ... Sophia!«

Ich stand wie erstarrt vor der Tür; ich wusste nicht, ob ich klingeln oder mich davonmachen sollte. Meine Hand war erhoben, zur Klingel ausgestreckt. Die Entscheidung wurde mir jedoch abgenommen. Die Tür öffnete sich langsam vor mir, und Karens blasses Gesicht erschien.

»Ich habe Ihren Schatten durch die Scheibe gesehen«, sagte sie ruhig. Ohne die Tür zwischen uns war ihre Stimme klar und rein. Ich vernahm keinerlei Akzent, höchstens vielleicht eine Spur ländlicher Weichheit. Sie klang gemächlich, rollte ohne Eile von ihr zu mir.

Ich blinzelte ein paarmal unschlüssig. »Es tut mir leid«, murmelte ich. »Klingt, als käme ich ungelegen. Bitte entschuldigen Sie. Ich wollte nicht stören.« Ich wandte mich um und schickte mich an zu gehen.

»Nein, bitte – Sie brauchen nicht zu gehen«, sagte sie, nun schneller. »Es ist nur das Übliche. Nichts Außergewöhnliches.« Sie schüttelte den Kopf und lächelte, doch ihre Mundwinkel wiesen unglücklich nach unten. Ihre Lider waren schwer, und sie blickte mich nicht an, sondern schaute zu Boden. Sie sah müde und fahrig aus.

»Ich wollte nur fragen, ob ich den Weg hier benutzen darf, wenn ich joggen gehe. Ich wohne drüben im Cottage«, sagte ich und wies den Weg hinauf. »Ich gehe alle paar Tage joggen, laufe dort zwischen den Bäumen hindurch. Ich war mir nicht sicher, ob das hier privat ist. Ich habe nirgendwo Schilder gesehen.«

»Oh, machen Sie nur«, sagte sie und trat zur Tür hinaus. »Es ist ein Privatweg, aber es ist ja auch Ihr Weg. Bitte denken Sie nicht, Sie müssten sich fernhalten. Das ist ein wunderschöner Spazierweg da oben, nicht wahr? Nein, benutzen Sie ihn auf jeden Fall weiter, unbedingt ...«, endete sie lahm, der kurze enthusiastische Ausbruch schien sie völlig erschöpft zu haben.

»Danke«, erwiderte ich. Ich stand da und starrte sie an. Ich wusste nicht, worauf ich wartete. Ich war so daran gewöhnt, dass die Menschen mir Gespräche aufnötigten, dass es mich vollkommen überraschte, dass jemand so schnell mit mir fertig war.

»Möchten Sie hereinkommen?«, fragte sie und hob die Augen ein wenig, so dass sie mich auf Brusthöhe ansah. »Möchten Sie gern eine Tasse Tee?«

Ich krümmte mich innerlich bei dem Gedanken an meine mangelnde Gesprächigkeit und die Vorstellung, wie ich mich ihr aufdrängte. Ich schüttelte den Kopf und sah sie schuldbewusst an. »Entschuldigung, ich hatte es nicht darauf angelegt, hereingebeten zu werden. Ich bin sicher, Sie bekommen oft genug ungeladenen Besuch.«

»Es waren schon einige da«, erwiderte sie. Lethargisch hob sie die Brauen und bestätigte damit leicht amüsiert, dass schon ein ganzer Strom von Leuten aus dem Dorf vorbeigekommen war. »Aber es ist nett, dass die Menschen uns willkommen heißen«, fügte sie hinzu. »Ich heiße übrigens Karen«, sagte sie dann und reichte mir die Hand.

Ich war versucht zu sagen, dass ich ihren Namen bereits kannte, aber ich wollte nicht, dass sie sich unbehaglich fühlte, so wie es mir an ihrer Stelle gegangen wäre. »Lucy«, entgegnete ich. Ich ergriff ihre Hand, umfasste ihre schlanken Finger und achtete darauf, sie nicht zu fest zu drücken. Ihre Haut fühlte sich weich und warm an. Meine Hände kamen mir rau vor im Vergleich zu ihren. Sie sahen dunkler aus und waren trockener vom Laufen und Radfahren in der Kälte. Ich zog meine Hand verlegen zurück und schob beide Hände in die Seitentaschen meiner Joggingjacke.

»Möchten Sie hereinkommen?«, fragte sie noch einmal. »Ich lade Sie ein. Sie drängen sich keineswegs auf.« Sie lächelte.

Nach kurzem Zögern grinste ich. Ich hatte kapiert, dass sie mich neckte. »Nein, danke«, antwortete ich. »Ich hatte vor, an der Küste entlangzujoggen. Ich kriege Seitenstechen, wenn ich vorher was trinke. Aber nochmals vielen Dank.«

»Kein Problem. Aber geben Sie gut acht«, sagte sie und runzelte die Stirn. »Der Küstenpfad kann im Winter gefährlich sein. Manchmal bricht ein Stück ab und stürzt die Klippen hinunter.«

»Ich bin vorsichtig«, wollte ich erwidern, aber ich wurde abgelenkt. Über ihre Schulter hinweg sah ich ihre Tochter langsam die Treppe herunterkommen. Mein Blick flitzte zwischen Karens Augen und den großen Stufen der Holztreppe hin und her, die ich im Dämmerlicht vage hinter ihr ausmachen konnte.

Ihre Tochter besaß Karens anmutige Art, sich zu bewegen – sie streckte ihre Zehen in Richtung Stufe, setzte ihren Fuß exakt auf und verlagerte dann in einer fließenden Bewegung ihr Gewicht darauf. An ihrer Seite befand sich Karens Sohn. Die Tochter hielt ihn fest an der Hand und zog ihn mit sich die Treppe hinunter. Er stolperte die Stufen neben ihr hinab, als wäre er eines ihrer Spielzeuge.

Sie erschien aus dem Schatten des Flurs und trat neben Karen; aufrecht und mit erhobenem Kinn stand sie da.

»Hallo. Ich heiße Sophia.« Sie streckte den Arm aus, steif und gerade, bemüht, die erwachsene Bewegung Karens nachzuahmen.

Ihre altkluge Art machte mich einen Moment sprachlos. Ich war den Umgang mit Kindern nicht gewohnt. Mein Bruder war mehrere Jahre älter gewesen, als ich heranwuchs, und mein Neffe war jünger als George. Ich wusste nicht, was für ein Verhalten ich von diesem Beinahe-Teenager zu erwarten hatte.

»Hi«, sagte ich verwirrt. »Ich heiße Lucy.« Ich ergriff ihre Hand und drückte sie kurz.

Dann sah ich zu George hinunter. Er hatte sich von seiner Schwester losgemacht und schmiegte sich an die Beine seiner Mutter, die Hände in den Stoff ihrer Hose gekrallt. Er runzelte die Stirn, senkte den Blick und kaute auf seiner Hemdmanschette herum. Karen fuhr ihm durch seine Locken. Sie schien besorgt und sah nicht auf, um meinem Blick zu begegnen.

»Wohnen Sie auch im Dorf wie die anderen Leute?«, fragte Sophia selbstsicher.

Ich blickte von Sophia zu Karen, irritiert darüber, wie ihre Tochter das Gespräch übernahm. Karen schien nicht geneigt, ihr Einhalt zu gebieten.

»Nein.« Ich sah mich gezwungen, ihr zu antworten. »Ich wohne in dem Cottage oben am Weg.«

»In dem kleinen Arbeitercottage«, sagte sie.

Ich wusste nicht, ob ich belustigt oder beleidigt auf ihren Kommentar reagieren sollte. »Richtig«, sagte ich so gleichmütig, wie ich konnte.

Sie nickte und schaute mich unverwandt an. »Dann sind wir also Nachbarinnen«, meinte sie dann und bedachte mich mit einem Schulfotolächeln.

»Das sind wir wohl«, erwiderte ich, auf seltsame Weise von dem Wunsch beseelt, das letzte Wort zu haben.

Ich trat einen Schritt zurück. Ich mochte nicht länger bleiben, da die drei so uneins miteinander wirkten. »Ich muss los.

Tut mir leid, dass ich einfach so aufgekreuzt bin«, sagte ich laut und wandte mich zum Gehen.

»Nett, Sie kennengelernt zu haben«, sagte Sophia ausdruckslos. Sie ging davon aus, dass ich sie gemeint hatte.

»Bis dann«, sagte ich in Karens Richtung, aber sie sah mich nicht an.

Ich winkte, als ich zu laufen begann. Sophia winkte mit großer Geste zurück, die Hand hoch über den Kopf erhoben. Als ich mich noch einmal umwandte, sahen mir nur noch Karen und George nach.

5

Meine Begegnung mit Karen und ihren Kindern beschäftigte mich auch noch beim Joggen. Es tat gut, etwas Neues zu haben, um das meine Gedanken kreisen konnten. Der Unfall und Jake und seine Familie hatten mein Denken monatelang völlig beherrscht.

Hatte Karen gewollt, dass ich hereinkomme? Ich war den Umgang mit Menschen nicht mehr gewöhnt. Ich konnte nicht zwischen einer echten Einladung und einer höflichen Einladung, die ich wiederum ebenso höflich ablehnen sollte, unterscheiden. In diesem Fall war es vermutlich beides gewesen, überlegte ich.

Ich war wohl schon ein paar Kilometer gejoggt, ohne dass mir die Zeit oder die zurückgelegte Entfernung bewusst war. Ich hatte die Begegnung mit Karen im Geiste mehrmals Revue passieren lassen und sie bis ins kleinste Detail analysiert.

Da begann es zu regnen; große Tropfen rissen mich aus meinen Gedanken und lenkten meine Aufmerksamkeit wieder auf meine Umgebung. Ich schaute zum Himmel hoch. Über mir zogen dunkle Wolken auf, und an der Küste hinter mir ballten sie sich zusammen. Ich blieb stehen. Ich begriff, dass ich wahrscheinlich klatschnass werden würde, auch wenn ich sofort umkehrte.

Die großen Winterregentropfen durchnässten mein Haar binnen weniger Minuten. Ich musste das Wasser fortblinzeln, das mir aus meinen triefenden Haaren in die Augen rann. Eisige Rinnsale liefen mir den Nacken hinunter. Ich beschleunigte mein Tempo, als der Himmel vor mir immer dunkler wurde und nahender Donner grollte, und als ich den Waldrand erreichte und den Weg, der zum Gutshaus führte, rannte ich, so schnell ich konnte. Ich machte einen Satz über den Zaunübertritt und schlitterte den Weg zwischen den Bäumen hinunter.

Ich war schon halb unten, das Weiß des Gutshauses blitzte schon durch die Bäume, als ich aus dem Tritt geriet. Mein Fuß verschwand in einem Loch, das gerade groß genug für ihn war. Er sank tief in die nasse Erde ein und geriet zwischen die Wurzeln eines Baumes. Ich konnte nicht schnell genug reagieren – mein Schwung trug mich voran und hügelab, doch die Baumwurzel hielt meinen Fuß umklammert, ich stürzte nach vorn, verdrehte mir den Knöchel und zerrte mir das Knie. Mit dem Gesicht voran landete ich auf dem Waldboden; der Aufprall war so heftig, dass er mir mit einem lauten »Uffff!« die Luft aus den Lungen hieb.

Ich lag verdreht da, konnte nur knappe, schmerzvolle Atemzüge tun. Ich war hart gelandet, und mir war geradezu übel von dem Aufprall. Mir tat der Magen weh, mir dröhnte der Kopf, mir schwamm es vor Augen. Das Blut pochte mir heftig in den Adern. Ich hob das Gesicht vom matschigen Boden und spie kleine Blattfetzen und Zweigstückchen aus. Ich fuhr mir mit der Zunge im Mund umher, angewidert vom Geschmack der Erde. Ich war von oben bis unten mit Matsch bedeckt. Kalt und feucht war er, und an Bauch und Beinen begann er durch meine Joggingkleidung zu sickern.

Langsam erhob ich mich auf die Knie, bloß nicht zu hastig, sonst wäre mir wieder schwindlig geworden. Mein Knöchel schmerzte. Mir war klar, dass er mein volles Gewicht nicht würde tragen können, aber ich glaubte nicht, dass er gebrochen war. Ich richtete mich auf und versuchte, auf dem anderen Bein zu stehen; ich hüpfte herum, bis ich das Gleichgewicht gefunden hatte. Dann wandte ich mich um und sah mir an, wo ich hineingetreten war.

Das Loch war klar zu erkennen. Ich wunderte mich, dass ich es vorher noch nie gesehen hatte. Es war zwei Fuß breit und ungefähr einen Fuß tief, wobei es sich nach unten verjüngte. Ich beugte mich vor, hüpfte, um das Gleichgewicht zu wahren, und sah es mir näher an. Ich war noch immer leicht benommen; ich starrte nach unten und wartete darauf, dass meine Sicht klar und der Waldboden im Fokus scharf wurde.

Zunächst wusste ich nicht, was ich davon halten sollte. Ich hatte den Bau eines Tieres erwartet – eines Dachses vielleicht –, aber das Loch ging senkrecht nach unten, nicht schräg. Die Seiten waren kantig und teilweise ebenmäßig. Die Erdschichten waren wie mit einem Spaten abgetragen worden. Jemand hatte das Loch absichtlich ausgehoben.

Ich besah mir die Ränder des Loches. Durch mein Hineintreten war ein Gitter aus dünnen Ästen, Zweigen und Blättern zerstört worden, aber die gitterartigen Ränder waren noch intakt. War das Loch schon auf meinem Hinweg dagewesen und ich war einfach darüber hinweggelaufen? Das war möglich, aber ich würde es wohl kaum in Erfahrung bringen.

Ich überlegte, warum jemand mitten auf dem Weg ein Loch graben und es tarnen sollte. Hatte jemand eine Art Falle gebaut? Ich starrte auf das Loch, mir war kalt und übel, und ich versuchte, einen Sinn darin zu erkennen.

Auf einmal gewann meine Furcht die Oberhand. Von Panik erfüllt sah ich mich um. Es regnete noch immer heftig, große Tropfen fielen durch die Bäume und prasselten auf die Blätter und die Erde nieder. Ich versuchte, über diese Geräusche hinwegzuhören und erwartete halb, Äste knacken zu hören, die anzeigten, dass sich jemand näherte. Ich wandte den Kopf in alle Richtungen, versuchte dunkle menschliche Umrisse zwischen den Bäumen auszumachen. Ich hielt Ausschau nach Tom Riley. Ich hatte seine Silhouette im Kopf, und das war der Umriss, nach dem ich in meiner Angst ausspähte.

Ich atmete schnell, keuchte vor Not. Ich setzte mich in Bewegung und begann den Pfad hinunter zu humpeln und zu rutschen; alle paar Meter drehte ich mich um, darauf gefasst, Tom Rileys dunkles Gesicht hinter mir zu erblicken. Wenn ich es bis zum Gutshaus schaffte, überlegte ich, dann wäre ich in Sicherheit. Diesen Gedanken wiederholte ich wieder und wieder, während ich den Hügel hinabtaumelte.

Ich konnte es kaum fassen, als ich es bis zum Fuße des Waldes geschafft hatte und das Gutshaus in Rufweite war. Ich wandte mich um und schaute durch die Bäume hindurch den Hügel hinauf. Ich konnte keine Bewegung ausmachen, nur das Laub auf dem Boden regte sich unter dem Aufprall der Regentropfen. Jetzt, wo ich wusste, dass Karen nur wenige Meter entfernt war, fühlte ich mich weit weniger verletzlich. Dass jemand am selben Weg wohnte wie ich, verringerte das Gefühl, von der Außenwelt abgeschnitten zu sein.

Ich versuchte, Vernunft walten zu lassen. Es war bloß ein Bodenloch auf dem Pfad gewesen. Vielleicht war ich schon etliche Mal daran vorbeigelaufen. Ich konnte nicht glauben, dass es jemand in böser Absicht gegraben hatte, obwohl ich noch immer keine Idee hatte, wozu es dienen mochte. Das Schlimmste, was hatte passieren können, war, dass ich mir den Knöchel verstauchte, und genau das war auch passiert. Ich spürte, wie meine Anspannung allmählich nachließ – meine beschwichtigenden Gedanken zeigten Wirkung.

Ich humpelte vorn am Haus vorbei und den Weg hoch; ich war erleichtert, auch wenn ich mich noch mehrmals umdrehte, um mich zu vergewissern, dass niemand hinter mir war. Der Regen fiel wieder heftiger, peitschte in dicken grauen Schwaden durch das Tal. Meine Joggingsachen fühlten sich schwer an und klebten mir am Leib, als ich durch die Regenschleier auf mein Haus zu humpelte.

Jake wartete an der Eingangstür, als ich in das Cottage hineinstolperte. Ich spürte ihn um meine Schultern, als ich im Flur stand und braunes Wasser auf den Boden tropfte. Ich spürte seine kühlen Arme um mich. Ich war froh, dass er nicht länger aufgebracht war.

KAPITEL 3

1

Ich hielt eine Nachricht von Karen in der Hand, geschrieben auf einer edlen weißen Karte. Sie hatte sie am 5. November unter meiner Haustür durchgeschoben, als ich einkaufen gewesen war. Ich betrachtete die mit schwarzer Tinte geschriebenen schwungvollen Buchstaben. Es sah aus wie eine völlig normale Einladung, fand ich, nachdem ich Zeit gehabt hatte, das Ganze sacken zu lassen.

Ich war nicht in der Lage gewesen, die Nachricht zu Ende zu lesen, als ich sie erhalten hatte. Kaum hatte ich den Sinn erfasst, hatte ich die Karte fallen lassen. Die Vorstellung verursachte mir Übelkeit. Es war eine kurze Nachricht, wahrscheinlich verfasst, als Karen feststellte, dass ich nicht zu Hause war.

Haben Sie Lust, heute Abend zur Bonfire Night mit ins Dorf zu kommen? Oder sollen wir Sie mitnehmen, falls Sie ohnehin schon vorhatten, hinzugehen? (Ich glaube, Sie haben kein Auto, oder?) Ich komme um sieben bei Ihnen vorbei, wenn ich nichts von Ihnen höre. Karen

Um halb sieben hatte ich alles Licht im Cottage gelöscht und mich oben versteckt; ich saß auf dem Fußende des Bettes und schaute aus dem Fenster. Ich sah die Zweige draußen, die von den Scheinwerfern von Karens Wagen erhellt wurden. Ich trat ans Fenster und beobachtete, wie sie hinter dem Cottage anhielt. Sie stieg aus und verschwand aus meinem Blickfeld, um an die Tür zu klopfen.

Sophia schaute mit finsterer Miene durch die Heckscheibe nach draußen. Sie sah kurz zum Schlafzimmerfenster hinauf, ihre Augen direkt auf mich gerichtet, aber ihr Blick schien nicht fokussiert, und ich glaube nicht, dass sie mich hat sehen können.

Ich hatte überlegt, Karen hinterher eine Antwort zukommen zu lassen; ich wollte mich entschuldigen und vorgeben, ihre Nachricht nicht rechtzeitig erhalten zu haben. Ich hätte sie bei ihr unter der Tür durchschieben können, wenn sie Sophia morgens zur Schule brachte oder abends wieder abholte. Ich ging sogar so weit, ein paar Entwürfe in meiner besten Handschrift zu verfassen. Doch dann ärgerte ich mich über mich selbst und warf die Entwürfe weg. Es war später Vormittag, und ich hatte zwei Stunden damit zugebracht, die richtigen Worte zu finden. Voller Nervosität zog ich meine Stiefel und eine Fleecejacke an und machte mich auf den Weg zum Gutshaus.

Sobald Karen die Tür öffnete, wusste ich, dass man sie über meinen Hintergrund ins Bild gesetzt haben musste und dass sie begriffen hatte, wie unangemessen ihre Nachricht gewesen war. Mit gequälter Miene sah sie mich an.

Ich hatte meinen Satz eingeübt und parat: ›Tut mir leid, aber ich habe Ihre Nachricht nicht rechtzeitig erhalten.‹ Doch dann stand ich mit offenem Mund da und war nicht in der Lage, meinem Script zu folgen. Karen schaute mich einen Moment lang an. Ich fühlte mich unbehaglich, und sie sah schuldbewusst drein.

»Es tut mir so leid. Ich hatte ja keine Ahnung ...«, begann sie.

»Bitte nicht. Sie wussten es ja nicht«, fiel ich ihr ins Wort und versuchte ihre Entschuldigung abzubiegen.

Sie sah aus, als wollte sie sich gleich noch einmal entschuldigen.

»Bitte«, sagte ich. Ich wollte um keinen Preis über den Unfall sprechen. »Es war nett, gefragt zu werden.« Ich fühlte mich zittrig und spielte nervös mit den Manschetten meiner Fleecejacke. Ich wusste nicht, was ich sonst noch sagen sollte, um ja nicht auf das Thema Jake und meine Erinnerungen an die Unfallnacht zu sprechen zu kommen.

Karen hielt meine Augen weiterhin fest mit diesem halb fokussierten Blick, der so typisch für sie war, und ihre besorgte Miene entspannte sich. Sie nickte zustimmend und schenkte mir ein schmerzliches Lächeln.

»Möchten Sie reinkommen? Eine Tasse Tee mit mir trinken?«, fragte sie dann.

»Ja«, erwiderte ich und versuchte zu lächeln. »Das wäre schön.«

Ich war noch nie zuvor in dem Haus gewesen. Ich konnte nicht widerstehen – ich musste meinen Blick in alle Richtungen schweifen lassen, um alles aufzunehmen. Ich hatte bis dahin nur den Flur gesehen und die Treppe, die rechts an der holzgetäfelten Wand nach oben führte. Der Flur erstreckte sich tief ins Haus und endete in Doppeltüren, durch deren Scheiben es grün schimmerte – es sah aus, als führten sie in einen Garten hinter dem Haus.

»Sie sind noch nie zuvor hier im Haus gewesen?«, fragte Karen.

»Nein.« Ich zögerte. »Ich war erst wenige Wochen hier, als ...« Ich zuckte die Achseln in der Hoffnung, sie würde den Rest verstehen, ohne dass ich es aussprechen musste.

Sie nickte und lächelte wieder. Sie hatte verstanden. »Meine Eltern haben Sie erwähnt. Gerade fällt es mir wieder ein.«

Ich schaute sie überrascht an. Ich hatte zwar einige angenehme, aber doch sehr kurze Begegnungen mit ihren Eltern gehabt, ehe sie gestorben waren. Ich hätte nicht gedacht, dass sie genug von mir mitbekommen hatten, um einen Eindruck gewinnen zu können.

»Sie haben Sie gemocht«, fuhr Karen traurig fort. »Sie hatten sich darauf gefreut, Sie näher kennenzulernen.«

»Ich mochte sie auch«, sagte ich.

Karen fasste sich wieder. »Wie wär's mit einer Führung?«

Ich lächelte und nickte, und sie führte mich in das Zimmer, das nach vorn hinausging. Es musste als großes Wohnzimmer gedient haben, schloss ich aus den Umrissen der Sofas und Sessel unter den weißen Laken. Die Tapeten hatte ein kleines Blümchenmuster, und an den Wänden hingen Gemälde und Zeichnungen. Der Boden war mit Kisten vollgestellt, manche von ihnen geöffnet; sie enthielten stapelweise dicke Bücher.

»Ich habe noch nicht mal angefangen, hier auszupacken«, sagte Karen und nahm ein Buch aus einer Kiste. Gedankenverloren blätterte sie es durch und legte es dann wieder auf den Stapel zurück.

»Arbeitsmaterialien«, erklärte sie. Sie zögerte. »Ich nehme mir im Moment gerade eine Auszeit vom Unterrichten, deshalb brauche ich die Bücher noch nicht. Ich fürchte, dieser Raum hier ist inzwischen eine Art Abstellkammer geworden.« Sie blickte sich lustlos und ein wenig gequält um.

Ich räusperte mich. »Was unterrichten Sie?«

»Geschichte«, antwortete sie und wandte sich mir wieder zu. »An der Universität von Plymouth.«

Ich nickte. Sie schien nicht sehr erpicht darauf zu sein, von ihrer Arbeit zu sprechen – oder von ihrer Auszeit. Der ganze Raum schien sie zu bekümmern. Ich fragte mich, ob es das Zimmer war, in dem ihre Mutter gestorben war – ob Jake Emily auf einem der Sofas gefunden hatte, die unter den weißen Tüchern verborgen waren.

»Ich zeige Ihnen den Rest des Hauses«, sagte Karen. Sie schien das Zimmer schleunigst wieder verlassen zu wollen.

Ich ging voraus, und sie schloss die Tür hinter uns; sie drehte sogar den Schlüssel um, ließ ihn aber stecken.

Ich sah mir die übrigen Türen, die von der Eingangshalle ausgingen, an. Sie alle hatten alte Schlösser, die mehrere Schichten Farben trugen. Karen folgte meinem Blick.

»Wundern Sie sich über die vielen Schlösser?«, fragte sie.

»Ja, in der Tat«, gab ich zu. Ich stellte mir vor, dass Karen einen riesigen Schlüsselring bei sich tragen musste, der dick und schwer von Schlüsseln war, mit denen jede Tür des Hauses geöffnet werden konnte.

Sie zögerte und überlegte einen Moment, ehe sie antwortete. »Sie wurden schon vor langer Zeit eingebaut. Meine Großmutter neigte zu Depressionen, wissen Sie, und war zeitweise sehr labil. Ich fürchte, mein Großvater hat all die Schlösser einbauen lassen, damit er sie überall einschließen konnte. Er wollte sicherstellen, dass sie keinen Schaden nahm und auch nicht davonlaufen konnte.« Sie sah mich an und lächelte über meine Miene. »Bereuen Sie, dass Sie gefragt haben?«

»Nun, ja ...« Ich lachte. »Das war nicht gerade die Antwort, die ich erwartet hatte. Ich dachte, vielleicht ist das hier irgendwann mal ein Hotel gewesen.«

Nachdem sie meine Antwort einen Augenblick hatte sacken lassen, lachte sie ebenfalls. »Vermutlich hätte ich etwas in der Art sagen sollen. Es ist nicht immer angebracht, die Wahrheit zu sagen, stimmt's?«, meinte sie und warf mir einen schrägen Seitenblick zu.

»Hauptsächlich nutzen wir dieses Zimmer hier«, sagte sie dann und trat zu einer Tür am Fuße der Treppe. Sie stand offen, aber ich konnte nicht hineinsehen. »Das Zimmer ist kleiner als das vordere«, fuhr sie fort, »aber es ist leichter warmzukriegen.« Sie zögerte kurz. »Ich habe da drinnen den ganzen Tag ein Feuer im Kaminofen brennen.«

Ich zuckte unwillkürlich zusammen. Bei dem Gedanken an Feuer verkrampfte sich mein Magen automatisch. Ich versuchte meine Angst zu verbergen, aber Karen bekam sie dennoch mit. Schließlich hatte sie mich mit ihren Worten warnen wollen und beobachtete meine Reaktion.

In gewisser Weise amüsierte es mich, dass wir so viel Schmerz, Tod und vielleicht Paranoia gemein hatten. Sie vermied es, sich im vorderen Raum aufzuhalten – ich schreckte vor dem Feuer im hinteren Raum zurück. Es würde ein kurzer Rundgang werden, wenn jedes Zimmer einen Geist enthielt oder eine Phobie auslöste.

Ich trat auf die Türschwelle, um in den Raum hineinzusehen. Der Kaminofen befand sich an der hinteren Wand und war von einem Schutzgitter umgeben. In seinem Inneren glühte es, ein rotes Feuer in einer Eisenkiste. Übelkeit stieg in mir hoch, und es schnürte mir die Kehle zu. Ich blinzelte mehrere Male, während ich zum Feuer hinüberstarrte und mich daran zu gewöhnen versuchte. Es war nur ein Kaminofen, sagte ich mir, weiter nichts. Doch die Übelkeit ließ nicht nach, und ich glaubte nicht, dass ich in der Lage wäre, klar zu sprechen. Also zwang ich mich stattdessen, Karen anzulächeln, und dann machte ich einen Schritt nach vorn, um zu demonstrieren, dass es mir nichts ausmachte einzutreten.

Die Luft fühlte sich warm und angenehm auf meinem Gesicht an, als ich das Zimmer betrat. Ich merkte, dass ich vor lauter Anspannung die Schultern hochgezogen hatte, und entspannte sie jetzt in der wohltuenden Wärme. Drinnen war es ein wenig dunkler, aber es sah behaglicher und weniger steif aus als der vordere Raum. Das Zimmer enthielt ein abgewetztes Ledersofa mit gepolsterten abgerundeten Armlehnen, die vom Alter gerunzelt und brüchig waren. Es war dem Kaminofen zugewandt und sah aus, als stünde es um seines eigenen Komforts willen direkt davor. Karens Sohn saß auf dem Teppich vor dem Sofa, und das Feuer warf einen orangefarbenen Schein auf ihn.

»Hey, George«, sagte Karen leise. »Wir haben Besuch von Lucy.«

Er schaute auf und starrte mich an. Er hielt einen kleinen Plastik-Dinosaurier in der Hand, der aussah, als sei sein Schwanz gründlich durchgekaut. Es war bestimmt sein Lieblingsspielzeug. Verschmähte Spielzeugautos, Pferde und Bauernhoftiere lagen auf dem ganzen Teppich verstreut.

Ich lächelte George an und winkte ihm zu – ich wusste nicht recht, wie ich ihn sonst hätte begrüßen sollen. Er starrte noch ein paar Sekunden länger zu mir herüber, war aber nicht wirklich interessiert und wandte sich dann wieder seinem Dinosaurier zu.

»Ich zeige ihr den Garten. Willst du mitkommen?«, fragte Karen ihn.

Sofort warf er das eben noch faszinierende Spielzeug beiseite. Er rappelte sich auf und rannte zwischen uns hindurch auf die Tür zu. Seine Beinchen strebten unkontrolliert seitwärts, seine Füßchen trommelten auf den Boden. Ich lachte über seine spontane Begeisterung, und Karen schaute ihm lächelnd nach – es war das erste Mal, dass ich sie wirklich richtig lächeln sah.

Ihre Augen waren ebenfalls zum ersten Mal klar und fokussiert. Sie hatte sie ganz geöffnet, ihre Lider hingen nicht länger schwer herab. Ihre Augen waren schiefergrau und blitzten in dem Licht, das durch die Tür hereinfiel. Sie hatte ein schönes Lächeln, mit ebenmäßigen weißen Zähnen und tiefroten Lippen. Es hob ihre Wangen und ließ sie voller erscheinen, und es schob ihre Augenwinkel zu feinen Fältchen zusammen. Sie sah sehr hübsch aus.

»Ich glaube, wir werden Gesellschaft haben«, sagte sie lachend. »Können Sie dafür sorgen, dass er seine Gummistiefel anzieht? Ich muss die Suppe ausstellen«, sagte sie und ging den langen Flur entlang zurück. »Sonst rennt er in Socken raus«, rief sie mir noch über die Schulter zu.

Wir standen an der Doppeltür am anderen Ende des Hauses. Ich sah nach unten. George hatte die Hand auf der großen Scheibe des einen Flügels und schob die Tür auf.

»Warte eine Sekunde«, sagte ich leise und legte ihm die Hand auf die Schulter.

Er schaute zu mir auf, offensichtlich überrascht von meiner Einmischung, und sein Mund formte ein kleines ›Oh‹. Ich ging neben ihm in die Hocke. »Deine Mom möchte, dass du die hier anziehst.« Ich ergriff einen kleinen roten Gummistiefel und hielt ihn ihm schräg hin, so dass er seinen Fuß hineinschieben konnte. Er schaute auf den Gummistiefel und blickte mich dann verständnislos an. Ich wusste nicht, ob er mich nicht verstand oder ob er seine Gummistiefel nicht auf diese Weise anzog und mich für eine Idiotin hielt.

»Kannst du deine Gummistiefel selbst anziehen?«, fragte ich.

Er schüttelte den Kopf.

»Oh. Also gut«, sagte ich ergeben.

Ich überlegte kurz und stellte die beiden Gummistiefel nebeneinander. Dann packte ich George unter den Achseln, hob ihn hoch und versuchte ihn mit den Füßen in den Stiefeln wieder runterzusetzen. Es war schwieriger, als ich gedacht hatte, seine Beinchen zielsicher über den einen und den anderen Stiefel zu kriegen, ohne dass die Stiefel von seinem Gezappel umgestoßen wurden. Ich versuchte es drei Mal.

»So zieht deine Mom dir deine Gummistiefel nicht an, was?«, sagte ich nervös.

»Nein«, sagte George, sehr mit sich zufrieden. Er bot mir keine Alternative an.

»Das ist eine echte Hilfe«, sagte ich, und er kicherte.

»Okay«, sagte ich. Ich hatte mir einen neuen Ansatz überlegt. »Komm her.« Ich legte ihn mir über die Schulter, stützte seinen Popo mit einer Hand, stand auf und schob ihm mit der anderen Hand die Gummistiefel über die baumelnden Füße. Ich hielt ihn auf Armeslänge von mir, um zu sehen, ob die Stiefel auch saßen. George sah ein bisschen verwirrt aus, hatte aber nun beide Stiefel fest an den Füßen.

Sobald ich ihn auf dem Boden abgesetzt hatte, drehte er sich um und flitzte durch die Tür nach draußen. Ich wandte mich nach Karen um, aber dann hörte ich sie noch in der Küche rumoren. Ich folgte George hinaus in den Garten.

Ich war überrascht von seiner Größe. Ich hatte angenommen, dass das Haus von Wald umgeben war und nicht gewusst, dass es überhaupt einen Garten besaß. Er war schlicht angelegt; ein paar Steinstufen führten hinunter auf eine große viereckige Rasenfläche, die von kahlem Gestrauch eingefasst wurde. Am fernen Ende stand ein Gartenpavillon, diesseits des Schattens, den die Bäume warfen. Das Gras am Haus war schwammig vor lauter Moos, und ich glaubte nicht, dass es zu dieser Jahreszeit viel Licht sah.

Das Charakteristische an dem Garten war ein großer Baum, der ein wenig versetzt mitten auf der Grünfläche stand. Er ragte empor wie eine ausgestreckte Hand. Ich hatte keine Ahnung, um was für einen Baum es sich handelte, aber er war sehr schön anzusehen, ein kurzer Stamm, aus dem Zweige erwuchsen, die ein Rund bildeten. George war zu dem Baum hinübergelaufen und schaute in die Äste hinauf, während er sich um sich selbst drehte.

Ich ging langsam zu ihm hinüber, so dass ich in Reichweite war, ohne ihn jedoch bei seinem Spiel zu stören. Er wandte sich zu mir um und sah mich grinsend an; dann stolperte er zur Seite, schwindelig vor lauter Drehen. Er streckte den Arm aus und wies mit dem Finger in die Zweige über sich.

»Will auf den Baum«, sagte er, immer noch grinsend.

Der Baum war gut geeignet zum Klettern – viele niedrige Äste, die sich sanft nach oben bogen. Für George waren sie dennoch unerreichbar. Ich fragte mich, ob seine Mutter ihn hochhob und auf einem der niedrigeren Äste sitzen ließ.

»Hebt deine Mutter dich hoch und setzt dich da hin?« Ich wies auf den niedrigsten Ast, der etwa auf Brusthöhe war.

George schaute mich einen Augenblick an und beschloss dann zu nicken.

Ich war nicht überzeugt. Ich betastete den Zweig. Er war von trockenen grünen Algen bedeckt, war aber nicht allzu glitschig. Ich konnte keinen Schaden darin sehen, sofern ich George festhielt, wenn er dort saß. Ich hob ihn hoch und setzte ihn hin, mit dem Gesicht zu mir. Er war entzückt. Er schaute im Garten umher und genoss den Blick aus dieser großen Höhe.

»Will aufstehen«, sagte er dann und stützte die Hände auf dem Ast ab, um sich hochzudrücken.

»Nein, warte!«, sagte ich entschieden. »Bleib ganz still da sitzen.«

Ich ergriff einen Ast, schob ein Bein über einen weiteren und zog mich rasch in den Baum hoch. Ich saß direkt am Astkragen, ließ die Beine herunterbaumeln und ergriff George mit beiden Händen, um ihn zu stützen.

»Okay, nun kannst du aufstehen«, sagte ich.

Er war sehr folgsam und schaute sehr ernst drein, als er herumrutschte und sich anschickte, auf die Füße zu kommen. Ich zog ihn mehr, als dass er sich erhob, aber er sah dennoch sehr zufrieden mit sich aus.

In den Augenwinkeln sah ich, wie Karen aus dem Haus trat. Einen Moment lang schaute sie besorgt drein, als sie den Blick über den Rasen schweifen ließ. Mir sank der Mut, als ich ihr Gesicht sah. Ich fragte mich, ob ich meine Grenzen überschritten und George einer zu großen Gefahr ausgesetzt hatte.

Dann wandte sie sich in unsere Richtung, mit gerunzelter Stirn, und blieb abrupt stehen, als sie uns entdeckte. Zu meiner Erleichterung lächelte sie.

»Wartet!«, rief sie. »Rührt euch nicht vom Fleck!«

Sie ging ins Haus zurück und erschien wenige Augenblicke später mit einem Fotoapparat. Immer noch lächelnd kam sie auf uns zu. Ich glaube, sie schaute uns beide an.

»Schenkt mir ein strahlendes Lächeln«, sagte sie und hob die Kamera vor ihr Gesicht.

2

»Er scheint den Garten zu mögen«, sagte ich.

Wir gingen am Rand des Rasens entlang; wir folgten George, der einen kleinen silberfarbenen Fußball vor sich her kickte.

»Ja, das tut er«, erwiderte Karen lächelnd. Sie blieb stehen und sah ihm nach. Allmählich schwand das Lächeln von ihrem Gesicht. »In Plymouth hatten wir nur einen kleinen Garten. David, mein Mann, wollte dieses Anwesen verkaufen, nachdem meine Eltern gestorben waren, damit wir in ein größeres Haus ziehen konnten. Aber ich bin hier aufgewachsen und meine Mutter ebenfalls. Und vermutlich habe ich schon gemerkt, dass die Dinge sich nicht zum Guten entwickelten ...« Ihre Stimme verklang.

»Ihr Mann wohnt noch in Plymouth?«, fragte ich. Ich konnte mich nicht überwinden, ihn David zu nennen. Es hatte mich derart unangenehm berührt, als ich ihm das erste Mal begegnet war.

»Ja, in demselben Haus. Auf die Art und Weise war die Trennung ziemlich einfach«, fügte sie rundheraus hinzu. »Ich kann mich glücklich schätzen, dass ich einfach ausziehen konnte.« Sie ließ den Blick über den Garten und das Haus schweifen. »Ich glaube, ich werde mich hier wieder sehr wohlfühlen, auch wenn es komisch ist ohne meine Eltern.«

»Es ist ein bezauberndes Anwesen«, sagte ich begeistert. Ich hätte mir kein besseres Zuhause vorstellen können. Der schlichte georgianische Stil hatte mir immer schon gefallen, und ich liebte den Blick über das Tal bis hin zum Meer.

»Nicht wahr«, erwiderte Karen. Sie schien sich zu freuen, dass ich ihre Ansicht teilte. »Sophia gefällt es allerdings nicht«, fuhr sie mit gerunzelter Stirn fort.

»Glauben Sie, sie wird sich daran gewöhnen?«, fragte ich höflich. Es hätte mich nicht überzeugt, wenn sie ja gesagt hätte – nicht nach dem Streit zwischen ihnen, den ich vor einiger Zeit mit angehört hatte.

»Vielleicht«, antwortete Karen. »Sie vermisst ihren Dad. Und ihre Freundinnen.« Sie holte tief Luft. »Sie hat die Trennung insgesamt nicht gut verkraftet.« Sie schwieg und ließ ihre Antwort nachklingen. »Was ist mit Ihnen? Was ist mit Ihrer Familie?«, fragte sie dann.

»Meine Familie?« Ich wurde rot, als Karens Aufmerksamkeit sich auf mich richtete. »Mein Bruder, meine Eltern – ich sehe sie nicht sehr häufig«, stotterte ich.

Ich überlegte, was ich noch sagen könnte. Mir fiel nichts weiter ein. Ich hatte sie alle seit dem Sommer nicht mehr gesehen. Meine Eltern waren in London gewesen, um meinen Bruder, seine Frau und das Baby zu besuchen, und ich hatte mich dem Druck gebeugt und war mit dem Zug für einen Tag hingefahren. Ich dachte, es wäre besser, als wenn sie mich besuchten, wie sie es seit Jakes Tod wiederholt vorgeschlagen hatten.

Kaum war ich da, wünschte ich, ich wäre nicht hingefahren. Als ich am Haus meines Bruders ankam, hatten meine Eltern die Tür geöffnet, in freudiger Erwartung, mich zu sehen. Sie hatten ihre Besorgnis bei meinem Anblick nicht verhehlen können: Ihre Gesichtszüge entgleisten, ihre Augenbrauen hoben sich, die Mundwinkel meiner Mutter verzogen sich kummervoll nach unten. Zu jener Zeit war ich an einem Tiefpunkt gewesen. Ich muss noch dünner und ausgezehrter gewesen sein als heute.

Ich wusste nicht, was ich über sie erzählen sollte. Ich hatte eine Familie, und alle machten sich ernsthafte Sorgen um mich, und ich wich ihnen aus. Ich sah Karen entschuldigungheischend an – tut mir leid, dass ich so verschlossen bin. Sie schüttelte leicht den Kopf und lächelte ein wenig.

»Ich wollte gerade zu Mittag essen«, sagte sie dann. »Mögen Sie bleiben und mit uns essen?«

Die Küche war warm und dunstig von der Minestrone, die auf dem großen Herd vor sich hin blubberte. Es roch nach angeschwitzten Zwiebeln und Knoblauch und Speck und dem Köcheln von gehaltvollem Tomatensud. Ich sog die Aromen ein. Ich hatte vergessen, wie gut es roch, wenn man richtiges Essen kochte. Die Düfte stiegen mir zu Kopf, sie weckten angenehme Erinnerungen und ließen mich lächeln.

»Das riecht ja unglaublich«, sagte ich, ohne nachzudenken.

Karen wandte sich vom Herd um und lächelte. »Gut«, sagte sie. »Es ist eine meiner Leibspeisen. Entwickelt sich gerade zu einem unserer Standardgerichte.«

Sie rührte die Suppe in dem großen Topf noch einmal um und begann dann auf einem Holzbrett Brot zu schneiden. »Bitte setzen Sie sich«, sagte sie, ohne sich umzudrehen. »Dauert keine Sekunde.«

Ich setzte mich gegenüber von George an den alten Landhaustisch, der so aussah, als gehörte er schon immer hierher – das Holz war grau und verblichen und wies Schnitte von Messern und Brandflecken von heißen Pfannen auf. George fuhr mit seinem Dinosaurier darüber und fügte seine eigenen Spuren hinzu.

Ich wandte mich auf dem Stuhl um und konnte aus dem Fenster das Tal hinunter bis zum Meer sehen. Es war wieder nebelig geworden. Die Szenerie wandelte sich von Sekunde zu Sekunde – Bäume und Büsche tauchten hinter Wolkenfetzen auf und verschwanden wieder.

»Ich glaube, niemandem kann dieser Blick jemals langweilig werden«, sagte ich und drehte mich wieder um.

»Mir jedenfalls nicht«, erwiderte Karen und sah über meinen Kopf hinweg nach draußen. »Mein Schlafzimmer ist hier drüber, und früher habe ich stundenlang am Fenster gesessen und ins Tal hinuntergeschaut. Mache ich heute noch«, fuhr sie traurig fort.

Sie legte das Brett mit dem Brot auf den Tisch, stellte Butter dazu und brachte dann drei Teller mit Suppe.

»Langen Sie zu«, sagte sie und setzte sich neben George. »Ich muss ihm hier erst ein Lätzchen umbinden«, meinte sie und versuchte George ein Küchenhandtuch umzulegen, der unterdessen versuchte, unter ihren Armen hindurch an die Suppe zu gelangen.

Ich rührte die Suppe vor mir um, und der aufsteigende duftende Dampf erfüllte meine Nase. Sie sah so bunt aus – die dicke rote Flüssigkeit mit den sattgrünen Bohnen und orangefarbenen Karotten.

Ich nahm einen großen Löffelvoll und blies darauf; ich meinte die salzige Würze schon auf den Lippen zu spüren. Ich sog die warme Flüssigkeit in den Mund und ließ sie an den Seiten meiner Zunge entlangrinnen; die frischen Aromen machten mir buchstäblich den Mund wässrig. Die kräftige, fruchtige Schärfe der Tomaten erreichte die Geschmacksknospen zuerst, gefolgt von der Salzigkeit des Specks. Die frischen Kräuterdüfte von Basilikum und Petersilie stiegen mir in die Nase, und das warme Tomatenaroma schien mir zu Kopf zu steigen. Ich schloss die Augen, als die Wärme mein Gesicht streichelte.

Es war lange her, seit ich solch eine frische Mahlzeit gegessen hatte. Mein Gaumen war so an den eintönigen Geschmack von Instantnudeln gewöhnt, dass er von dem satten Aroma der hausgemachten Suppe vollkommen überwältigt war. Ich hatte vergessen gehabt, wie es war, Essen tatsächlich zu genießen. Ein Jahr lang hatte ich Essen nur als Energielieferanten betrachtet – ich hatte es zu mir genommen, wenn ich vor Müdigkeit zitterte, mir aber nicht erlaubt, in etwas so Köstlichem zu schwelgen.

Ich versuchte zu schlucken, aber es ging nicht. Meine Kehle war wie zugeschnürt. In meinen Augen sammelten sich Tränen. Ich schlug die Hand vor den Mund – ich befürchtete, die Suppe ausspucken zu müssen, wenn es mir nicht gelang, sie hinunterzuschlucken.

George und Karen hatten in ihren Bemühungen innegehalten und sahen mich alarmiert an. In meinen Augen standen die Tränen, sie liefen über und rannen mir über die Wangen. Schnell stand ich auf und wandte mein Gesicht ab. Ich zwang mich zu schlucken – der Mundvoll Suppe dehnte die verkrampften Muskeln meiner Kehle aufs Schmerzhafteste. Ich atmete geräuschvoll aus, hustete und schnappte nach Luft. Inzwischen strömten mir die Tränen ungehindert über die Wangen. Ich konnte mich nicht wieder umdrehen, ohne dass die beiden meinen Schmerz gesehen hätten.

Ich hörte, wie Karens Stuhl zurückgeschoben wurde; ich hörte ihre Schritte um den Tisch herum. Ich spürte, wie sie dicht neben mich trat, aber sie sagte nichts. Sie reichte mir ein Papiertaschentuch und legte mir behutsam die Hand aufs Kreuz.

Bei dieser schlichten, unaufgeregten Geste zog sich meine Brust voller Schmerz zusammen. Unwillkürlich stieß ich einen lauten Schluchzer aus. Ich presste sofort die Lippen zusammen und hielt die Luft an, um jeden weiteren Ausbruch zu unterbinden. Ich schluckte meine Gefühle herunter und blinzelte, um die Tränen zu vertreiben.

»Tut mir leid«, sagte ich. Ich schniefte und putzte mir die Nase. Wieder musste ich husten – etwas von der Minestrone steckte mir in der Kehle fest. »Tut mir leid«, wiederholte ich und sah Karen verlegen an.

Sie erwiderte meinen Blick ungeniert. Ihr Gesicht zeigte weder falsche Besorgnis noch Mitleid. Sie gab mir nicht das Gefühl, mich schuldig fühlen zu müssen, weil ich ihre Aufmerksamkeit forderte.

Ich schluckte erneut, und meine Kehle entspannte sich allmählich; noch einmal schnaubte ich mir die Nase. »Danke«, sagte ich. »Ich glaube, jetzt geht's wieder.« Ich lächelte ein wenig, um sie wissen zu lassen, dass alles in Ordnung war.

Sie kehrte zum Tisch zurück, und ich wandte mich um. »O George«, sagte ich betroffen. Ich setzte mich schnell und griff nach seiner kleinen Hand. Er sah aus, als würde er jeden

Moment anfangen zu weinen, seine Unterlippe wölbte sich vor, und er ließ den Kopf hängen.

»Hey, George. Es ist alles in Ordnung«, sagte ich und lächelte ihn an; ich schniefte noch ein wenig.

Ich fragte mich, wie viele Tränen er wohl schon gesehen, wie viele Streitereien er wohl schon mitbekommen hatte im Verlauf der Trennung seiner Eltern. Es musste eine verwirrende Zeit für ihn gewesen sein – er war zu jung, um die Ausbrüche und Veränderungen in seinem Umfeld zu begreifen.

»Ich habe mich gerade an etwas erinnert, das mich traurig gemacht hat«, sagte ich ruhig. »Aber jetzt ist wieder alles in Ordnung, und es gibt keinen Grund, warum du traurig sein solltest. Es ist alles in Ordnung.« Ich drückte seine Hand, und er sah mich aufmerksam und mit gerunzelter Stirn an. Ich wusste nicht, ob er mich verstanden hatte oder ob er mir nicht glaubte.

Ich begann meine Suppe zu essen, einen Löffel nach dem anderen, um ihm zu zeigen, dass alles wieder gut war. Er runzelte noch einmal die Stirn, dann griff er widerstrebend nach seinem Löffel und wandte sich wieder seinem Suppenteller zu. Nach wenigen Löffeln hatte sein Gesicht sich entspannt, und er zupfte eine Scheibe Brot auseinander und schien jeden Kummer vergessen zu haben.

»Es tut mir leid«, sagte ich etwas lauter über den Tisch hinweg zu Karen. »Ich bin Kinder nicht gewöhnt.« Ich schüttelte den Kopf und schaute sie an. Ich war überrascht, sie lächeln zu sehen. Sie sah keineswegs besorgt aus.

»Ich dachte gerade, dass Sie ziemlich gut mit ihm umgegangen sind«, sagte sie warmherzig.

Ich blieb vielleicht noch eine Stunde, nachdem wir mit dem Mittagessen fertig waren. Wir spülten das Geschirr und besahen uns die Spielsachen, die George uns zur Begutachtung brachte. Karen erweckte nicht den Eindruck, als wolle sie, dass ich mich rasch verabschiedete, aber ich wollte ihre Gastfreundschaft auch nicht überstrapazieren. Schließlich sagte ich, ich müsse arbeiten, was auch stimmte, und machte mich auf den Weg zur Tür.

Ich trat nach draußen und wandte mich um, um mich zu verabschieden. Ich wollte sagen, dass ich es schön gefunden hatte, aber das kam mir dann komisch vor. Wir waren beide auf unsere je eigene Weise so angespannt, dass es merkwürdig schien, unser Zusammensein zu genießen. Aber ich mochte sie. Sie litt genug eigenen Schmerz, um kein Mitleid angesichts meines Schmerzes zu empfinden und mich entsprechend anzusehen. In ihrer Gesellschaft fühlte ich mich normal.

Ich stand da und sah sie an. Ich wusste nicht, wie ich ihr das sagen sollte.

»Möchten Sie wieder einmal zum Lunch kommen?«, fragte sie.

Ich bezweifelte, dass sie merkte, wie glücklich ihre Worte mich machten. Ich hätte sie am liebsten umarmt, so dankbar war ich, dass sie meine Gesellschaft nicht als zu unangenehm empfunden hatte. »Ja«, erwiderte ich lächelnd. »Ich arbeite meistens zu Hause, von daher wäre mir jeder Tag recht.«

»Dann kommen Sie morgen, wenn Sie mögen«, sagte sie schlicht.

Ich lächelte den ganzen Weg nach Hause über, beflügelt von der Aussicht, die beiden wiederzusehen, beflügelt von dem Gedanken an ihre unkomplizierte Gesellschaft. Mein Lächeln schwand erst von meinem Gesicht, als ich das Cottage erreichte – als ich eintrat und seine Tristesse mich umfing. Ich schloss die Tür hinter mir und lauschte auf ein Zeichen von Jake, während die eisige Beklemmung in meinem Magen zurückkehrte.

3

Den Rest dieser Woche und auch die ganze nächste sah ich sie jeden Tag. Immer wenn ich mich verabschiedete, lud Karen mich für den nächsten Tag zum Lunch ein. Ich begann diese Mittagessen in meinen Tagesablauf einzubauen – ich stand ziemlich spät auf und richtete mein Laufen und das anschließende Duschen so ein, dass ich rechtzeitig zum Mittagessen fertig war. An manchen Tagen blieb ich einige Stunden – ich spielte mit George im Garten, wenn es trocken war, und wenn sich das Wetter gedreht hatte, saß ich mit ihnen zusammen drinnen vor dem Kaminfeuer.

Manchmal ging ich erst, wenn Karen Sophia von der Schule abholen musste, und ich arbeitete bis spät in die Nacht, um mein Pensum zu schaffen.

Ich fing an, zu Hause Radio zu hören. Ich wischte den Staub von einem alten Roberts Radio aus den fünfziger Jahren, das ich mit dem Cottage zusammen übernommen hatte. Nach der Schicht aus Staub und Fett zu schließen, die sich angesammelt hatte, musste es schon seit einer Ewigkeit auf dem obersten Küchenregal stehen. Doch es funktionierte noch und besaß einen beruhigenden dunklen Klang. Nachdem ich durch die Besuche bei Karen einmal angefangen hatte, mich unter Leute zu begeben, begann ich die Geräuschkulisse menschlicher Stimmen zu vermissen. Ich stellte das Radio an, sobald ich vom Mittagessen heimkehrte, und ich nahm es mit nach oben, um mich abends in den Schlaf murmeln zu lassen.

An den beiden Wochenenden besuchte ich Karen nicht. Ich glaubte, sie hatte genug um die Ohren, wenn Sophia zu Hause war, oder sie war unterwegs, brachte die Kinder zu deren Vater und besuchte Verwandte in Plymouth.

Am Montag darauf musste ich zur Arbeit fahren, und somit hatte ich sie drei Tage lang nicht gesehen, als ich am folgenden Dienstag zu ihnen ging.

Karen sah müde aus, als sie die Tür öffnete. »Es tut mir leid«, sagte sie, »ich bin spät dran. Ich fürchte, es dauert noch eine Weile, bis wir zu Mittag essen können. Hast du Zeit mitgebracht?«

Ich wollte ihr gerade versichern, sie solle sich keine Gedanken machen, als ich bemerkte, dass George sich an ihr Bein klammerte. Er sah aus, als wollte er sie nie wieder loslassen, und dann barg er sein Gesicht in den weichen Falten ihrer Baumwollhose. Die tiefrote Schnittwunde am Haaransatz entdeckte ich erst, als er schließlich den Kopf hob und mich anblickte. Er sah verängstigt aus.

»Lieber Himmel, was ist passiert?«

Bei meiner Frage verzog Karen gequält das Gesicht. Sie legte die Hand an Georges Schläfe und strich sachte durch seine langen Locken. »Es gab einen Unfall heute Morgen«, sagte sie mit gerunzelter Stirn. »Sophia hatte schrecklich schlechte Laune. Wir haben uns in der Küche gestritten. George ist im falschen Augenblick hereingekommen. Sophia hat vor Wut eine Tasse geschleudert.« Sie hielt inne und schluckte. »Sie hat das nicht gewollt. Die Tasse hat George am Kopf erwischt, als er hereingerannt kam – ich glaube, mit dem Rand. Es war ein ziemlich tiefer Schnitt.« Ihr Blick war in die Ferne gerichtet, so als ließe sie den Vorfall vor ihrem geistigen Auge noch einmal Revue passieren.

»Ist alles in Ordnung mit ihm?« Ich war ziemlich geschockt.

»Wir mussten zur Unfallstation, um die Wunde nähen zu lassen. Es hörte einfach nicht auf zu bluten. Ich glaube, er wird einen bösen Bluterguss bekommen, aber ansonsten scheint er okay zu sein. Ich muss ihn heute allerdings andauernd im Auge behalten«, sagte sie und strich ihm die Locken aus der Stirn, um die Wunde zu begutachten.

Ich fühlte mich ganz krank, als ich mir die Szene vorstellte – seine Schwester warf ihm eine kalte, massive Steinguttasse an den zarten Kopf, so dass die warme weiche Haut auf seinem Schädel aufplatzte. Ich schaute ihn an und empfand ein seltsames Bedürfnis, ihn zu beschützen, ihn zu trösten. Doch er scheute vor allem zurück, das nicht seine Mutter war; er brauchte den Körperkontakt und mochte nicht von ihr lassen.

Ich verspürte Ärger auf Sophia in mir aufflammen. Wie konnte sie in Gegenwart ihres Bruders so selbstsüchtig und achtlos sein? Er war so klein und verletzlich. Sie sollte auf ihn achtgeben, statt ihrem Ärger freien Lauf zu lassen. Karen versuchte sich einzureden, dass es ein Unfall gewesen war, aber ich spürte, wie mein Gesicht vor Zorn heiß wurde. Es stand mir jedoch nicht zu, ärgerlich zu werden und ihr Verhalten zu beanstanden. Ich wandte den Blick ab und wartete einen Moment, bis mein erhitztes Gemüt sich wieder abgekühlt und das Adrenalin sich verflüchtigt hatte.

Dann holte ich tief Luft und wandte mich wieder an Karen. »Kann ich irgendwas tun – dir irgendwie helfen? Soll ich Mittagessen machen, während du dich um George kümmerst?«, schlug ich vor.

Karen sah erleichtert aus; das letzte bisschen Energie schien sie in dem Augenblick zu verlassen. Sie schaute mich an, hob die Augen auf Brusthöhe, wie sie es oft tat – als wären ihre Lider zu schwer, um sie ganz zu heben und meinen Blick zu erwidern. »Würdest du das tun? Das wäre sehr nett von dir.«

Weder Karen noch George aßen viel zu Mittag, sie pickten ein bisschen von dem Käse, dem Brot und dem Salat, den ich angerichtet hatte. Karen starrte vor sich auf den Tisch und hielt George auf dem Schoß, während ich ein Sandwich aß. Ich war zu hungrig von meiner morgendlichen Joggingrunde, um nicht richtig zu essen.

Nach dem Mittagessen ging Karen mit George auf dem Arm ins Wohnzimmer. Als ich den Tee fertig hatte und hinüberbrachte, saß sie auf dem Sofa, und er lag quer über ihrem Schoß und schlief. Karen starrte ins Feuer und dankte mir abwesend, als ich ihre Tasse auf den Beistelltisch neben ihr stellte.

Ich setzte mich zu den beiden, Karen ein wenig zugewandt für den Fall, dass sie reden wollte. Wir saßen schweigend da und beobachteten, wie die orangefarbenen Flammen an der Scheibe des Kaminofens leckten.

»Bitte denk nicht zu schlecht von Sophia«, sagte Karen leise nach einer Weile. Sie hielt einen Moment inne, aber ich sagte nichts dazu. Nach allem, was ich von Sophia bislang mitbekommen hatte, war ich nicht geneigt, allzu gut von ihr zu denken.

»Sie hat das Wochenende bei ihrem Vater verbracht, und es fällt ihr immer schwer, danach wieder hierher zurückzukommen«, fuhr Karen voller Verständnis fort.

»War George nicht auch bei ihm?«, fragte ich irritiert nach.

»Nein.« Sie stieß einen Seufzer aus. »David wollte ihn diesmal nicht haben.«

Ich richtete mich erstaunt auf. Ich begriff nicht, warum George seine Schwester nicht begleitet hatte. Ich hatte geglaubt, Karen lege Wert darauf, dass die beiden Geschwister so viel wie möglich zusammen waren. Ich hatte geglaubt, ihr Mann sei erpicht darauf, seinen Sohn zu sehen. Karen schaute mich an und sah meine Verwirrung.

»Er hat George nie gewollt«, sagte sie mit ausdruckslosem Gesicht. Sie senkte den Kopf und blickte auf ihren schlafenden Sohn. »Ich bin so dankbar, dass ich ihn habe. Welch eine schreckliche Vorstellung, dass ich ihn vielleicht nicht bekommen hätte.« Bei diesen Worten strich sie über Georges Arm und zog seine Kleidung zurecht, damit ihm ja nicht kalt wurde. Sie sah mich wieder an. Vielleicht überlegte sie, ob sie mir mehr erzählen sollte.

»Sophia war in einem guten Alter, als ich wieder schwanger wurde. Sie erforderte nicht mehr so viel Aufmerksamkeit von uns. Sie begann Zeit mit ihren Freundinnen zu verbringen, und David fing schon an, es zu genießen, sein altes Leben zurückzuhaben.

Mit Sophia kommt er prima klar – sie sind sich manchmal unglaublich ähnlich –, aber ihm hat es keinen Spaß gemacht, ein Baby aufzuziehen. Das hat unser Leben einige Jahre lang völlig bestimmt. Und am Ende, glaube ich, haben wir uns nicht mehr gut genug verstanden, um all das noch einmal durchzustehen. In dem Punkt hat er recht gehabt.

Er wollte, dass ich George loswerde; er ließ sich auf keine Diskussion ein. David ist ein sehr resoluter Mensch. Wenn er sich erst mal etwas in den Kopf gesetzt hat, dann zieht er es auch durch. Es ist sehr schwer, ihn von etwas abzubringen, sobald er einen Entschluss gefasst hat.

Ich bin nicht so stark und entschlossen«, sagte sie und musste einen Augenblick innehalten.

»Wir hatten sogar schon einen Termin für eine Abtreibung, und ich bin ins Krankenhaus gefahren. David hat mich nicht begleitet, und während ich wartete, hatte ich Zeit zum Nachdenken. Wir hatten überhaupt nicht über die Sache gesprochen. Es war allein David, der kein weiteres Kind wollte. Ich hatte mich gefreut, als ich merkte, dass ich wieder schwanger war, und eine Abtreibung wäre mir gar nicht in den Sinn gekommen, wenn David nicht davon angefangen hätte.

Ich hatte meine Sachen schon ausgezogen und war in das Krankenhaushemd geschlüpft, so überzeugend war David gewesen. Doch dann streifte ich das Hemd plötzlich wieder ab, zog mich wieder an und verließ das Krankenhaus. Ich habe keiner der Schwestern Bescheid gesagt. Ich hatte Angst, dass sie mich daran hindern würden zu gehen oder dass sie David anrufen würden.«

Ihre Stimme klang gleichmütig, als erzähle sie die Geschichte von jemand anderem. Ihre Arme lagen um George, als wolle sie ihn beschützen.

»David war sehr wütend.« Sie schluckte unbeholfen. »Er war es nicht gewohnt, seinen Willen nicht zu bekommen. Er hat einen weiteren Termin in der Klinik für mich ausgemacht, aber ich bin nicht hingegangen.

Wir haben wochenlang kaum miteinander gesprochen. Ich hab's versucht, aber er kann sehr stur sein. Eine Zeitlang ist meine Mutter mit mir in den Geburtsvorbereitungskurs gegangen. Ich glaube, erst als seine Eltern mitbekamen, dass ich wieder schwanger war und ihm den Kopf gewaschen haben, hat er sich mehr engagiert. Ich hoffte, dass wir nach Georges Geburt wieder zur Normalität zurückfinden würden. Ich dachte, dass das Baby seinen Zauber auf ihn entfalten würde, wie es Neugeborene an sich haben. Und es hat ihn in der Tat ein bisschen besänftigt.« Sie blickte auf und nickte. »Aber er wollte nicht, dass das Baby Auswirkungen auf sein Leben hatte. Es war meine Entscheidung gewesen, George zu bekommen, also musste ich mich auch um ihn kümmern. Das war seine Haltung. David wollte sein Leben so fortführen wie zuvor – er wollte am Wochenende Fußball spielen und nach der Arbeit mit seinen Freunden losziehen.«

Sie hielt inne und holte tief Luft. »Ich konnte seine Haltung bis zu einem gewissen Grad nachvollziehen. Es war eine große Entscheidung, die ich in unser beider Namen getroffen hatte. Doch es war Sophia, die den Kürzeren zog, nicht David. Und darauf war ich nicht vorbereitet gewesen – den Aspekt hatte ich nicht bedacht.

Mich um George zu kümmern trieb mich zur völligen Erschöpfung. Ich wollte es nicht riskieren, dass er David nachts weckte, also saß ich halb schlafend neben seiner Wiege, um ihn sofort hochzunehmen, wenn er anfing zu weinen. Wenn ich mich den ganzen Tag über um ihn gekümmert hatte, wenn ich eingekauft und allen etwas zu essen gemacht hatte, hatte ich keine Zeit und auch keine Energie mehr für Sophia. Sie mochte George nicht. Das hat sie sich von ihrem Vater abgeguckt. Sie ahmte seine Blicke nach und seine Bemerkungen über mich und das Baby. Die beiden hassten mich bisweilen.«

Ich wollte sie trösten, sie aufmuntern, ihr widersprechen, was das Ausmaß der Abneigung der beiden ihr gegenüber anging. Aber ich hatte mitbekommen, wie Vater und Tochter sie am ersten Tag angesehen hatten. Hass war kein zu starkes Wort für das, was die beiden ausstrahlten.

»Und das Schlimmste war, dass ich manchmal zu müde war, um es überhaupt zu merken«, fuhr sie fort und schnaubte.

Ich war versucht, etwas einzuwenden, ihr zu sagen, dass viele Familien mit diesen Problemen zu kämpfen hatten, wenn weitere Kinder dazukamen. Mein Bruder war eifersüchtig auf die Aufmerksamkeit gewesen, die ich erfahren hatte, als ich klein war, und zwischen uns lag der gleiche Altersunterschied wie zwischen George und Sophia.

Karen schüttelte jedoch den Kopf, um jeden Einwand abzubügeln. »Wenn es nur das gewesen wäre, dann könnte ich es ihr gegenüber vielleicht wiedergutmachen. Ich könnte mehr Zeit mit ihr verbringen und versuchen, ihr zu erklären, wie es dazu gekommen ist, aber sie macht mich ganz allein für die Trennung verantwortlich und dafür, dass sie ihren Vater, ihre Schule, ihre Freundinnen verlassen musste. Ich glaube nicht, dass ich daran jetzt noch irgendwas ändern kann, und sie hat recht, das ist allein meine Schuld.«

Sie schwieg kurz und sah mich beschämt an. »Ich hatte eine Affäre – deshalb ist meine Ehe kaputtgegangen und deshalb musste ich fortgehen.« Sie wandte sich ein wenig ab und ließ das Geständnis sacken.

»David hatte zu der Zeit mindestens schon eine Affäre gehabt«, fuhr sie fort. »Wir schliefen im selben Bett, aber nur weil es aus Platzgründen keine andere Möglichkeit gab. Jeder lebte sein eigenes Leben – er ging zur Arbeit und traf sich mit wer weiß wem, und ich war zu Hause mit George. Ich weiß nicht, wie lange das so weitergegangen wäre. Aber dann sind meine Eltern gestorben. Sie starben sehr schnell hintereinander – innerhalb weniger Wochen. Das hat mich völlig umgehauen. Erst ist mein Dad ganz unerwartet gestorben. Ich hatte ihn seit der Geburt von George kaum gesehen, und plötzlich war er nicht mehr da und ich würde ihn nie wiedersehen. Nach der Beerdigung versuchte ich meine Mutter öfter zu besuchen, aber ich schaffte es höchstens einmal in der Woche. George fing sich jeden Bazillus ein, der damals umging, und ich fand immer wieder einen neuen Vorwand. Und dann starb Mum. Auch bei ihr hatte ich meine Chance verpasst. Ich fühlte mich sehr allein.«

Ich konnte ihre Einsamkeit förmlich spüren, als sie mir ihre Geschichte erzählte. Ich wusste nur zu gut, wie willkommen ein freundliches Wort oder eine Geste der Zuneigung in solch einer Zeit war.

»Ich fing an, mich mit jemandem von der Arbeit zu verabreden. Ich hegte keinerlei weitergehende Absichten. Wir arbeiteten einfach seit Jahren zusammen und waren gut befreundet. Als ich im Mutterschutz war, trafen wir uns alle paar Wochen, sofern George es zuließ. Sonst habe ich zu der Zeit überhaupt niemanden gesehen. Ich hatte keinerlei Umgang mit Erwachsenen, und als wir uns das erste Mal, nachdem meine Eltern gestorben waren, trafen, bin ich komplett zusammengebrochen. Und den Trost habe ich gebraucht«, sagte sie und runzelte reumütig die Stirn.

»Es war nicht von langer Dauer«, fuhr sie fort, und ihre Stimme klang schuldbeladen. »Eines Tages wurde Sophia von der Schule heimgeschickt, weil sie krank war. Sie hätte uns nie so sehen sollen. Ich hätte nicht zulassen dürfen, dass so etwas je passieren konnte ...« Es war ihr nicht möglich weiterzureden.

»Sie hasst mich«, nahm Karen den Faden schließlich wieder auf. »Und ich kann es ihr nicht verdenken. Sie beschimpft mich, weil ich sie von ihrem Vater getrennt und unsere Familie zerstört habe, und dann will sie plötzlich wieder meine Aufmerksamkeit und braucht meine Unterstützung und meine Liebe. Ich weiß nie, was mich morgens erwartet, wenn sie die Treppe runterkommt. Am schlimmsten ist es, wenn sie von David zurückkehrt. Sie will nie hierher zurück, wenn sie bei ihm ist.«

»Hast du mal daran gedacht, sie bei ihrem Dad zu lassen?«, fragte ich behutsam.

»Ja, habe ich«, sagte sie, beinahe verlegen. »Aber er will sie nicht – jedenfalls nicht auf Dauer – nicht, solange er sie nicht allein zu Hause lassen kann.«

»Weiß sie das?«, fragte ich, denn angesichts dessen wunderte ich mich über Sophias Haltung.

Karen schüttelte den Kopf.

Mein Magen war verknotet. Ich konnte mit Karen mitfühlen und war frustriert, weil ich keine Lösung für ihr Problem sah. Ich konnte nichts weiter tun, als ihre Hand ergreifen – ich konnte ihr nicht wirklich Trost bieten und musste an mich halten, um meine Gedanken darüber, wie schrecklich ihre Situation war, für mich zu behalten.

Mit Sophia hatte ich nicht gerade das größte Mitleid, auch wenn ich natürlich nicht wollte, dass Karen das mitbekam.

Wann immer ich George ansah und den tiefen roten Schnitt auf seiner Stirn betrachtete, stieg der Ärger wieder in mir hoch. Ich wusste nicht, wie Karen es schaffte, so beherrscht zu sein.

4

In jener Nacht ging mir Karens Lage nicht aus dem Sinn. Ich drehte und wendete das Problem und versuchte eine Lösung zu finden. Sie tat mir wirklich leid. Sie hatte Fehler gemacht, die nur allzu menschlich waren. Ich hielt sie für eine Frau, die es mit allen gut meinte, auch wenn sie nicht perfekt war, und der es erlaubt sein sollte, glücklich zu sein.

Schwierig hingegen fand ich es, mich in Sophia einzufühlen, denn George bot ein allzu leichtes Ziel für ihren Frust. Doch ich konnte nachempfinden, wie schwierig die Trennung ihrer Eltern für sie war, und mein hartes Urteil über sie wurde milder, als Karens Geschichte Zeit gehabt hatte, sich zu setzen. Ohne es zu wollen, sah ich die Szene vor mir, die sie vorgefunden haben musste – Karens Affäre. Sie bereitete mir einiges Unbehagen, und ich wurde rot bei dem Gedanken daran. Für Sophia musste es abscheulich und verletzend gewesen sein. Ich blinzelte und wand mich innerlich, während ich versuchte, die Bilder aus meinen Gedanken zu verbannen.

Karen hatte unsere Routine beibehalten und mich für den nächsten Tag zum Mittagessen eingeladen. Sie war entspannter, weniger dünnhäutig als am Vortag. George hatte den Vorfall bereits vergessen und sich wieder von seiner Mutter gelöst; unbeschwert spielte er mit dem Dinosaurier auf dem Küchentisch.

Ich sah zu, wie Karen das Mittagessen zubereitete und überlegte, ob ich ihr von der Idee erzählen sollte, die mir in der Nacht gekommen war. Ich hatte ein Kribbeln im Bauch, aber die Worte steckten fest und lagen mir schwer auf der Brust.

»Ich habe mich gefragt ...« Ich räusperte mich. »Wie wäre es, wenn ich mich einen Abend in der Woche um George kümmere?«

Karen wandte sich zu mir um. Ihr Gesicht war ausdruckslos. Ich hatte keine Ahnung, was in ihr vorging.

Ich fuhr fort. »Ich dachte, dann könntest du ein bisschen mehr Zeit mit Sophia verbringen, nach der Schule – vielleicht mit ihr einkaufen gehen oder ins Kino oder so.« Ich senkte den Blick und sah auf den Tisch. Meine Zuversicht war geschwunden; ich wünschte, ich hätte meinen Vorschlag für mich behalten. Ich hatte nicht wirklich darüber nachgedacht, was für einen Eindruck Karen von mir haben mochte – ob ich überhaupt jemand war, dem sie ihr Kind anvertrauen würde, oder ob sie mich für eine ziemlich wunderliche Nachbarin mit allen möglichen Phobien und Marotten hielt – also kaum die ideale Babysitterin.

»Das würdest du tun?«, sagte sie überrascht, als mein Vorschlag langsam bei ihr ankam.

Ich hob den Kopf und blickte sie an. Sie schaute mich an, sah mir direkt in die Augen. »Ja«, sagte ich, »klar. Ich dachte, es könnte dazu beitragen ... Du weißt schon ...« Ich zuckte die Achseln.

Karen setzte sich an den Tisch und sah mich unverwandt an. »Ich finde, das ist eine großartige Idee. Danke für das Angebot. Es ist sehr nett von dir, dass du dir das überlegt hast«, sagte sie lächelnd. »Ich hatte mich schon gefragt, ob du heute wohl überhaupt noch mit mir reden würdest – nach meinem gestrigen Ausbruch.« Sie sah peinlich berührt aus.

»Natürlich rede ich mit dir. Du hast nichts falsch gemacht.« Ich war irritiert. Und im Vergleich zu mir schien mir ihr Verhalten kaum zu beanstanden. Ich wurde rot; ihre Dankbarkeit machte mich verlegen – ich hatte Sorge, dass sie mich und meine Großzügigkeit viel zu hoch einschätzte.

In der folgenden Woche machte Karen Gebrauch von meinem Angebot. Ich kam wie gewöhnlich zum Mittagessen, und danach ging sie – ich stand auf der Türschwelle, George an der Hand, und winkte ihr zum Abschied. Wir schauten zu, wie sie den Wagen wendete, hörten den Kies unter den Reifen knirschen und sahen sie auf den Weg einbiegen. Es war still, als sie fort war. Wir standen noch in der Tür und schauten ins Tal hinunter.

Mir war ein bisschen mulmig, als ich dann allein für George verantwortlich war. Ich sah zu ihm hinab, und er sah zu mir hoch und dachte vielleicht: ›Das hast du nicht bis zu Ende durchdacht, stimmt's?‹

Wie sich herausstellte, lief es viel glatter, als ich befürchtet hatte. Wir schienen unseren gemeinsamen Tag einfach auf natürliche Weise fortzusetzen. Fast eine Stunde lang kickten wir auf dem Rasen hinterm Haus einen Ball umher. Ich brachte ihm unabsichtlich ein neues Fluchwort bei, als ich den Ball gegen die Fensterscheibe in der Hintertür schoss. Wir saßen im Baum. Ich las ihm drei Geschichten aus robusten Büchern mit dicken Pappseiten vor. Am frühen Abend war er müde, und als Karen nach Hause kam, schlief er tief und fest auf dem Sofa.

Ich hörte den Wagen auf dem Kies vorfahren und dann das Klicken der Haustür. Karen erschien als Erste; sie hatte es eilig, nach George zu sehen. Sie grinste, als sie ins Wohnzimmer trat und sah, dass er wohlbehalten dalag und schlief.

»Ich bringe ihn ins Bett«, sagte sie leise, nahm ihn behutsam hoch – er grummelte halb wach, halb schlafend – und trug ihn aus dem Zimmer.

Ich hörte das Klacken von Sophias Schuhen – sie näherte sich der Tür und blieb dann stehen – vielleicht sah sie zu, wie ihre Mutter die Treppe hinaufging. Dann erschien sie in der Tür, und der Teppich verschluckte ihre Schritte.

»Hi«, sagte ich freundlich. Ich war entspannt und ein wenig schläfrig; ich saß direkt neben dem Kaminofen und hatte auf Georges Atemzüge gelauscht.

»Guten Abend«, sagte sie höflich.

Ihre Altklugheit bereitete mir Unbehagen. Nach allem, was Karen mir erzählt hatte, musste sie ihr Selbstvertrauen von ihrem Vater haben. Sie besaß die entspannte Ruhe einer selbstsicheren Erwachsenen und gleichzeitig die Ungehemmtheit, die Kindern eigen sein kann. Diese Kombination ließ mich fürchten, was sie sagen könnte. Georges Äußerungen konnte ich inzwischen recht gut deuten, aber das half mir nicht im Umgang mit einem älteren Mädchen.

»Hast du einen schönen Tag gehabt?«

»Ja, danke«, sagte sie, wiederum höflich. Sie sah nicht so aus, als wollte sie Näheres von ihren Unternehmungen erzählen; sie schaute mich weiterhin an und schien nicht das geringste Unbehagen zu empfinden.

Ich fragte mich, wie lange Karen wohl noch brauchen würde. Die Aussicht, noch länger unter Sophias forschendem Blick ausharren zu müssen, gefiel mir nicht. Ich sah zur Decke hoch und lauschte. Ich hörte George. Er klang wach und plapperte mit seiner Mutter, woraufhin ich aufstand und mich der Tür und Sophia näherte.

»Ich sollte dich und deine Mum für den Rest des Abends euch selbst überlassen«, sagte ich warm, als ich an ihr vorbeiging. Dann drehte ich mich noch einmal um. »Sagst du deiner Mum bitte, dass ich gute Nacht gesagt habe und gegangen bin?« Ich zog mir meine Jacke an.

»Natürlich«, erwiderte sie lächelnd. »Gute Nacht.« Sie streckte den Arm aus. Ich starrte einen Augenblick auf die kleine Hand; die freundliche Geste überraschte mich. Dann ergriff ich ihre Hand und schüttelte sie energisch; ich versuchte mein Unbehagen zu verbergen.

Ich lächelte und wandte mich ab. Ich freute mich, dass der Abend für die beiden ein Erfolg gewesen war.

Karen umarmte mich, als ich am nächsten Mittag kam. Sie schlang mir die Arme um die Schultern, als sie die Tür öffnete, und drückte ihre Wange an meine. Sie fühlte sich fremd und weich an. Ich errötete bei diesem unerwarteten Körperkontakt.

»Ich hatte gestern Abend keine Gelegenheit mehr, mich von dir zu verabschieden«, sagte sie und ließ mich los. »Du warst schon fort, als ich runterkam.«

»Es klang, als würdest du noch eine Weile beschäftigt sein«, erwiderte ich und lächelte. »Und ich wollte dir nichts von deiner Zeit mit Sophia nehmen.«

»Es war ziemlich viel Zeit«, entgegnete sie, immer noch lächelnd. »Komm rein – Mittagessen ist fertig.«

»Und war's schön?« Ich stellte ein paar Tüten voller Lebensmittel auf den Tisch – mein Beitrag zum Mittagessen.

»Das war's – danke«, antwortete Karen über die Schulter. »Wir sind einkaufen gegangen, wie du vorgeschlagen hast. Hätte ich gewusst, dass eine kleine Einkaufstherapie Wunder bei ihr wirkt ... Ich habe ihr einen Haufen Sachen in Pink gekauft«, fuhr sie fort und grinste, als sie sich umwandte und das Brot auf den Tisch stellte. »Ich verstehe diese Pink-Obsession nicht. Ich hatte die jedenfalls nicht in dem Alter.« Gedankenversunken stand sie da. »Ich glaube, ich bin hier als kleine Landpomeranze aufgewachsen ... Jedenfalls hatten wir hinterher Fish 'n' Chips zum Abendessen. Ich bin nicht sicher, ob ihr das auch so gut gefallen hat. Vermutlich isst sie in der Schule jeden Tag Chips. Aber mir hat's geschmeckt«, schloss sie lachend.

Ich merkte, dass ich lächelnd dasaß, während Karen von ihrem und Sophias Abend erzählte. Sie sah glücklicher aus, als ich sie je zuvor erlebt hatte. Es war wohltuend, sie so unbefangen zu sehen und so unbekümmert erzählen zu hören, und ich fühlte mich gut, weil ich dazu beigetragen hatte.

»Ich verstehe, was Jake in dir gesehen hat«, sagte Karen lächelnd.

Es war freundlich gemeint, aber als ich seinen Namen hörte, wurde ich von einem eisigen Gefühl ergriffen, vom Kopf bis in die Zehenspitzen. Wir saßen auf der Bank vor dem Sommerpavillon und sahen George zu, der über die Wiese tollte.

Einen Moment lang verschlug es mir die Sprache. Ich dachte kaum je an Jake, wenn ich zum Gutshaus ging. Bei diesen Besuchen ließ ich meine Vergangenheit und meine Schuldgefühle hinter mir zurück. Als Karen seinen Namen sagte, traf es mich wie ein Schlag auf den Kopf, so unwillkommen war mir der Gedanke an ihn in diesem Umfeld.

Karen schien aus meinem Schweigen zu schließen, dass ich nicht wusste, was sie meinte und sie sich näher erklären müsse, denn sie fuhr hastig fort. »Abgesehen von den offensichtlichen gemeinsamen Interessen wie Wandern und sonstigen Outdoor-Aktivitäten sehe ich, was ihm an dir gefallen hat: Du kannst zuhören, du bist rücksichtsvoll, du bist attraktiv und es ist schön, mit dir zusammen zu sein. Ganz das Gegenteil von seiner Mutter«, schloss sie leise.

Ich hatte vergessen gehabt, dass Margaret sie kannte und wie stolz sie auf ihre Bekanntschaft mit den Trevithicks war.

»Hast du ihn gut gekannt?«, fragte ich, noch immer perplex, und die Worte kratzten mir in der Kehle.

Sie überlegte einen Augenblick. »Als ich jung war – ja«, erwiderte sie schließlich. »Wir waren auf derselben Schule, und damals kannte ich alle und jeden im Dorf.«

Ich musste sie wohl angestarrt haben, noch immer irritiert, dass sie Jake ins Spiel gebracht hatte.

»Wir sind jedoch nicht in Kontakt geblieben, nachdem ich mit der Schule fertig war«, fügte sie hinzu. »Ich hatte ihn schon jahrelang nicht mehr gesehen.« Sie schien leicht besorgt über meine Reaktion. »Letzten Endes hat er meine Eltern besser gekannt als mich.«

Sie verstummte und musterte mich. Ich wusste nichts zu erwidern.

»Es tut mir leid. Ich hätte seinen Namen nicht so beiläufig erwähnen sollen«, sagte sie mit gerunzelter Stirn. »Ich bin einfach so aufgedreht heute und ein bisschen gedankenlos.«

Ich brauchte einen Moment, ehe ich etwas erwidern konnte. »Nein, bitte hör nicht auf zu reden. Ich war bloß überrascht – das ist alles. Ich hätte wissen können, dass du ihn kanntest.« Ich schweifte ab. »Pennance ist eben ein Dorf.«

Das eisige Gefühl wurde ich jedoch nicht los. Es hielt den ganzen restlichen Nachmittag an. Ich fühlte mich wie zerfahren. Meine Haut kam mir fremd vor; sie umhüllte mich wie ein Gewand, das mir nicht passte. Zum ersten Mal wollte ich Karen und George frühzeitig verlassen. Ich ging, noch ehe Karen Sophia abholen musste, und führte einen beruflichen Abgabetermin als Entschuldigung an.

5

Doch arbeiten konnte ich nicht. Ich konnte nicht lange genug stillsitzen. Innerlich aufgewühlt lief ich im Cottage auf und ab. Jakes Anwesenheit konnte ich nirgendwo spüren. Ich setzte mich aufs Bett und versuchte sein Erscheinen zu erzwingen, aber er wollte einfach nicht auftauchen.

Ich stellte das Radio an, laut, und hoffte, dass die Geräuschkulisse meine aufkommenden Ängste übertönen und mich von der Übelkeit, die meinen Magen im Griff hatte, ablenken würde. Ich ging früh zu Bett, konnte aber nicht schlafen. Es war kalt, und ich fand einfach keine Ruhe. Ich wälzte mich von einer Seite auf die andere, und die Gedanken wirbelten mir im Kopf herum.

Ich blieb im Bett, bis es an der Zeit war aufzustehen. Ich versuchte, meine übliche Routine einzuhalten. Mir war beklommen zumute. Der Gedanke, Karen wiederzusehen, machte mich nervös – jetzt, wo ich wusste, dass sie Jake früher einmal gut gekannt hatte. Ich fragte mich, ob sie ihn besser gekannt hatte als ich, so wie alle anderen in Pennance.

Wieder ging ich im Cottage auf und ab. Mir war gar nicht bewusst gewesen, wie sehr ich mich in den vergangenen Wochen entspannt und wie gut mir Karens Gesellschaft getan hatte. Ich hatte Angst, sie zu verlieren. Sie war ein weiterer Mensch, dem ich Jake genommen hatte, und ich wusste nicht, wie ich ihr von nun an begegnen sollte.

Ich versuchte, diese Gedanken auszuschalten. Ich wollte Karens Freundschaft noch ein bisschen länger genießen. Ich zwang mich, zu meiner Routine zurückzukehren – ich zog meine Joggingsachen an und meine Laufschuhe und verließ das Haus.

Es war ein sonniger, aber kalter Tag. Mein Atem bildete kleine Wölkchen. Der erste harte Frost hatte die Wegesränder mit glitzerndem Raureif verziert. Das offene Tal vor dem Gutshaus war weiß, gesprenkelt mit Eiskristallen. An einem anderen Tag wäre ich stehengeblieben und hätte den Anblick voller Freude genossen.

»Guten Morgen!«, hörte ich Karen rufen. Mein Kopf flog herum, und ich sah sie aus dem Haus treten. George folgte ihr; er steckte in so vielen Schichten Kleidung, dass seine Arme ein wenig abstanden; seine Hände steckten in buntgestreiften Handschuhen.

Widerwillig hielt ich im Laufen inne und wandte mich ihnen zu, um sie zu begrüßen.

»Ist das nicht ein phantastischer Morgen?«, sagte sie begeistert und ließ den Blick lächelnd über das Tal schweifen. Ich nickte und keuchte; ich war noch nicht richtig warmgelaufen.

»George und ich wollen vor dem Mittagessen durch das Tal streifen. Hast du Lust mitzukommen?«, fragte sie und lächelte mich an.

Ich wollte sie nicht begleiten. Ich war mir nicht sicher, ob ich sie an dem Tag überhaupt sehen wollte. »Ich bin nicht gerade zum Spazierengehen angezogen«, entgegnete ich; ich schlang die Arme um mich und drückte meine Schultern – ich fing an zu frieren.

»Das macht doch nichts«, erwiderte sie und wandte sich um. »Ich hole dir rasch einen Mantel.« Sie verschwand im Haus, und ich joggte auf der Stelle, um mich warmzuhalten. Ich sah zu George hinunter. Es war schwer, bei seinem Anblick nicht zu lächeln – er drehte sich im Kreis und sprang auf und ab vor lauter Eifer, das Tal zu erkunden.

Karen kehrte mit einem großen Parka zurück. Sie legte ihn mir um die Schultern und zog ihn um mich. »Der wird dich warmhalten«, meinte sie mit einem breiten Lächeln.

Wir gingen langsam den Weg hinunter, der dem Wasserlauf folgte. Georges kurze Beine brauchten Zeit, um über Felsbrocken zu klettern und Stufen hinabzusteigen. Wir hatten viel Muße, die wechselnden Aussichten zu genießen und uns gelegentlich nach dem Haus umzusehen, das uns hinterherzustarren schien.

»Seit der Zeit vor Georges Geburt bin ich nicht mehr hier unten gewesen«, sagte Karen glücklich. Sie grinste, als sie herumwirbelte und ihre Umgebung in sich aufnahm. »Früher gab es hier im Frühling ganze Felder von Osterglocken. Ich hoffe, die Zwiebeln haben alle überlebt. Ich glaube nicht, dass sich in den vergangenen Jahren jemand um sie gekümmert hat. Vermutlich kommt ein Großteil der Pflanzenwelt auch ohne uns klar«, fuhr Karen fort.

Ich zuckte die Schultern und lächelte. Ich hatte keine Ahnung von Blumenzwiebeln und sonstigen Gartendingen.

»Sieht aus, als würde der Schmetterlingsflieder übernehmen«, sagte sie und wies auf ein Gewächs mit graugrünen Blättern und toten konischen Blütendolden. Ich schaute es mir gehorsam an; ich lauschte Karens Worten und verfolgte, wo sie hinzeigte, und wünschte, die Exkursion wäre vorbei.

»Wow, er ist immer noch da!« Sie eilte voraus und sprang einige Stufen hinunter. Ich konnte nicht sehen, was sie meinte, und reckte suchend den Hals, während ich langsam hinter George hertrottete.

Sie starrte auf einen Kreis aus Steinen, der sich auf dem Boden neben dem Bach befand. Es sah aus, als sollte das Wasser eigentlich direkt hineinfließen, aber der Lauf schlug einen Bogen und der Bach strömte über die Felsen darunter. Der Kreis war von braunen Stümpfen umgeben und den fächerartigen Skeletten großer Laubblätter.

»Das war der Teich, den mein Großvater für meine Mutter gegraben hat«, erzählte Karen. Mit kindlicher Begeisterung blickte sie zu mir hoch. »Jetzt ist er verlandet, aber ich bin sicher, ich könnte ihn wieder freikriegen. Komm her, George, und schau dir das hier an!«, rief sie und streckte die Hand nach ihm aus, um ihn zu ermutigen. »Du solltest diesen Platz hier im Sommer sehen, Luce – wenn das Mammutblatt wächst, ist das hier wie ein kleiner tropischer Wald.«

Mir wurde übel. Ich erinnerte mich daran, dass Jake die gleiche Begeisterung gezeigt hatte, wenn er von diesem Ort sprach. Ich stellte ihn mir vor, einen Vierzigjährigen in einer Schuluniform, der durch das Tal streifte. Ich schlug die Hand vor den Mund und versuchte meine von Übelkeit verzerrte Miene dahinter zu verbergen.

»Sollen wir den wieder freilegen, George? Sobald Sommer ist?«, fragte Karen. Sie geriet ganz aus dem Häuschen bei der Vorstellung.

Ich wandte den Blick von den beiden ab. Ich stand hoch aufgerichtet da und gab vor, die Aussicht ins Tal hinunter zu bewundern. Ich atmete die kalte Luft tief ein, um meine Übelkeit zu bekämpfen, und mir war leicht schwindelig.

»Sollen wir runtergehen?«, rief Karen zu mir hoch. »Man kann den Bach entlang fast bis zum Meer hinuntergehen.«

Ich schluckte und räusperte mich. »Klingt gut«, stieß ich mühsam hervor.

Karen führte uns den Weg entlang nach unten. Sie konnte es kaum erwarten. George rannte ihr nach, als der Weg nicht mehr so steil hinabging; die Energie seiner Mutter übertrug sich auf ihn. Ich fiel hinter den beiden zurück; ich hielt den Parka vorne zu und versuchte mich warmzuhalten. Ich war voller Argwohn, mit welcher Erinnerung an Jake ich als Nächstes konfrontiert werden würde.

Der Pfad wurde flacher, als wir uns dem Ende des Tales näherten, dort wo es sich verbreiterte und in die Bucht überging. Ich erwartete, das Meer ganz hinten aufschäumen zu sehen, aber dort befand sich nur eine steinige flache Lache. Karen und George standen dahinter und schauten nach unten. Als ich zu ihnen trat, sah ich, dass das Meer noch ungefähr drei Meter unter uns war. Die Wasserlache befand sich auf einer überhängenden Felsklippe. Karen hielt George hinten an seiner Jacke fest, als sie ihn über den Rand lugen ließ.

»Wow, guck dir das an!«, sagte sie dann. Sie stand da mit dem Rücken zu mir, dem Meer zugewandt. Sie bückte sich und hob etwas Langes, Nasses auf. Zuerst hielt ich es für Seetang.

Ich trat zu ihr und George und tat, als wäre ich neugierig, was sie da gefunden hatte.

»Nicht zu glauben, dass die immer noch da ist!« Sie reichte mir den dicken grauen gedrehten Strick, den sie aufgehoben hatte.

Ich schnappte nach Luft, als mir klar wurde, was das war. Unwillkürlich stieß ich seinen Namen aus. Es war die Strickleiter, von der Jake mir mal erzählt hatte – er hatte sie in einem Sommer gemacht und hier angebracht. Sie fühlte sich kalt und nass in meiner Hand an, Wasser rann aus den vollgesogenen Fasern und lief mir in die Ärmel. Es fühlte sich so echt und ekelerregend an. Ich hatte nicht damit gerechnet, mit etwas so Konkretem aus Jakes früherem Dasein konfrontiert zu werden – einem Artefakt aus seinem Leben.

Es war, als berührte ich Jake – einen kalten toten Teil von ihm. Er hing an meinem Arm, berührte mich eisig, wo das Wasser rann. Es war nicht der Jake, den ich mir vorstellte, schwerelos und geisterhaft um mich herum bei mir zu Hause. Es fühlte sich an, als wäre Jake da, wirklich und mausetot und an mich geschmiegt. Ich ließ das Seil fallen, geschockt von seiner robusten Festigkeit. Ich trat vom Rande der Klippe zurück und stolperte rückwärts.

»Lucy?«, sagte Karen voller Besorgnis.

Ich sah sie an. Sie trug George vom Rande der Klippe fort, kam mir nach.

»Bleib mir vom Leib!«, sagte ich. Ich hatte Angst, dass sie das Seil mitbringen würde.

»Lucy, lieber Himmel, was ist los? Setz dich einen Augenblick«, sagte sie. Sie folgte mir die Böschung hinauf, setzte George zu meinen Füßen ab. Ich schob mich mit dem Hintern rückwärts die grasbewachsene Steigung hinauf; ich versuchte von ihnen wegzukommen.

»Luce«, sagte Karen und streckte die Hand nach mir aus. Sie versuchte mich zu stoppen. Sie schnappte sich meine Hand und kniete sich vor mich. »Lucy«, wiederholte sie und schaute mir in die Augen.

Ich sah, dass sie besorgt war, die Stirn gerunzelt.

Alles, was ich hervorbrachte, war »Jakes«, im Flüsterton.

Ihr Gesichtsausdruck änderte sich, ihre Besorgnis verwandelte sich in Mitleid. Ihr fragender Blick wurde weicher, als sie mein Verhalten zu verstehen glaubte. »Lieber Gott, Lucy, es tut mir so leid. Ich habe mir nichts dabei gedacht. Ich ahnte ja nicht, dass es dich so mitnehmen würde.«

Sie beugte sich zu mir vor, als wäre sie im Begriff, mich in die Arme zu nehmen. »Du arme ...«, begann sie.

Ich fauchte sie an: »Ich will dein Mitleid nicht!«

Erschrocken hielt sie in der Bewegung inne und ließ sich zurück auf die Fersen sinken. Das verschaffte mir die Freiheit, rückwärts davonzurobben.

»Lucy, bitte warte«, sagte sie und streckte wieder die Hand nach mir aus.

Ich stieß sie heftig weg. »Lass mich in Ruhe! Ich will dein Mitleid nicht!«

Sie sah bestürzt und verwirrt aus, ließ sich aber nicht beirren. Erneut streckte sie die Hände nach mir aus, um mich in die Arme zu nehmen, meine Hand zu ergreifen, mein Knie zu berühren. Sie ließ nicht locker.

»Lucy, du hast den Mann verloren, den du geliebt hast. Warum sollte ich kein Mitgefühl mit dir haben?« Wieder griff sie nach mir, versuchte verzweifelt, mich festzuhalten.

Da schrie ich sie an. Ich schrie sie laut und deutlich an, damit sie aufhörte und mich in Ruhe ließ. Ich schrie so gemein, wie ich nur konnte. Ich wollte, dass sie sich zurückgewiesen fühlte. Ich wollte ihr unangemessenes Mitgefühl vollends auslöschen.

»Weil ich ihn nicht geliebt habe!«, schrie ich. »Wenn ich ihn geliebt hätte, dann hätte ich ihn gerettet! Aber das habe ich nicht. Ich habe zugelassen, dass er in den Flammen umkommt!«

6

Ich erinnerte mich an die Panik, die ich verspürt hatte, als Jakes Fuß auf dem Boden auftraf – die Bremse bot nicht den geringsten Widerstand. Angst ergriff mich; wie erstarrt saß ich neben ihm. Dann sah ich Jake an und vernahm das Entsetzen in seiner Stimme.

»Scheiße. Scheiße!«, rief er.

Ich starrte durch die Frontscheibe, sah die im Scheinwerferlicht aufschimmernden Bäume vorüberflitzen, die Kurve, nach der es hügelab ging, kam näher.

Sie war zu scharf, um sie ohne abzubremsen zu nehmen. Wir würden an einen Baum krachen, egal was Jake tat. Ich glaube, er versuchte, auf eine Lücke zu zielen, er lenkte den Wagen zur Straßenmitte, zielte auf die breiteste Lücke zwischen den Bäumen, die die Straße säumten.

»Komm schon!«, rief er dem Wagen zu.

Der Motor jaulte auf, als Jake die Gänge herunterschaltete in dem verzweifelten Versuch, unser Tempo zu drosseln.

Dann dauerte es endlos, bis wir die Bäume erreichten. Ich fühlte mich ganz leicht auf meinem Sitz, mein Magen schien leer zu sein. Es war, also ob wir die letzten Meter flögen. Wir konnten nichts tun, außer zuzusehen, wie die Bäume näher kamen, und abzuwarten, was passierte. Rückblickend kam es mir vor, als hätte ich viel Zeit gehabt – als hätte ich mich in aller Ruhe Jake zuwenden und ihn ein letztes Mal lebend sehen können. Doch alles, was ich aus dem Augenwinkel sah, waren seine Hände auf dem Lenkrad, starr und bleich.

Der laute Aufprall und das Krachen von Metall rissen mich aus meiner Entrücktheit. Die Ecke der Stoßstange streifte einen Baum. Ich wurde nach vorn geschleudert, der Sicherheitsgurt schnitt in meinen Körper, quetschte meine Brust und grub sich in meinen Magen. Mein Nacken peitschte nach vorn und wieder zurück, mein Hinterkopf schlug hart an die Kopfstütze.

Der Wagen hatte sich an dem Baum verfangen und schoss horizontal durch die Luft. Mein Kopf wurde gewaltsam von einer Seite zur anderen geschleudert. Ich war eine Stoffpuppe, meine Nackenmuskeln viel zu schwach, um meinen Kopf zu halten. Ich knallte mit dem Gesicht hart auf das Seitenfenster.

Der Wagen traf mit der anderen Seite auf einen Baum auf, der ihn in die entgegengesetzte Richtung schleuderte. Ich spürte, wie meine Kehle sich zusammenzog, als hätte mir jemand einen Schlag versetzt, und mein Kopf wurde wieder in die andere Richtung geschleudert.

Der Wagen landete am Ende des Waldsaums. Die hintere Stoßstange und der Kofferraum trafen zuerst auf, und die Schwungkraft des restlichen Wagens führte dazu, dass er sich überschlug. Der Lärm war ohrenbetäubend, als das Auto auf dem Dach landete, Glas zersplitterte, Metall wurde zusammengequetscht. Ein Scherbenregen ging auf mich nieder. Ich hob die Hände, wollte instinktiv mein Gesicht schützen, und etwas Kaltes schnitt meinen Arm entlang. Mein Kopf traf auf den Wagenhimmel, ich hing halb im Gurt, halb sank ich auf den Boden, mein Nacken schmerzhaft gestaucht. Einen Moment lang bekam ich keine Luft, mein Kopf war nach vorn gedrückt, meine Kehle zugeschnürt.

Dann fühlte ich mich auf einmal ganz leicht, und Atem füllte meine Lungen. Der Wagen war wieder in der Luft. Durch eine breite Lücke, dort, wo die Windschutzscheibe gewesen war, sah ich blasses Grün aufblitzen, erhellt von den Scheinwerfern. Sie wurden schwarz, als sich die Front des Wagens in die Erde grub.

Das bremste den Wagen aus. Er hob sich noch einmal kurz auf zwei Räder, landete dann auf dem Dach und kam schlitternd und sich drehend zum Stehen.

Wieder hing ich kopfüber in meinem Gurt, mein Gewicht auf Schultern und Nacken, den Kopf so schmerzhaft in das Dach gepresst, dass ich das Gefühl hatte, der Druck könnte sich jeden Moment durch meine Nase und mein Gesicht entladen. Ich bekam kaum Luft. Meine Knie befanden sich vor meinem Gesicht. Es war still. Ich hörte nichts außer meinem erstickten Keuchen. Ich konnte kaum etwas sehen. Das einzige Licht kam vom Armaturenbrett und den Scheinwerfern draußen, die in die Schwärze schienen.

Mein Gesicht war nass und kalt. Anfangs fürchtete ich, ich wäre blutüberströmt, aber dann fingen meine flachen Atemzüge die aromatischen Dämpfe ein. Ich konnte das Paraffin auf meinen Lippen schmecken und geriet in Panik.

Die Flasche Paraffin für Jakes alten Campingkocher musste geborsten sein. Ich war völlig darin getränkt. Ich ballte die Hände. Sie waren nass. Ich atmete nichts als Paraffindämpfe ein, als es sich ausbreitete und zu verdunsten begann und das Wageninnere mit einer entzündlichen Gasblase erfüllte.

Ein Geräusch drang von hinten aus meiner Kehle, ein erstickter Schrei, ein Stöhnen. Ich versuchte den Kopf zu drehen, um nach Jake zu sehen, und schnitt mir die Kopfhaut in den Glasscherben auf. Ich versuchte seinen Namen zu sagen, aber meine Kehle war zu sehr gestaucht.

Auf seiner Seite des Wagens regte sich nichts. Ich konnte nur gerade eben seine Kontur ausmachen. Er war noch ärger gegen das Dach gequetscht als ich. Seine Arme lagen schlaff an seinen Seiten, der eine ruhte auf meiner Schulter. Ich versuchte ihn zu drücken, aber ich konnte meine Hand nicht weit genug zurückbiegen. Die Bewegung stieß seinen Arm von mir weg, und er fiel mit einem lauten Aufprall auf den Wagenhimmel.

Ich hielt mich nicht damit auf, seinen Puls zu ertasten. Ich mühte mich nicht, seinen Namen zu sagen. In meiner Panik war ich froh, dass er tot war, so dass ich nicht innehalten und ihm helfen musste. Ich war ganz von dem Drang erfasst, mein Leben zu retten – ich begnügte mich mit dieser flüchtigen Überprüfung.

Ich tastete über mir nach dem Gurtschloss, um den Sicherheitsgurt zu lösen. Mein Arm, der auf der Fensterseite war, gehorchte mir nicht richtig. Ich hatte keine Kraft in den Fingern und konnte sie nicht richtig schließen. Ich forschte nicht nach dem Grund. Ich schob und wand mich auf den Schultern herum und versuchte dem anderen Arm Raum zu verschaffen, so dass ich das Gurtschloss damit erreichte.

Meine Knie sackten nach unten und trafen mich ins Gesicht, als es mir gelang, den Gurt zu lösen. Ich drückte sie durch und strampelte mit den Beinen, um mich so zu drehen, dass ich mich aus dem geborstenen Fenster der Beifahrertür winden konnte.

Die Lücke war klein und gequetscht. Ich bekam den Kopf erst hindurch, als ich ihn seitwärts drehte. Ich umklammerte den Rand der Tür mit beiden Händen und versuchte meinen Körper durch die Öffnung zu ziehen. Mein einer Arm schickte grelle Schmerzwellen durch meinen Kopf. Ich schrie laut auf.

Ich strampelte mit den Beinen, um vorwärtszukommen, und meine Füße trafen auf etwas Weiches. Als ich die Geschichte später erzählte, wurde mir bewusst, dass es Jake gewesen sein musste, den ich gestoßen und getreten hatte.

Mein Rücken hing an etwas Scharfkantigem fest, eine gezackte Kante, dort, wo das Dach zusammengedrückt war. Es tat weh, als ich mich voranschob und die Metallfalte über meine Haut schürfte; sie grub sich schmerzhaft ein, als ich innehielt. Vor lauter Hilflosigkeit begann ich zu weinen, ich fing an zu verzweifeln, doch dann nahm ich den Brandgeruch wahr. Ich weiß nicht, wo er herkam, aber mein Körper spannte sich in verzweifelter Anstrengung an, und ich begann wild zu strampeln und quetschte mich durch das Fenster. Mein Rücken wurde böse aufgerissen.

Ich rappelte mich hoch, kam auf die Knie und krabbelte auf allen Vieren panisch über die Wiese. Ich war schwach, und mein verletzter Arm gab nach – ich landete mit dem Gesicht auf der Erde. Ich drehte mich um und schaute zurück, um zu sehen, ob ich weit genug fort war. Ich schluchzte mit jedem Atemzug.

Das Wageninnere flammte blitzartig auf – fauchend schlugen die Flammen heraus. Einen Moment lang sah ich nichts als Feuer, einen Flammenball vor meinen Augen, dann zogen sich die Flammen ins Wageninnere zurück, um dort alles zu verzehren. Ich sah Jakes dunklen Körper. Ich sah, wie die orangen und gelben Flammen an seiner zusammengekrümmten Gestalt leckten. Und dann sah ich, wie er sich rührte.

Es war nur eine einzige kurze Bewegung, aber ohne Zweifel war es eine Bewegung. Er hatte den Kopf gehoben, Nacken und Brust vor Anstrengung angespannt. Ich konnte sehen, wie sein Mund sich öffnete, sah den klaffenden Spalt zwischen seinen Lippen im Widerschein des Feuers. Dann sank seine Brust zurück, sein Kopf rollte zur Seite. Ich starrte auf seine schwarz werdende Gestalt, mein Mund öffnete sich, aber ich konnte nicht mehr weinen oder schreien. Ich starrte ihn nur an, sah seine gequälte Gestalt in den zuckenden Flammen. Ich sah, wie er brannte, wie seine Haut Brandblasen warf, wie er verkohlte.

Irgendjemand zog mich weiter vom Auto weg, aber ich konnte den Blick nicht von Jakes brennender Gestalt lösen. Ich vernahm eine Männer- und eine Frauenstimme in meiner Nähe, aber ich verstand nicht, was sie sagten. Ich blinzelte nur, als der dunkle Umriss eines Menschen, der sich vor mich hinhockte, den orangenen Lichtschein ausblendete. Später erzählte mir jemand, es sei der Fahrer des Wagens gewesen, der uns entgegengekommen war. Ich würde ihn heute nicht wiedererkennen. Ich bin nicht sicher, ob ich ihm damals ins Gesicht gesehen habe.

»Was ist passiert?«, fragte er.

Ich erzählte es ihm, durchlebte erneut jedes Detail; ich erzählte alles – außer dass ich gesehen hatte, wie Jake sich regte und seinen stummen, verdorrten Schrei. An der Stelle versagte mir die Stimme. Und alle nahmen das als Zeichen dafür, dass ich von meinen Gefühlen zu überwältigt war, um darüber zu sprechen: der Mann, der mich vom Auto fortgezogen hatte, seine Frau, die Polizei, die Feuerwehr, der Anwalt, Ben, Margaret, meine Eltern, mein Bruder. Wieder und wieder musste ich meine Geschichte erzählen, bis es undenkbar geworden war, dass sie in meiner Erinnerung je verblassen würde.

Ich brauchte nicht groß nachzudenken, als ich Karen meine Geschichte erzählte. Ich spulte sie ab, ich erzählte ihr alles, und es machte mir immer weniger aus, was sie dachte. Sie hatte mich nach Hause begleitet. Es war merkwürdig und ernüchternd, sie in meinem Cottage zu sehen. Ich setzte mich aufs Sofa; sie kniete sich vor mich hin, und ich starrte über ihre Schulter hinweg auf den leeren Kamin. Sie hielt meine Hände und hörte aufmerksam zu, und ihre besorgten Augen ließen meine nicht los.

Ich war nicht mehr in der Lage, etwas zu empfinden; ich konnte nicht mehr weinen, und Karen war zu geschockt, um etwas zu sagen.

7

Sie stellte mir all die Fragen, die ich mir bereits gestellt hatte. Wäre ich in der Lage gewesen, ihn zu retten, ohne mich selbst dem Feuertod auszusetzen? Hätte ich einen ausgewachsenen Mann aus dem Wagen ziehen können, wo ich doch in meiner Bewegungsfähigkeit eingeschränkt gewesen war? Sie schien zu begreifen, dass die Antworten auf diese Fragen meine Schuldgefühle nicht minderten. Sie bedrängte mich nicht mit ihren Fragen; sie versuchte nicht, mich zu beschwichtigen, indem sie mir sagte, dass ich mir selbst unrecht täte. Sie wirkte ernsthaft besorgt angesichts meines Zustands und aufgewühlt, weil sie mir nicht helfen konnte.

Sie stellte mir jedoch nicht die eine Frage, die mich am meisten quälte – die eine Frage, die ich mir kaum je selbst zu stellen gewagt hatte.

Ich hatte Jake nie leidenschaftlich geliebt. Nicht auf die Art und Weise, bei der dir schwer ums Herz wird, wenn ihr getrennt seid, oder bei der du im siebten Himmel bist, wenn ihr zusammen seid. Das hatte ich damals mit dem einen oder anderen Kommilitonen am College erlebt. Das waren typische junge Beziehungen – hormongesteuert, streitlustig, stürmisch. Ich hätte jedoch nie mit einem von ihnen leben können.

Als Jake mir beim Umzug half, hatte ich mir Sorgen gemacht, ob ich ihn ansprechend genug finden würde, um ihn auch körperlich zu lieben. Ich hatte mich gefragt, ob ich ihn hinhielt, ob ich seine Großzügigkeit ausnutzte. Er wusste, dass ich ihn nicht attraktiv fand. Er besaß genügend Erfahrung, um zu sehen, dass das unstillbare Verlangen fehlte. Und so ließ er die Dinge langsam angehen, behutsam, und ich merkte, dass ich es zulassen konnte, dass er Freude an mir hatte.

Als wir zusammenzogen, stellten wir fest, dass wir unglaublich gut miteinander auskamen. Bei all den Schuldgefühlen und dem Schmerz über seinen Tod vergaß ich manchmal, wie harmonisch unser Zusammenleben gewesen war – wie unkompliziert. Nicht nur teilten wir dieselben Hobbys und die gleichen Vorlieben, was Essen und Fernsehen anging. Es war auch die Art, wie wir die Dinge taten. Wenn wir zusammen kochten, bewegten wir uns in der Küche geschmeidig umeinander herum, wir taten, was als Nächstes getan werden musste, und weder er noch ich übernahmen die Führung.

Als wir ins Cottage übersiedelten, hatten wir unseren ersten und einzigen Streit. Es war nicht einmal ein richtiger Streit. Weder er noch ich wurden laut. Ich reichte Jake Kisten durch die Luke zum Dachboden an. Er schien doppelt so viele Besitztümer zu haben wie ich. Meine Schulbücher und sonstige alte Dinge waren noch bei meinen Eltern, während Jake alles bei sich hatte, was ihm gehörte. Es handelte sich dabei vorwiegend um schlichte, ordentliche graue Kartons mit Aufschriften wie ›LPs‹, ›alte Schulbücher‹, alle mit breitem braunen Klebeband fest verschlossen – bis auf eine kleinere rote Schuhschachtel. Sie war nicht zugeklebt, und der Deckel lag nur lose auf. Er fiel herunter, als ich die Schachtel aufhob.

»Hey, sind das alte Fotos von dir?«, fragte ich, aufgeregt, weil ich einen Blick auf ein Foto von einem jüngeren Jake erhascht hatte, das obenauf lag. Es war ein verblichenes Farbfoto, das ihn beim Wandern in den Bergen zeigte, vielleicht in den Alpen, denn das Gebirge war größer als jedes Gebirge in England. Ich amüsierte mich über sein Haar, das länger war, als ich es von ihm kannte, und einen fuchsroten Afro bildete. Ich begann die Fotos durchzublättern und lächelte freudig-erwartungsvoll.

»Hey! Gib her!«, sagte Jake.

»Gleich«, erwiderte ich lachend und blätterte weiter.

»Ich meine es ernst!«, hörte ich ihn eindringlich sagen.

Ich schaute auf und sah ihn überrascht an. So streng hatte ich ihn noch nie erlebt. Ich konnte sein Gesicht über mir klar erkennen, er sah zu mir herunter, auf allen Vieren, die Finger um den Rand der Luke gelegt. Er sah nicht wütend aus, nur entschieden.

Ich fügte mich. »Okay«, sagte ich, ohne ihm jedoch meine Überraschung zu verhehlen. Ich legte den Deckel zurück auf die Schachtel, stieg ein paar Stufen auf der Leiter nach oben und reichte sie Jake.

Er beugte sich durch die Luke nach unten und küsste mich auf die Stirn. »Danke«, sagte er. »Da ist nichts drin, über das du dir Sorgen machen müsstest – es ist nur, na ja, persönlich eben.«

Ich wusste natürlich, was er meinte. Auch in meinem Leben gab es Dinge, die ich ihm nicht hätte erzählen oder zeigen mögen. Ich befürchtete nicht, dass sie seine Meinung von mir ändern würden, aber ich wollte mir das Unbehagen ersparen, das das Erinnern und Erzählen gewisser Geschichten mit sich gebracht hätte: ein heimliches Schwärmen für einen Lehrer, eine intime Begegnung mit einer Freundin, ganz normale peinliche Dinge. Wir verfrachteten die restlichen Kartons auf den Boden und erwähnten den Vorfall nie wieder.

Ich sah die rote Schuhschachtel jedes Mal, wenn ich auf den Boden kletterte. In dem Lichtstreifen, der entstand, wenn ich die Luke öffnete, fiel mein Blick sofort auf sie und führte mich in Versuchung. Jake hatte schon eine Weile Nachtschicht – das war kurz vor dem Unfall –, als ich eines Tages ein paar alte Bücher forträumte. Ich hatte den ganzen Abend für mich allein, und ich konnte nicht widerstehen: Ich zog die Schuhschachtel zu mir heran und warf einen Blick hinein. Dann nahm ich sie mit nach unten, um mir den Inhalt genauer anzusehen.

Es waren vor allem Fotos, so wie ich es in Erinnerung gehabt hatte, und ein bisschen Kleinkram: ein Vertrauensschüler-Button, ein graffitiverziertes Federkästchen. Ich blätterte die Bilder vorsichtig durch. Ich fand ein Schulfoto von Jake mit Ben. Jake musste in der Abschlussklasse gewesen sein, schon fast ein erwachsener Mann, während Ben, der neben ihm saß, noch ein Kind war. Sie hatten beide das gleiche fuchsrote Haar, und der blauwirbelige Hintergrund brachte all ihre Sommersprossen zur Geltung.

Ganz unten in der Schachtel fand ich noch ein Foto von Menschen in Uniform. Es zeigte eine kleine Gruppe Männer mit schwarzen Krawatten und trug eine silberne kursive Bildunterschrift: *Beim Polizeiball*. Jake sah kaum älter aus als auf dem Schulfoto. Er konnte damals noch nicht lange bei der Polizei gewesen sein.

Er stand vorn in der Gruppe, neben einer jungen Frau. Sie sah hübsch aus; sie trug ein langes seidiges Kleid und stand auf diese weibliche Weise da, lässig und elegant, wie es mir nie gelang, ohne mich befangen zu fühlen.

Die Art und Weise, wie Jake neben ihr stand, ließ mein Herz stolpern und meinen Magen krampfen. Er hielt ihre Hand in seinen beiden Händen, hielt sich dicht bei ihr, beschützte sie. Er sah sie mit einem Ausdruck im Gesicht an, den ich nie zuvor bei ihm gesehen hatte. Seine Augen waren weit, sein Blick voller Leidenschaft. Sein Gesicht war gerötet. Er hatte den Kopf leicht zu der jungen Frau geneigt. Er liebte sie.

Ich wurde rot, als ich das sah. Ich sah ihn in einer Situation, die ich nicht hatte sehen sollen. Ich saß da und fühlte mich so schuldig, als wäre er da und hätte mich beobachtet. Ich ließ den Stapel Fotos in die Schachtel zurückfallen und verschloss sie rasch mit dem Deckel. Ich rannte die Treppe hinauf, erklomm die Leiter zum Boden und schob die Schachtel mit zitternden Händen tief in die Dunkelheit.

Er hatte diese junge Frau geliebt. Und wo ich nun wusste, wie Jake aussah, wenn er liebte, begriff ich, dass er sich mit mir bloß zufriedengab – mit der verträglichen sportlichen Lucy, die dieselben Hobbys hatte wie er.

Und das war es, warum mir vor lauter Schuldgefühlen schlecht war – nicht dass ich ihn vielleicht sterbend im Auto zurückgelassen hatte, weil ich ihn nicht liebte, sondern weil er mich nicht liebte.

KAPITEL 4

1

Bei dem Gedanken an mein Eingeständnis Karen gegenüber war ich erschrocken und erleichtert zugleich. Es erfüllte mich mit nervöser Unrast, wenn ich überlegte, in welchem Ausmaß ich mich ihr anvertraut hatte. Sie hatte meine Beichte besser aufgenommen, als ich es mir je erhofft hätte. Sie fand nichts als tröstliche Worte für mich. Doch ich weiß, wie Dinge sich ändern können, wenn sie Zeit haben, zu sacken und zu gären.

In den nächsten Tagen sah ich Karen kaum. Zu Wochenbeginn blieb Sophia mit einem grippalen Infekt zu Hause, und am Freitag erwartete Karen Besuch. Sie rief mich jedoch an, ehe sie zu Bett ging, um sich zu erkundigen, ob alles in Ordnung war, und um gute Nacht zu sagen. Und am nächsten Morgen schickte sie mir eine SMS, um hallo zu sagen. Es war beruhigend, als Letztes am Abend ihre Stimme zu hören und gleich morgens zu sehen, dass sie an mich dachte.

Diese kleinen Schnipsel ihrer Gesellschaft führten dazu, dass ich mich noch einsamer und rastloser fühlte. Ich musste dringend aus dem Haus. Außer zum Joggen hatte ich das Cottage seit Tagen nicht verlassen.

Als Ben mich am Wochenende anrief, um mich ein letztes Mal zu bitten, ihn zum Tanz auf der Tenne zu begleiten, sagte ich zu seiner Überraschung ja. Doch es war nur eine halbe Zusage. Ich erklärte mich einverstanden, ihn im Pub am Dorfanger zu treffen, aber nur auf einen Drink.

Der vordere Raum des Pubs war gedrängt voll. Die jungen Landwirte waren in großer Zahl unterwegs und fingen früh an mit dem Trinken. Ich musste mich mit dem Arm voran durchdrängen, zwischen verschwitzten Rücken hindurch, musste die Leute freundlich beiseiteschieben, um voranzugelangen. Ben war bereits da; er lehnte an der Bar, einen Pint Bitter in der Hand, und unterhielt sich mit dem Wirt.

»Hey«, sagte ich, als ich mich neben ihn quetschte.

Ben blickte mich an. Er schien ein wenig beunruhigt, als er merkte, wie eng wir beieinanderstanden. Ich lächelte ihn an, um ihm seine Befangenheit zu nehmen.

»Kann ich dir was zu trinken bestellen?«, stammelte er und starrte mich mit großen Augen an.

»Gern.« Ich versuchte, entspannt zu klingen. »Aber nur einen halben Pint.«

Er gab meine Bestellung an den Wirt weiter und starrte ihm nach, aber nicht ohne mir einen kurzen Seitenblick zuzuwerfen. Ich trug mein Haar offen an jenem Abend. Ich war meinen Anblick leid gewesen, als ich mich zum Ausgehen fertigmachte – ewig dasselbe traurige reizlose Gesicht mit dem straff zurückgebundenen Haar. Kurzentschlossen hatte ich mir das Haar lange und gründlich ausgebürstet. Es sah nicht allzu übel aus, wenn man bedachte, dass ich es über ein Jahr lang nicht hatte schneiden lassen. Ich legte sogar einen Hauch Eyeliner und Mascara auf. Es war komisch gewesen, meinem von früher her vertrauten Gesicht im Spiegel zu begegnen. Es war, als sähe ich ein altes Foto von mir.

»Kann ich dich wirklich nicht dazu bewegen, nachher mitzukommen?«, fragte Ben. »Sieht aus, als würde ganz schön was los sein.« Er schaute sich in der Bar um und wies mit dem Kopf auf die zahlreichen ausgelassenen Gäste.

»Nicht mein Ding«, erwiderte ich. Ich rümpfte die Nase, grinste und trank einen Schluck von meinem Bier. Dann schaute ich Ben an, um etwas zu sagen. Er jedoch beobachtete über meinen Kopf hinweg irgendetwas oder irgendjemanden hinter mir. Ich schickte mich an, mich umzudrehen, um zu sehen, was ihn so faszinierte.

»Soll ich dir was zu essen bestellen? Oder willst du Crisps oder so was?« Er versuchte mich abzulenken.

»Nein, danke«, sagte ich und lächelte ihn an.

Von weiter unten an der Bar vernahm ich eine Stimme über die Geräuschkulisse hinweg; es war die Stimme eines Mannes, erbost und verschliffen. Mich überlief ein Angstschauer, als ich die Stimme erkannte. Es war das Gemaule von Tom Riley.

»Will doch bloß noch einen Pint«, lallte er, und seine Zunge stolperte über die Silben. Die Antwort des Wirtes verstand ich nicht, aber ich sah ihn mit verschränkten Armen auf der anderen Seite der Bar stehen. Er wirkte nicht sehr zuvorkommend.

»Gib mir noch einen verdammten Drink!«, rief Tom Riley.

Ich zuckte zusammen, als ich ihn rufen hörte. Seine Nähe bereitete mir Unbehagen. Ich hatte schon Angst, ihm zu begegnen, wenn er nüchtern war – was er tun mochte, wenn er betrunken war und die Beherrschung verlor, versetzte mich in Schrecken. Ich begann mich eingeengt zu fühlen, gefangen zwischen all den warmen Leibern in der Bar. Ich schaute über die Schulter durch die Lücken zwischen den Köpfen der Menschen und erblickte Tom Rileys dunklen fettigen Haarschopf nur wenige Meter von mir entfernt.

Er stützte sich mit durchgestreckten Armen auf die Theke und versuchte, respekteinflößend zu erscheinen. Er sah schlechter aus als das letzte Mal, als ich ihn gesehen hatte. Seine Augen waren vom Alkohol und vom Stress rot unterlaufen und wirkten gereizt. Er hatte sich einen Bart stehen lassen, der vom Bier feucht und zottig war.

Ich hob die Arme und wandte mich an Ben. Ich wollte weg von der Bar. Ich hätte es nicht ertragen, von Tom entdeckt zu werden. Ich hatte keine Ahnung, was er tun, was er mir entgegenbrüllen würde. Mir war übel bei dem Gedanken an all die Dinge, die er sagen könnte – all die Dinge, die jemand, der keine Hemmungen hatte, mir entgegenschleudern könnte.

»Warte eine Sekunde«, sagte Ben ruhig. Er ergriff meine Arme, fest, aber nicht unangenehm. »Lass uns nach hinten gehen. In den Sitznischen wird kaum jemand sein.«

Ich schluckte. Panik stieg in mir auf. »Was ist, wenn er uns dahin folgt?«, krächzte ich.

»Er steht kurz vorm Rausschmiss. Er wird uns nicht folgen«, erwiderte Ben ruhig. Ich blickte auf und schaute ihn an. Seine Augen zeigten einen freundlich-zuversichtlichen Ausdruck, den ich lange nicht gesehen hatte. »Du hast dich so gut gehalten, Lucy. Komm, lass nicht zu, dass er uns den schönen Abend verdirbt, ja?« Ich nickte stumm und ließ zu, dass er mich vor sich herschob. Bei den Sitznischen war es ruhiger. Dort hockten nur eine Handvoll älterer Dorfbewohner, die dem

Lärm und Getümmel des großen Schankraums zu entkommen suchten. Wir setzten uns in einen Alkoven im hinteren Teil. Ich saß so, dass ich die Tür im Auge hatte und Tom nicht unbemerkt eintreten konnte.

»Ich glaube nicht, dass du dir seinetwegen Sorgen machen musst, weißt du«, sagte Ben, ergriff sein Glas Bier und trank einen schaumigen Schluck.

Ich starrte ihn wortlos an – ich konnte es kaum glauben, dass er Tom Riley für harmlos hielt.

»Ich weiß, dass er aus dem Ruder gelaufen war, als er bei dir auftauchte«, fuhr er fort und hob beschwichtigend die Hand, als ich ihm ins Wort fallen wollte. »Aber ich glaube, er ist im Grunde ganz in Ordnung.«

Ich war versucht, ihm heftig zu widersprechen. Er hatte Tom Rileys wüstes Gesicht nicht am Fenster gesehen, er war nicht allein im Haus gewesen, während Tom draußen herumgestrolcht war. Doch dann zögerte ich. Setzte ich genügend Vertrauen in meine Erinnerung und meinen damaligen Geisteszustand, um Ben voller Gewissheit zu widersprechen?

Ben nahm mein Schweigen als Zustimmung und fuhr fort. »Er ist Mitglied der Freiwilligen Feuerwehr, weißt du. Ich sehe ihn ziemlich oft bei Einsätzen. Er ist ein anständiger Kerl. Macht seinem Job gut und ist bei allen beliebt«, legte Ben weiter dar.

»Heute Nacht ist er nicht im Einsatz«, bemerkte ich sarkastisch.

Ben sah verlegen aus. »Nein.« Er schaute auf sein Glas hinunter. »Heute hat er die Schlüssel für die Werkstatt übergeben, nachdem er noch den letzten Krimskrams rausgeräumt hat.«

»Mist«, sagte ich. Ich bereute meinen Sarkasmus und wurde rot. Ich hatte nicht mitbekommen, dass seine Werkstatt einen solch massiven Einbruch erlitten hatte, dass er sie schließen musste. »Das wusste ich nicht.« Ich wandte den Blick ab.

»Tja«, meinte Ben. »Diese Sache hat ihm nicht gerade gedient.«

Wir schwiegen eine Weile.

Dann sah Ben von seinem Glas hoch. »Mum sagt, sie hätte dich in letzter Zeit gar nicht mehr gesehen«, sagte er, nun etwas aufgeräumter.

»Nein«, bestätigte ich und lächelte. Ich war zufrieden, weil wir das Thema gewechselt hatten und weil es mir gelungen war, Bens Mutter aus dem Weg zu gehen. »Wie geht's ihr?«, fragte ich höflich.

»Ganz gut. Sie hat Geld gesammelt für diese Bank für Jake. Hat sie dich noch nicht deswegen angesprochen?«, fuhr er lachend fort.

»Nein. Ich schiebe ihr ein bisschen was unter der Tür durch«, sagte ich stirnrunzelnd.

»Demnach hältst du es also nicht für eine gute Idee – das mit diesem Gedenkstättenfonds?«

Ich schüttelte den Kopf und versuchte meine Gedanken zu sortieren, um meine Missbilligung nicht bloß stumm kundzutun. »Ich weiß nicht. Aber es spielt auch keine Rolle, was ich davon halte, oder? Wenn es sie glücklich macht ...« Ich zuckte die Schultern.

»Ja, da hast du vermutlich recht. Und hast du in letzter Zeit irgendwas unternommen?«, fragte er bedächtig. Er kannte ja meinen früheren Lebensstil.

»Nun ja ...« Zu meiner eigenen Überraschung sagte ich dann: »Ich war ziemlich viel mit meiner Nachbarin zusammen.«

»Wie – mit Karen?«

»Ja, mit ihr und ihrem Sohn hauptsächlich, tagsüber.«

Er hob die Augenbrauen. »Sieh mal einer an ...« Er nickte und schob skeptisch die Unterlippe vor.

Ich kam nicht dazu, ihn zu fragen, was er damit meinte, denn er fuhr bereits fort.

»Hey«, sagte er und sah mich an, die Augen weit geöffnet, der Blick eindringlich. »Da gib mal lieber auf dich acht, hörst du.«

»Wieso?«, fragte ich irritiert.

Er beugte sich zu mir vor und senkte verschwörerisch den Kopf. »Sie ist ’ne Lesbe, weißt du.«

»Was? Unsinn!«, widersprach ich sofort. Ich lehnte mich zurück; ich wollte seinen Tratsch nicht hören.

»Doch – das stimmt!« Er nickte heftig, um seine Worte zu unterstreichen.

»Wirklich – das ist kompletter Unsinn!«, sagte ich lachend.

»Nein, im Ernst.«

»Sie hat einen Mann, zwei Kinder ...« Ich fand nicht, dass ich noch mehr sagen müsste.

Er verschränkte die Arme und lächelte selbstzufrieden. »Tja«, meinte er und fuhr mit leiser Stimme fort. »Ein Kumpel von mir auf dem Revier ist in derselben Fußballmannschaft wie ihr Mann. Und einmal hat einer der anderen Spieler ihn aufgezogen von wegen, dass er ja nun wieder Single wäre und den Frauen nachsteigen könnte. Und dann hat er hinzugefügt: genau wie seine Frau. Daraufhin ist Karens Mann komplett durchgedreht und auf den Typ losgegangen. Die anderen mussten sie gewaltsam trennen. Der arme Kerl hatte gar nicht gewusst, dass Karen was mit einer anderen Frau zu laufen hatte – ist mit seiner Formulierung rein zufällig mitten ins Fettnäpfchen getreten und hat deshalb die Hucke vollgekriegt.« Ben nickte bedächtig. »Klingt, als wäre der Ehemann ein ziemlich unangenehmer Kerl.«

Ich starrte ihn mit leicht geöffnetem Mund an; ich hob die Schultern und drehte die Handflächen nach oben, um ihm zu verstehen zu geben, wie absurd ich das fand.

»Ich erzähl' keine Lügen«, sagte Ben und trank einen Schluck Bier.

Ich konnte es einfach nicht glauben. Nichts hatte je darauf hingewiesen. Ich versuchte mich daran zu erinnern, wie Karen mir von ihrer Affäre erzählt hatte. Ich war mir sicher, dass es sich dabei um einen Mann gehandelt hatte. Oder nicht?

»Siehst du«, sagte Ben, hob sein Glas und prostete mir zu.

»Nein, tue ich nicht«, erwiderte ich stirnrunzelnd und versuchte mich an irgendwas zu erinnern, das darauf hindeutete, dass sie von einer Affäre mit einer Frau erzählt hatte.

»Dich wird sie auch noch rumkriegen, da bin ich sicher«, sagte Ben scherzhaft und grinste mich an.

»Halt den Mund!«, entgegnete ich und boxte ihn in die Schulter. »In einem Dorf wie Pennance kannst du nicht einfach solche Gerüchte verbreiten.«

»Tu ich ja gar nicht. Ich warne dich nur. Und auch nur deshalb, weil sie offensichtlich ein Auge auf dich geworfen hat«, fuhr er immer noch scherzend fort.

Seine Worte verletzten mich. Karens Gesellschaft war das Beste, was mir seit langem widerfahren war. Es gefiel mir nicht, dass Ben es als Anlass für Tratsch und Spekulation nahm. Es gefiel mir nicht, dass es ihm anscheinend einen Kitzel verschaffte, von ihr zu sprechen. Ich wurde immer ärgerlicher auf ihn, je länger ich darüber nachdachte. Ich hatte das Gefühlt, sie in Schutz nehmen zu müssen.

»Und überhaupt – was spielt das für eine Rolle?«, sagte ich und versuchte, gelassen zu wirken. Ich bemühte mich, meinen Ärger zu beschwichtigen.

»Was das für eine Rolle spielt?« Jetzt sah er mich ungläubig an.

»Falls es stimmt, dass sie auf Frauen steht – warum sollte das eine Rolle für mich spielen?«

»Weil ...«, stotterte er, »tja, weil du ja wohl nicht willst, dass eine Lesbe hinter dir her ist, oder?« Er schien fast beleidigt, weil ich nicht kapierte, was für ihn sonnenklar war.

Ich lachte. Nicht über das, was er gesagt hatte, oder gar über ihn. Ich lachte über die Antwort, die mir in den Sinn gekommen war. Ich hatte gedacht, dass ich mir keine Sorgen darüber machen musste, dass Karen es auf mich abgesehen haben könnte, weil sie eine Klasse für sich war. Das sagte ich Ben jedoch nicht. Ich bezweifelte, dass er es lustig finden würde.

»Nun, dann werde ich mal ein Auge auf sie haben«, erwiderte ich sarkastisch und lachte wieder. Ich glaubte Ben kein Wort.

Er sah gekränkt aus, weil er merkte, dass ich ihm nicht glaubte. Er ging und holte uns zwei neue Bier. Er sah nicht erfreut aus.

»Weißt du, du solltest ins Dorf ziehen«, sagte Ben und stellte die zwei Gläser vor uns ab.

»Ich soll umziehen?«, wiederholte ich irritiert. Ich konnte mir nichts Lästigeres vorstellen.

»Ja. Bei mir in der Nähe steht ein Haus zum Verkauf. Ein modernes Haus. Nicht so schön wie das Cottage, das nicht – ich weiß, dass du so was magst. Aber das Haus sieht ganz nett aus.«

»Ein Umzug bedeutet einen Riesenstress. Den kann ich im Augenblick nicht gebrauchen.« Allein schon bei dem Gedanken fühlte ich mich vollkommen erschöpft.

»Ich mein' ja nur – du lebst da unten ziemlich abgeschieden. Und wenn du dir Sorgen um Tom machst, dann bist du hier im Dorf auf jeden Fall besser aufgehoben – umgeben von Menschen, die du kennst«, fuhr er voller Ernst fort.

Ich hatte keine Ahnung, wo das jetzt herkam. Im einen Moment versicherte er mir, dass ich mir wegen Tom keine Sorgen machen müsste, im nächsten Moment fachte er meine Paranoia wieder an. Und schon allein bei dem Gedanken, ins Dorf zu ziehen und von all den Menschen umgeben zu sein, die Jake gekannt hatten, und in Margarets unmittelbarer Nähe zu wohnen, wurde mir übel.

»Mir geht es gut, da, wo ich bin. Und ich fühle mich schon viel besser, seitdem Karen eingezogen ist«, versicherte ich Ben.

Er schwieg einen Moment. »Was kann Karen gegen Typen wie Tom Riley ausrichten?«, fragte er dann.

Ich sah ihn ungläubig an.

»Nicht dass ich glaube, dass von ihm irgendeine Gefahr ausgeht. Nur falls du dir darum Sorgen machst ...« Er runzelte die Stirn und gab mir zu verstehen, dass ich darüber nachdenken solle. »Außerdem wird's bald kälter werden. Nach Weihnachten herrscht oft beißender Frost. Neue Häuser haben eine schöne Zentralheizung.«

»Ich komme schon klar«, erwiderte ich ungerührt. Ich hatte bereits einen Stapel Decken unten im Wohnzimmer, in die ich mich an kälteren Tagen einhüllen konnte, und ich glaubte genügend Outdoor-Kleidung für extreme Bedingungen zu haben, um einen Winter in Cornwall überstehen zu können.

»Und das Cottage wird bald wie ein Gefrierschrank sein, wenn du den Kamin nicht anmachst«, fügte er hinzu.

»Ben«, sagte ich entschiedener, als ich beabsichtigt hatte. Ich holte tief Luft, um mich zu beruhigen. »Danke, dass du mir von dem Haus erzählt hast. Aber ich komme gut zurecht im Cottage.« Ich trank einen Schluck und wandte den Blick ab. Ich wollte das Thema nicht weiterverfolgen.

Ich blieb nicht mehr viel länger, nur noch so lange, bis wir über weniger gefühlsbeladene Themen geplaudert hatten, damit wir in entspannterer Stimmung auseinandergehen konnten. Ben begleitete mich nach draußen, und darüber war ich froh.

Tom lag auf der Bank vor dem Pub und schien im Koma zu sein.

»Hast du ein Auge darauf, dass er sich nicht rührt, während ich aufbreche? Er soll nicht mitkriegen, dass ich es bin, die geht, und mich womöglich bis nach Hause verfolgen«, bat ich leise. Ich fühlte mich ein wenig schuldbewusst, weil ich Bens Hilfe in Anspruch nahm, nachdem ich seine Ratschläge vorher in den Wind geschlagen hatte.

»Klar«, antwortete Ben lächelnd. »Ich rufe einen der diensthabenden Kollegen an, wenn du weg bist, und bitte ihn, zu kommen und Tom heimzuschaffen.«

Ich schloss mein Rad von dem Laternenpfahl los und sagte Ben gute Nacht. Ich umarmte ihn unbeholfen – ich hatte nur eine Hand frei, denn mit der anderen hielt ich das Rad fest.

»Willst du irgendwann wieder mal ausgehen?«, fragte er zögernd.

»Ja«, sagte ich und seufzte. »Das wäre nett.« Ich schenkte ihm ein müdes, leicht verkniffenes Lächeln.

2

»Ich habe dich vermisst«, sagte Karen. Sie stand in der offenen Tür und strahlte mich an. Dann schlang sie die Arme um mich und drückte mich an sich; sie hielt mich einige Sekunden lang, so dass ich spürte, wie ihr Körper mich zu wärmen begann. Schließlich löste sie die Umarmung und hielt mich auf Armeslänge von sich.

»Du siehst heute wirklich gut aus«, sagte sie und musterte mein Gesicht. »Das Haar offen zu tragen steht dir. Obwohl ich es zusammengebunden auch mag.« Sie sah mich lächelnd an.

Ich wurde rot, als ich das Kompliment hörte, aber ich erwiderte Karens Lächeln. Auch ich war enorm froh, sie zu sehen.

»Du wurdest in den letzten Tagen sehr vermisst, und nicht nur von mir«, fuhr Karen fort.

Ich hörte das rasche Trappeln von Füßen hinter ihr, und Karen drehte sich um. Wir sahen George aus dem Wohnzimmer herbeistürmen.

»Sieh mal, George – Lucy ist hier!«

Ich konnte gar nicht anders – ich lächelte ihn an und lachte, als er anfing zu glucksen und vor lauter Aufregung auf der Stelle trippelte.

»Ich glaube, zu einer Runde Fußball im Garten würde er nicht nein sagen«, meinte Karen leise. »Hast du Lust, ihn zu bespaßen, während ich das Mittagessen zubereite?«

Es war nicht leise genug gewesen. George lief bereits ins Wohnzimmer zurück, holte den silberfarbenen Fußball und rannte zur Hintertür.

»Gummistiefel, George!«, rief Karen ihm nach. Sie sah beschwingt aus.

Nach dem Mittagessen saßen wir noch um den Tisch herum und tranken Tee. Es war ein wunderschöner Tag, frisch und strahlend draußen und die Küche vom Sonnenlicht durchflutet. Karen saß da, die Ellenbogen auf den Tisch gestützt, ihre Tasse in der Hand. Sie hatte die Augen geschlossen und genoss den Sonnenschein.

Ich versuchte, es auszuklammern, aber was Ben mir über Karens sexuelle Orientierung erzählt hatte, kam mir immer wieder in den Sinn. Es fiel mir schwer, Karen unbefangen anzusehen – ich konnte nicht umhin, sie als sexuelles Wesen zu betrachten und fand es keineswegs unangenehm, sie in diesem Licht zu sehen. Es war nicht so wie die Anpassung, die ich an meinem Bild von Peter hatte vornehmen müssen, als mein Arbeitskollege eine Freundin gefunden hatte. In seinem Fall fand ich die Vorstellung, dass jemand Lust haben könnte, ihn auszuziehen und zu streicheln und Sex mit ihm zu haben, ekelerregend. Es hatte eine Weile gedauert, bis ich damit klarkam und ihn im Umgang mit mir wieder als den alten Peter betrachten konnte.

Karen hatte ein wunderschönes Gesicht, fand ich, als ich ihre blassen, feinziselierten Wangen im Sonnenlicht betrachtete. Mit ihren geschlossenen Augen erinnerte sie mich an eine Büste aus Alabaster – eine Büste, deren Oberfläche so glatt war, dass ich dem Drang, mit den Fingern über sie zu streichen, kaum widerstehen konnte. Ihre vollen Lippen waren zu einem zufriedenen Lächeln verzogen – sie genoss den stillen Augenblick. Weit außerhalb meiner Liga, dachte ich und amüsierte mich wieder über Bens Besorgnis.

Meine Augen glitten über ihren eleganten Nacken und die leichte Vertiefung über ihrem Schlüsselbein – ich stellte mir vor, wie es wäre, mit dem Finger die Rundungen ihres schmalen Oberkörpers entlangzufahren. Sie trug ein tiefausgeschnittenes T-Shirt, das Dekolleté zeigte. Ich stellte mir vor, wie meine Finger über ihre Brüste glitten, unter ihren BH und über das weiche Fleisch. Ich versuchte mir vorzustellen, wie ihre Brustknospen aussahen, und malte mir aus, wie ich ihre Brüste sanft aus dem BH befreite und sie nackt vor mir sah.

Ich wurde rot und hustete vor lauter Verlegenheit darüber, wie ich sie entblößt und mir in allzu intimen Details ausgemalt hatte.

Sie öffnete die Augen, lehnte sich auf ihrem Stuhl zurück und sah mich an. Ihre Augen waren klarer an diesem Tag, viel fokussierter. Ich konnte sehen, wer sie wirklich war, statt nur Bruchstücke von ihr zu erhaschen, wenn ihr Blick an mir vorüberglitt.

»Ist das nicht ein wundervoller Tag«, sagte sie schläfrig. Sie reckte die Arme, streckte die Finger so hoch, wie es nur ging. Ihr T-Shirt glitt aus dem Hosenbund und zeigte ihren weichen Bauch, und eine vertikale Linie, die sich über seine Mitte zog, lud mich in Gedanken zu einer weiteren Erkundung ein.

Sie fühlte sich weich an, warm, als meine Finger ihren Bauch erkundeten, die blassen dünnen Dehnungsstreifen nachzeichneten, tiefer und tiefer, bis ich auf den Bund ihrer Jeans traf. Sie streckte Brust und Bauch heraus und genoss die Dehnung; ein Spalt tat sich oben an ihrer Jeans auf. Ich sah ihren weißen Slip aufblitzen, stellte mir vor, wie mein Finger unter das elastische Bündchen glitt und auf weiches dunkles Haar traf.

»Ah, das tut gut«, sagte sie genüsslich und drückte die Arme durch.

Ich schluckte heftig und zwang mich, den Blick von ihr abzuwenden und aus dem Fenster zu schauen. Ich fragte mich, ob sie meine Verlegenheit bemerkt hatte. Oder hatte sie gar mitbekommen, wie ich nach ihrer Unterwäsche gelinst hatte? »Und wie war es mit deinem Besuch?«, stammelte ich und hoffte, dass sie mein Erröten nicht mitbekam.

Sie ließ die Arme sinken, und ihre Schultern sackten nach vorn. Augenblicklich verschwand der warme Ausdruck auf ihrem Gesicht. Sie runzelte die Stirn und senkte den Blick. Ihr rascher Stimmungswechsel war mir nicht geheuer, und ich bereute, dass ich die Frage gestellt hatte.

»Nicht so toll«, antwortete sie traurig. Sie starrte aus dem Fenster und blinzelte – vielleicht um Tränen zurückzuhalten. Ihre Hände lagen schlaff in ihrem Schoß. Ihre Gesichtszüge schienen mit ihrer Stimmung in sich zusammenzufallen.

Sie rutschte auf ihrem Stuhl herum und sah mich schließlich mit gerunzelter Stirn an. »Ich habe mich mit meiner Ex-Affäre getroffen.«

»Oh«, sagte ich überrascht. Ich war betreten, weil ich unabsichtlich an ein heikles Thema gerührt hatte. »Tut mir leid, das war mir nicht klar. Ich wollte meine Nase nicht in Dinge stecken, die mich nichts angehen«, fuhr ich hastig fort.

»Das tust du nicht«, erwiderte sie. Sie langte herüber, ergriff meine Hand und drückte sie. »Die Person hat mir vorgeschlagen, die Sache wieder aufzunehmen, wo wir sie abgebrochen hatten«, sagte sie schließlich und zog ihre Hand langsam fort.

Ich saß da mit einer Frage in der Kehle, die ich nicht herauslassen wollte. Wollte Karen wieder anfangen, sich mit dieser Person zu treffen? War diese Person eine Frau? Warum sonst sollte sie so ausweichend von ›dieser Person‹ reden, statt von ›diesem Mann‹, ›diesem Freund‹, ›diesem Geliebten‹?

»Das wollte ich nicht, und daraufhin wurde die Situation unangenehm«, fuhr Karen mit leiser Stimme fort. Sie sah aufgebracht aus.

Zu meiner Überraschung empfand ich gemischte Gefühle. Erleichterung war auch darunter. Ich wollte nicht auf Karens gute Gesellschaft verzichten müssen, was zwangsläufig der Fall gewesen wäre, wenn sie eine Beziehung angefangen hätte. Ich verspürte auch einen kleinen Stich Eifersucht, was mich irritierte. Und ich war ein wenig erbost bei dem Gedanken, dass diese Person forderte, dass die Beziehung wiederaufgenommen wurde.

Ich riss mich zusammen und versuchte meine Gefühle beiseitezuschieben. »Ich schätze, mit Sophia und George könnte es schwierig werden, aber sie werden sich daran gewöhnen müssen, dass du andere Beziehungen eingehst – mit Menschen, die nicht ihr Dad sind«, sagte ich bemüht neutral.

»Oh, das ist es nicht«, meinte Karen und sah mich an, »obwohl Sophia das gehasst hat – sie hat meine Ex-Affäre gehasst. Und Sophia weiß sehr wohl, dass ich mich mit anderen verabreden kann – David hat es absolut klar gesagt, dass sie seine Freundinnen akzeptieren muss.« Die Erinnerung an ihren Mann setzte Karen sichtlich zu. Eine Träne lief ihr über die Wange, und sie wischte sie rasch fort. Es war ihr peinlich, dass ihre Gefühle so offen zutage traten.

»Du brauchst mir nichts zu erklären«, sagte ich ruhig.

»Nein, ich weiß. Ich will es aber. Ich ... ich ...« Sie ließ den Kopf hängen und begann zu lachen. »Du musst mich für verrückt halten. Ich bin heute völlig durch den Wind.« Sie wischte eine weitere Träne fort, die ihr über die Wange lief.

Ich schüttelte den Kopf und versuchte sie zu beschwichtigen. Sie solle sich um mich keine Gedanken machen.

»Weißt du«, fuhr sie zögernd fort, »ich versuche, von meinen Medikamenten loszukommen – Antidepressiva, in erster Linie. Ich habe angefangen, sie zu nehmen, um mit der Trennung fertigzuwerden, aber inzwischen will ich mich selbst wieder spüren. Es ist nur so, dass es mir an manchen Tagen zu viel wird, das ist alles«, schloss sie mit einem entschuldigenden Lächeln.

Ich streckte die Hand aus und legte sie auf ihre. Sie ergriff sie und drückte sie aus lauter Verlegenheit sehr kräftig. Sie stieß einen langen, lauten Seufzer aus. »Meistens bin ich nicht viel anders, weißt du. Ich verwandele mich nicht in eine rasende Irre oder so.«

Ich lächelte sie an und hoffte, dass sie in meinem Gesicht keine Spur von Angst oder Zweifel fand.

»Die Pillen zeichnen nur alles ein bisschen weicher«, sagte sie. »Und manchmal ist ohne sie alles etwas zu scharf und klar.« Wieder drückte sie meine Hand und wandte das Gesicht ab, als sie die Tränen nicht länger unterdrücken konnte. Sie schniefte und stieß ein kleines Lachen aus. »Solange du darüber hinwegsehen kannst, dass ich alle fünf Minuten losplärre, bin ich ganz wie immer.«

Ich lachte zusammen mit ihr und erhob mich, als sie aufstand. Sie drückte meine Hand an ihre Brust, während ich ihren Kopf an mich zog. Ich strich ihr übers Haar, spürte, wie mir die dunklen seidigen Flechten durch die Finger glitten. »Du kannst plärren, so viel du willst«, sagte ich leise und beugte mich vor, um sie auf den Scheitel zu küssen.

»Danke«, sagte sie, als ich mich wieder setzte. Sie hielt immer noch trostsuchend meine Hand. »Es ist nicht alles nur schlecht, weißt du«, sagte sie ernst. »Es gibt auch ein paar gute Dinge. Und auch gute Gefühle«, fuhr sie fort und lächelte mich an.

Dann drehten wir beide uns um, weil Georges charakteristisches Fußgetrappel im Flur erklang. Er kam um die Ecke geschossen, trat auf die seitliche Sprosse meines Stuhls, zog sich hoch, indem er meine Arme umfasste, und ließ sich mit dem Hosenboden auf meinen Schoß plumpsen. Ich sah ihn gespielt perplex an, was er aber komplett ignorierte, um mir seinen neuesten Dinosaurier vorzuführen.

Ich schaute Karen an. Sie erwiderte meinen Blick, halb lachend, halb weinend, bevor sich ihre Mundwinkel nach unten zogen und das Weinen vor lauter Gefühlschaos die Oberhand gewann. Sie schickte mir ein stummes ›Tut mir leid‹ und stand auf, um sich ein paar Papiertaschentücher zu holen. Ich hörte, wie sie sich hinten in der Küche die Nase schnaubte, während George unbekümmert seinen Dinosaurier durch die Luft segeln ließ.

»Könntest du dir einen Tag freinehmen?«, fragte sie, als sie sich wieder gefasst hatte. Sie setzte sich wieder hin und wuschelte George durchs Haar. »Ich habe überlegt, mit dem Kleinen hier eine Küstenwanderung zu machen, solange das Wetter noch so schön klar und sonnig ist. Hättest du Lust, demnächst mal einen Tag mit uns zu verbringen?«

»Liebend gern!«, antwortete ich. Ich lächelte sie an und schaute dann auf George. Ich fragte mich, ob Ben sich wohl Sorgen machen würde, wenn er uns beide so gesehen hätte – zwei gebrochene Frauen, lachend und weinend zugleich.

3

Mein Bruder Simon kam zu Besuch – eine angenehme Überraschung kurz vor Weihnachten. Er fädelte das Ganze ziemlich hinterhältig ein. Er rief mich am Samstagmorgen in aller Frühe an.

»Und was hast du heute so vor?«, fragte er mich freundlich und gab sich in entspannter Wochenendstimmung.

»Ach, nicht viel«, erwiderte ich. »Ein bisschen Arbeit nachholen, Radio hören ...«

»Also ein ruhiges Wochenende, an dem du nur ein bisschen herumwirtschaftest?«

»Genau«, erwiderte ich gelassen. »So in der Art.«

»Gut!«, sagte er unvermittelt. »Ich komme dich besuchen. Ich bin in etwa fünf Stunden bei dir.« Und damit legte er auf.

Ich stand da und starrte ungläubig auf mein Telefon. Er hatte mich komplett ausgetrickst. »Du Doofmann!«, sagte ich laut und musste über seine Unverfrorenheit lächeln.

Er hatte mich schon einmal im Cottage besucht, und zwar kurz nachdem Jake und ich eingezogen waren. Mir wurde bewusst, wie sehr sich der Zustand meines Zuhauses seitdem verändert hatte, und ich schämte mich. Ich sah mich in der Küche um. Sie war seit Monaten nicht geputzt worden. Der Tisch war unbenutzbar – Post und Plunder stapelten sich darauf. Ich hatte die Töpfe vom letzten Mal, als ich wirklich gekocht hatte, immer noch nicht abgewaschen. Der Boden schmatzte, und es fühlte sich klebrig unter den Sohlen an, wenn ich durch die Küche ging.

»Mist«, sagte ich leise. Ich schlug die Hände vors Gesicht und spürte die Hitze meiner sich rötenden Wangen. Ich schämte mich für den Zustand, den Simon bei seiner Ankunft vorfinden würde.

Ich begann zu putzen. Ich weichte die Töpfe in kochendheißem Wasser ein und ekelte mich vor den Schimmelkolonien, die gewachsen, in sich zusammengesackt und in mehreren Generationen erneut herangewachsen waren. Ich fegte den Plunder vom Tisch in eine große Mülltüte und stopfte den Rest der Post, Rechnungen und uralte Zeitungen in einen weiteren. Dem Fußboden musste ich mit einem Spachtel zu Leibe rücken. Als ich versucht hatte, die Fliesen zu wischen, hatte sich der Dreck mit dem Wischwasser in glänzende Matsche verwandelt – es war einfacher, ihn trocken abzukratzen und den Dreck in Fladen abzuziehen.

Von innen waren die Fenster grünlich – die Algen gediehen prächtig in dem schattigen Winterlicht und der im Cottage herrschenden Kühle. Ich verbrauchte eine ganze Rolle Klopapier, färbte endlose Streifen in einem hellen Grün, bis ich das besiedelte Kondenswasser von den Scheiben gewischt hatte.

Ich schätzte, dass ich noch Zeit hatte, das Wohnzimmer und vielleicht die Treppe zu putzen. Ich musste schwer überlegen, wo wir den Staubsauger aufbewahrten. Zunächst machte sich friedvolle Leere in meinem Kopf breit. Ich entdeckte ihn schließlich oben im Gästezimmer, neben einem Stapel Kisten, die nie ausgepackt worden waren. Die Treppe zu saugen war ziemlich befriedigend. Dort, wo ich mit dem Staubsauger schon gewesen war, zeigte der Teppich eine völlig andere Farbe. Im Wohnzimmer war es das Gleiche – ich malte saubere dunkle Streifen in den braunen Teppich, indem ich mit dem Staubsauger vor- und zurückfuhr.

Dann blieb mir bloß noch Zeit, im Badezimmer das Gröbste vom Fußboden und den übrigen Oberflächen zu wischen. Als ich über die einst weißen Flächen fuhr, sammelte sich eine ekelige Mischung aus Staub und Haaren. Ich schüttete eine großzügige Portion grünen Toilettenreiniger ins Klo und hoffte, dass er den Rest für mich erledigte.

Dann stand ich im Wohnzimmer und schaute mich um. Es sah zumindest sauberer aus, wenn auch nicht ordentlicher. Schwaches Sonnenlicht fiel durch die Bäume und durch die Küche herein. Es beschien die kleinen Dunstwölkchen meines Atems, während ich dastand und mich von meinen Taten erholte. Ich trug eine komplette Garnitur Thermounterwäsche und drei Lagen Fleece am Leib. Ich wusste, dass mein Bruder nicht finden würde, dass das eine normale Art zu leben war.

Ich drehte mich um und schaute zum Kamin. Er war leer und saubergefegt. Ich hatte ihn mehrere Monate zuvor geräumt; ich hatte den Anblick der verkohlten Holzscheite und der toten Asche nicht ausgehalten. In dem Korb daneben befanden sich noch einige Holzscheite, zusammen mit ein bisschen Anmachholz, es war alles bereit. Ich starrte es an – bei dem Gedanken, ein Feuer zu machen, wurde mir ganz anders.

Karen hatte immer schon ein stetes Feuer brennen, wenn ich kam. Sie ließ mich nie sehen, wie sie den Kamin bestückte oder das Feuer entfachte. Ich hatte mich an seine unbedrohliche, tröstliche Wärme gewöhnt. Aber der Gedanke, ein offenes Feuer anzuzünden, ein aufflammendes Streichholz in der Hand zu halten, den Rauch einzuatmen, der von den Zeitungen und dem Anmachholz aufstieg, löste Übelkeit in mir aus. Die Erinnerung an erstickenden Qualm schnürte mir die Kehle zu. Meine Nase und meine Stirnhöhle fühlten sich an, als wären sie von dickem schwarzem Rauch erfüllt, von stechendem Plastikqualm und von schwefligen organischen Überresten. Ich konnte ihn beinahe schmecken – den unauslöschlichen Geruch von brennendem Haar, brennenden Knochen.

Ich wirbelte herum, kehrte dem Kamin den Rücken. Ich fühlte mich kraftlos. Ich beugte mich vor, stützte die Hände auf die Knie und atmete heftig. Dann stolperte ich in Richtung Küche, ich stützte mich an der Wand ab, tastete mich vor, bis ich den Küchentisch erreichte. Dort setzte ich mich; mir war ganz schwindelig vom Hyperventilieren.

Meine Reaktion hatte mich selbst überrascht – eine unwillkommene Erinnerung daran, dass ich doch noch nicht wiederhergestellt, doch noch nicht wieder normal war. Seit ich Karen fast täglich sah und mit Ben im Pub gewesen war, hielt ich mich schon für viel robuster. Ich glaubte ein großes Stück weit schon wieder meinem alten Selbst zu entsprechen. Aber ich hatte noch nicht einmal den Versuch unternommen, in ein Auto zu steigen, und ein Feuer anzuzünden war mir nicht möglich. Es schien, als wirkten meine Phobien doch noch mit voller Macht.

Ich saß da und ärgerte mich über mich selbst. Ich konnte also kein Feuer anzünden. Tja, dann würde ich wohl mit dieser Unfähigkeit leben müssen. Ich holte den Ölradiator in die Küche und schloss die Wohnzimmertür. Mein Bruder würde sich damit abfinden müssen, dass der normale Lebensstandard auf die Küche beschränkt war.

Ich fühlte mich besser. Ich war stolz darauf, dass ich nicht in Verzweiflung gestürzt war. Ich bereitete mir eine Tasse süßen Tee zu und hörte Radio, bis mein Bruder eintraf.

»Oh, Luce ...« Simon lächelte gerührt, als ich ihm die Tür öffnete. »Du siehst wieder aus, wie ich dich kenne«, sagte er erfreut und traurig zugleich.

Ich grinste ihn an und streckte mich, um ihn zu umarmen. Es tat gut, ihn zu sehen, vor allem weil er allein kam, ohne die emotionale Wucht unserer Eltern und seiner Frau.

Er drückte mich sachte und drehte mich von links nach rechts und von rechts nach links, ohne mich loszulassen. »Du siehst wirklich großartig aus!«, flüsterte er mir ins Ohr.

Dann ließ er mich gehen, und mir fiel unser Telefonat wieder ein. Ich boxte ihn spielerisch gegen die Schulter. »Du Doofmann«, sagte ich scherzhaft. »Ich sollte gar nicht mit dir reden. Mich so reinzulegen! Das war das letzte Mal, dass ich mit dir telefoniert habe. Von nun an gibt's wieder nur noch Einzeiler per E-Mail.« Ich grinste ihn an.

Er zuckte die Schultern, ohne eine Spur von Reue zu zeigen.

»Also, wie geht's, wie steht's?«, fragte er bedächtig. Er behandelte mich mit großer Behutsamkeit. Wir saßen am Küchentisch, tranken Kaffee und teilten uns ein großes Stück Apfelkuchen, das Karen mir geschenkt hatte. »Zumindest isst du jetzt wieder gut«, meinte er und schob sich genießerisch eine Gabelvoll in den Mund.

»Oh, den hat meine Nachbarin gebacken«, sagte ich rasch. Ich wollte mich nicht mit fremden Federn schmücken.

»Wirklich?«, sagte er ungläubig. »Das klingt so ... so ... nach Dorffrauengemeinschaft.«

»Nein, nein«, erwiderte ich lachend. »Karen ist mittlerweile eine gute Freundin geworden. Ich esse ziemlich oft drüben bei ihr.«

»Tja, klingt dennoch merkwürdig, zu Nachbarn zum Essen zu gehen«, meinte er lächelnd.

»Nur weil du keinen blassen Schimmer hast, wer deine Nachbarn sind, heißt das nicht, dass es merkwürdig ist, wenn ich meine kenne«, entgegnete ich.

»Ich dachte, deine Nachbarn wären gestorben? Ist wohl jemand Neues eingezogen?«

»Ja, vor ein paar Monaten. Ihre Tochter. Sie ist sehr nett. Sie hat zwei Kinder und ist im Moment zu Hause, so dass ich sie ziemlich oft sehe.« Ich hielt inne. Ich überlegte, was ich ihm über Karen erzählen sollte. Ich hätte mich lang und breit über sie auslassen können, aber irgendwie fühlte ich mich gehemmt. »Sie ist wirklich sehr nett«, wiederholte ich bloß. »Letztlich ist es ihr Verdienst, dass ich nicht völlig durchgedreht bin«, gestand ich ein.

Er runzelte die Stirn. »Ich habe mir Sorgen um dich gemacht«, sagte er leise.

»Ich weiß. Und das tut mir leid. Und ich bin dir dankbar dafür, dass du es für dich behalten und kein großes Aufhebens gemacht hast.«

Er nickte. Er freute sich über meine Worte, aber ich sah ihm an, dass ihm seine Zurückhaltung schwergefallen war.

»Wie geht es Lynn und dem Knirps?« Ich versuchte, auf ein erfreulicheres Thema überzuleiten.

»Ihnen geht's gut«, antwortete er und strahlte übers ganze Gesicht. »Der Kleine fängt endlich an zu laufen«, fuhr er voller Freude fort. »Ich weiß, das klingt nicht wirklich beeindruckend. Ich meine, wie viele Babys kennst du, die nicht laufen lernen? Aber es ist echt eine große Erleichterung und so aufregend zu beobachten ...« Seine Augen bekamen einen feuchten Schimmer.

»Danke für die Fotos«, sagte ich lächelnd. Er hatte mir über zwanzig Fotos gemailt, auf denen der Kleine grinste und seinen ersten Zahn zeigte. »Und wie geht's Mum und Dad?«, fragte ich und war auf der Hut.

Simon wirkte ein wenig reservierter. »Denen geht's gut. Abgesehen davon, dass sie sich Sorgen um dich machen. Tut mir leid, aber so sind sie nun mal.« Er griff nach meiner Hand.

»Ist schon okay – ich habe ja gefragt.« Ich zuckte die Schultern.

»Sie besuchen uns Weihnachten. Für dich ist auch Platz, wenn du kommen möchtest«, sagte er.

Ich bekam gleich einen Knoten im Magen, als ich an meine Eltern dachte und die Sorgen, die ich ihnen bereitet hatte. Ich hatte sie gemieden – ich hatte befürchtet, dass ich zusammenbrechen und ihnen alles erzählen würde. Und es wäre vernichtend gewesen, wenn ich ihnen meine beschämenden Fehler und Versäumnisse gebeichtet hätte und sie sich abgestoßen gezeigt hätten. Es wäre die denkbar schlimmste Zurückweisung gewesen – die letzten Menschen auf der Welt, denen ich noch am Herzen lag, wendeten sich angewidert von mir ab. Bei dem Gedanken an mein Geständnis geriet ich in absoluten Stress, und die Anspannung ließ mich innerlich erstarren.

Ich sah meinen Bruder an, und der Gedanke, ihn und meine Eltern ein weiteres Mal zurückzuweisen, schmerzte mich. »Bald«, vertröstete ich ihn. »Ich bin auf einem guten Weg.«

»Ich habe ein Geschenk für dich«, sagte er und stand auf. Er ging nach draußen zum Auto und holte eine unverpackte Spielekonsole heraus. Er grinste, als er sie mir überreichte. »Lynn fand es keine gute Idee, dir so was zu schenken, deshalb musste ich sie unterwegs kaufen. Tut mir leid, dass sie nicht als Geschenk verpackt ist.«

»Wow, danke! Das ist sehr großzügig von dir«, sagte ich voller Freude.

»Nein, darum ging's ihr nicht. Sie fand, ich sollte dich nicht ermutigen, dich in Computerspiele zu vertiefen. Du solltest vielmehr unter Leute gehen«, meinte er. »Gefällt sie dir? Ich weiß, es ist nichts für richtige Profispieler, aber ich habe auch so eine zu Hause, und mir macht's einen Riesenspaß.« Er sah ganz aufgeregt aus.

»Nein, die ist toll«, antwortete ich enthusiastisch. »Ich kann zusammen mit George damit spielen.« Ich drehte den Karton um, um den Inhalt näher zu studieren.

»George?« Mein Bruder versuchte, unverfänglich zu klingen.

Ich brauchte einen Moment, ehe ich kapierte, was er vermutete. »George ist Karens dreijähriger Sohn«, erklärte ich dann.

»Oh«, erwiderte er und tat enttäuscht. »Kein hiesiger Bauernbursche, den du dir heimlich zum Liebhaber genommen hast?«

»Nein.« Ich war leicht genervt, lächelte aber.

Simon wurde rot. Vielleicht war es ihm unangenehm, angedeutet zu haben, ich könnte Jake hinter mir gelassen haben und zu neuen Ufern aufgebrochen sein.

Er blieb noch ein paar Stunden, ehe er sich zur Heimfahrt anschickte. Er machte ein Selfie von uns beiden, hielt sein Handy auf Armeslänge von sich und schmiegte seine Wange an meine, damit wir beide aufs Bild passten. Es war komisch, es zu betrachten. Wir sahen nicht viel anders aus als früher auf den Fotos von uns, auf denen wir noch jünger waren – beide grinsten wir dümmlich in die Kamera.

»Mum und Dad wird das gefallen«, meinte er und speicherte es.

Ich begleitete ihn noch zum Wagen. Ich küsste ihn gerade zum Abschied, als Karen vorbeifuhr. Ich winkte ihr zu, und sie lächelte kurz, hielt aber nicht an. Ich hätte sie Simon gern vorgestellt, um ihn noch weiter zu beruhigen. Ich hätte ihm gern gezeigt, in welch guter Gesellschaft ich mich befand. Ich sah Sophia hinten herausschauen, als sie vorüberfuhren. Sie lächelte und winkte, womit ich überhaupt nicht gerechnet hatte.

4

Karen sah müde aus, als sie die Tür öffnete. Sie runzelte die Stirn und wirkte angespannt, so wie sie die Arme vor der Brust verschränkt hielt.

»Tut mir leid, aber Sophia ist heute zu Hause«, sagte sie und wich meinem Blick aus. »Ich dachte, heute wäre ihr letzter Schultag, aber das Kollegium hat eine Fortbildung, und die Kinder haben jetzt schon Weihnachtsferien.«

Ich sah sie ausdruckslos an und zuckte dann die Achseln. »Schon in Ordnung. Kein Problem«, sagte ich. »Wir können ein andermal spazieren gehen. Ich verschwinde wieder, damit du ein bisschen Zeit mit Sophia verbringen kannst.« Ich schickte mich an zu gehen.

Karen sah mir entschlossen in die Augen. Ich hatte den Eindruck, als suche sie etwas. Ich weiß nicht, ob sie es fand, aber sie wandte den Blick schließlich ab und schaute zu Boden. »Aber ich habe George gesagt, dass du kommst«, meinte sie. »Er wird enttäuscht sein.«

Ich wusste nicht, was ich sagen sollte. Ich wusste nicht, ob sie mich zum Gehen bewegen wollte oder ob sie wollte, dass ich den Tag mit ihnen verbrachte. Ich zögerte und wartete auf einen Hinweis von ihr.

»Ich schätze, Sophia kann keine Einwände haben, dass eine Freundin den Nachmittag mit uns verbringt, oder?«, sagte sie, und es klang nicht wie eine Frage.

Da glaubte ich zu verstehen. Ich vermutete, dass Sophia am Morgen schwierig gewesen war – dass sie ihre Mutter an ihrem ersten Ferientag nicht mit jemandem teilen wollte. »Das musst du entscheiden«, sagte ich achselzuckend. »Du kannst das am besten beurteilen.« Ich lächelte, um sie wissen zu lassen, dass ich mit ihrer Entscheidung einverstanden war, egal wie sie ausfiel.

Wieder sah sie mir forschend ins Gesicht. Sie schien immer noch nicht zu finden, was sie suchte. Sie versuchte zu lächeln. »Dann lass uns zusammen einen Spaziergang machen.«

Nach Karens indirekter Vorwarnung rechnete ich damit, Sophia in besonders verdrießlicher Stimmung vorzufinden, aber sie wirkte nicht zickiger als sonst. Ich ging mit ihr zusammen voraus, den Weg durch den Wald, der zum Küstenpfad hinaufführte, während Karen mit George folgte, der natürlich viel kleinere Schritte machte.

»Mit George zusammen werden wir nicht weit kommen«, nölte Sophia, als sie sich umwandte und durch die Bäume hindurch zurücksah.

Ich lachte über die Ungeduld, die sie ihrem Bruder gegenüber an den Tag legte. Ich erinnerte mich daran, wie locker Simon mit meinen körperlichen Einschränkungen umgegangen war, als ich klein war – zu klein, um wirklich einen Ball zu fangen oder Fußball zu spielen. »Er wird schneller vorankommen, wenn sie die Bäume hinter sich haben – hier oben ist es jetzt eine Weile viel flacher«, erwiderte ich und folgte mit den Augen dem vertrauten Küstenverlauf. Sophia hatte natürlich recht. Wir würden nur langsam vorankommen.

Sie schaute mich an. Meine Worte hatten sie nicht überzeugt.

Ich lächelte und wandte mich dann ab; ich gab vor, die Aussicht auf die dunkle gekräuselte See zu bewundern. Das Wetter schlug um. Es war schon ziemlich eisig, aber jetzt kam auch noch Wind auf, und über uns zogen sich graue Wolken zusammen.

»Ich weiß sowieso nicht, warum wir diesen blöden Spaziergang machen. Mir ist kalt«, sagte Sophia und barg die Hände in den Achselhöhlen.

Ich fröstelte unwillkürlich. Ich war nicht warm genug angezogen, um auf den ungeschützten Klippen zu stehen und zu warten. Ich war dummerweise davon ausgegangen, dass wir wie üblich mein eher zügiges Tempo einschlagen würden. »Es ist wirklich saukalt«, stimmte ich ihr zu.

Sie lächelte und schien sich ein wenig zu entspannen, vielleicht weil ich ihrer Meinung war oder weil ich geflucht hatte.

»Wo kommst du eigentlich her? Du bist nicht von hier, oder?«, fragte sie.

Ich wusste nicht, worauf sie hinauswollte, aber ich antwortete ihr gern: »Nein, ich bin in London aufgewachsen.«

»Warum bist du da weggegangen?«, fragte sie weiter. »Warum bist du hierhergekommen?«

»Ich habe die Universität von Exeter besucht, und es hat mir hier unten im Südwesten gefallen, also bin ich hiergeblieben.« Ich zuckte die Achseln.

»War das dein Freund – der Mann, mit dem wir dich gesehen haben?«, fragte sie unumwunden weiter und lächelte, als bereite ihr die Frage irgendwie Vergnügen.

Ihre Neugier verblüffte mich, und außerdem hatte ich keine Ahnung, von wem sie redete. Automatisch sagte ich »nein«, und dann: »Ich weiß nicht, wen du meinst.«

»Den Mann, den du draußen vor deinem Cottage geküsst hast«, antwortete sie.

Ich lachte. »Nein, das war mein Bruder. Hast du nicht gesehen, wie ähnlich wir uns sind? Na, vielleicht auch nicht – wir sehen beide wie durchschnittliche weiße Engländer aus, schätze ich.«

»Aber du hast doch einen Freund, oder?«, hakte sie nach und sah nun wieder aus wie sonst – kurz davor, mir ihr teenagertypisches Ressentiment gegen alles, was ich sagte, zu demonstrieren.

Ich holte tief Luft und gestand dann ein: »Nein, ich habe zur Zeit keinen Freund.« Ich fühlte mich unbehaglich.

»Sophia, sei nicht so unhöflich. Das sind sehr persönliche Fragen, die du da stellst.« Karen war auf der Hügelkuppe erschienen und hob einen dick eingemummelten George über den Zauntritt. Von seinem Gesicht war nur ein Spaltbreit der kalten Luft ausgesetzt. Seine Arme mündeten in großen Handschuhen, und auf dem Kopf trug er eine Fleecemütze mit Ohrenklappen bis über die Wangen, die unter seinem Kinn zugebunden war.

Ich lächelte bei Georges Anblick. »Ist schon gut«, sagte ich zu Karen und schüttelte den Kopf. Ich wollte nicht, dass es meinetwegen zu einer Mißstimmung zwischen Karen und Sophia kam. Wir wandten uns um und folgten langsam dem Weg; Karen hatte George an der Hand, und Sophia und ich gingen vorneweg.

»Also, wie lange ist es her seit deinem letzten Freund?«, setzte Sophia ihre Befragung nach wenigen Schritten fort.

Ihre Beharrlichkeit brachte mich langsam aus dem Lot, aber ich versuchte dennoch, ihre Neugier zu befriedigen. »Über ein Jahr«, erwiderte ich knapp.

»Warum habt ihr euch getrennt?« Sophia sah mich erwartungsvoll an. Mir war fast, als lächelte sie innerlich. Sie hatte einen Ausdruck in den Augen, als wüsste sie, dass die Antwort mir Unbehagen bereitete. Ich kam mir manipuliert vor.

Ich blinzelte und wandte den Blick ab. »Er ist bei einem Autounfall ums Leben gekommen«, sagte ich und musste schlucken.

»Sophia!«, rief Karen hinter uns. Ich blieb stehen, um auf Karen und George zu warten, aber Sophia ging einfach weiter. Karen sah ihr wütend nach und schüttelte den Kopf. »Es tut mir wirklich leid«, sagte sie, und ihr ganzer Zorn klang noch in ihrer Stimme mit.

»Mir war nicht klar, dass das dein Bruder war«, sagte Karen ein wenig später kleinlaut. Wir schlenderten langsam weiter, während George vor uns hertrottete. Sophia war allein vorausmarschiert, sie war bestimmt hundert Meter vor uns. »Wenn ich das gewusst hätte, hätte ich angehalten, um hallo zu sagen.« Karen sah zerknirscht aus.

»Es war eine spontane Idee von ihm«, sagte ich. »Ich wusste nicht, dass er kommen würde. Er saß praktisch schon im Auto, als ich davon erfuhr.« Ich lachte bei der Erinnerung an seine Unverfrorenheit. »Sonst hätte ich ihn dir sehr gern vorgestellt.«

»Besuchst du deine Familie über Weihnachten?«, fragte Karen.

Ich fühlte mich schuldbewusst. »Nein, ich finde es immer noch schwierig, mit ihnen allen zusammenzusein. Zu viel unverdientes Mitgefühl.«

Karen nickte verständnisvoll und drückte tröstend meinen Arm. »Möchtest du am ersten Weihnachtstag zu mir kommen? Ich bin allein. Ich habe mich mit David darauf geeinigt, dass er die Kinder über Weihnachten nimmt und ich sie an Silvester zurückbekomme.«

»Liebend gern«, antwortete ich enthusiastisch. Karen sah traurig aus bei dem Gedanken, George und Sophia über Weihnachten nicht bei sich zu haben, und ich wollte, dass sie wieder guter Dinge war.

»Ich könnte vielleicht Hähnchen machen«, überlegte sie, »ein einfaches Brathähnchen. Vielleicht trinken wir Wein, wo ich doch jetzt keine Tabletten mehr nehme. Und gucken ein paar Schundfilme. Was hältst du davon?« Sie schaute mich hoffnungsvoll an.

»Ich könnte mir keine schönere Art, Weihnachten zu feiern, vorstellen«, erwiderte ich lächelnd.

»Das nervt!«, schrie Sophia, und mit unserem Pläneschmieden war es vorbei. Sie kam auf uns zumarschiert. »Hier gibt's nicht die geringste Steigung, und dennoch kommen wir bloß im Schneckentempo voran. Ich friere!«, jammerte sie.

»Na schön!«, sagte ich laut und munter. »Komm her, George!« Ich beugte mich vor, packte ihn unter den Armen, hob ihn in einer schwungvollen Bewegung hoch, wobei ich mit seinem Gewicht gerade so zurechtkam, und setzte ihn mir auf die Schultern.

Ich hörte ihn über meinen Kopf hinweg glucksen und schloss daraus, dass er mit dem Arrangement zufrieden war. Karen lachte und schaute zu ihm hinauf, um sich zu vergewissern, dass er dort oben auch sicher saß. »Sind alle bereit?«, fragte ich sie; ich hob die Arme und ergriff Georges Hände. Karen strahlte mich an und nickte.

Sophia sah entgeistert drein. Sie schnalzte missbilligend mit der Zunge und machte auf dem Absatz kehrt. Ich wurde rot, denn sie hatte mir zu verstehen gegeben, dass ich mit George viel zu vertraut umging.

Wir legten etwa eine halbe Meile zurück. George genoss die Aussicht von meinen Schultern aus, und Karen beschwichtigte Sophia, indem sie mit ihr zusammen ein paar Schritte vorausging. Als der Weg steil zu einer Sandbucht abfiel, hob ich George herunter und stellte ihn auf den Boden. Ich wollte nicht riskieren, auszurutschen und womöglich mit ihm zusammen zu stürzen.

Stattdessen nahmen Karen und ich ihn nun bei den Händen und liefen mit großen Schritten den Abhang hinunter. Er kreischte und lachte vor Entzücken, als er durch die Luft geschwungen wurde, dass seine Beinchen nur so flogen. Unten angekommen, hob Karen ihn hoch, setzte ihn sich auf die Hüfte und lief die anschließende kurze Steigung hinauf. Sie war ganz rot im Gesicht und sah erschöpft aus, als sie oben anlangte.

»Sophia, nimm du deinen Bruder für einen Moment«, sagte sie und setzte George ab. Sophia ergriff unwillig seine Hand und führte ihn mit langsamen kleinen Schritten auf die höchste Stelle des Vorsprungs.

Karen drückte den Rücken durch und streckte sich. Sie atmete noch immer schwer. »Er ist inzwischen ein bisschen zu groß dafür«, meinte sie und verzog den Mund zu einem Lächeln.

Ich drehte mich um, um zu sehen, wie weit wir inzwischen gekommen waren. Ich konnte die Häuser von Pennance immer noch klar erkennen und beinahe auch noch mein weißgetünchtes Cottage zwischen den Bäumen im Tal ausmachen, das zum Meer hinunterführte.

»Wir sind immer noch nicht sehr weit gekommen, stimmt's«, sagte Karen lachend.

»Macht doch nichts, oder?«, entgegnete ich.

»Ich hatte gehofft, wir würden eine ordentliche Strecke zurücklegen. Wir haben bloß ein kleines Stück von dem geschafft, was du gewöhnlich beim Joggen zurücklegst.«

»Mir macht das nichts aus. Ich kann mich an der Aussicht hier oben nie sattsehen. Sie ist jeden Tag anders«, erwiderte ich und sah zu, wie die Grautöne des Meeres mit den wechselnden Wolken darüber dunkler wurden und verwirbelten. Dort, wo die Sonne in dünnen Schlitzen durch die Wolken brach, erhellte schimmerndes Silber das graue Wasser. Wir sahen zu, wie ein Sonnenstrahl schmaler wurde und verschwand, während ein anderer über einer anderen Stelle aufblitzte und das Wasser funkeln ließ.

»Wo ist George?«, schrie Karen in Richtung Sophia. Beim Klang ihrer Stimme drehte ich mich alarmiert um. Sophia stand mit dem Rücken zu uns und schaute von der Hügelkuppe über die Klippen. Ihre Hände hingen steif an ihren Seiten. Von George war nichts zu sehen.

Karen legte die wenigen Schritte in Windeseile zurück und blieb oben auf der Kuppe abrupt stehen. Ich war nur ein, zwei Sekunden hinter ihr. Automatisch schaute ich die Klippen hinunter. Soweit ich sehen konnte, waren sie fast völlig mit Stechginster bewachsen, nur hie und da blitzte kahler Felsen auf. Sie waren zwar nur fünfzehn Meter hoch, aber ich konnte nicht bis zum Fuß der Klippen sehen. Sie mussten nach unten hin sehr steil abfallen.

Ich blickte zu Sophia hinüber. Sie sah geschockt aus, ihr Mund stand offen, ihr Blick war starr nach unten gerichtet.

»Wo ist George?«, schrie Karen, ihre Stimme schrill vor Panik.

Sophia hob den Kopf und sah ihre Mutter an, ihre Augen waren angstvoll geweitet.

Ich trat näher an den Rand der Klippe und schaute hinunter; ich fürchtete Sophias Antwort. Ungefähr auf halber Strecke entdeckte ich eine kleine Fleecemütze, die sich im Ginster verfangen hatte, die Ohrklappen noch immer fest zusammengebunden.

5

»Warte!« Ich packte Karen am Arm. Sie war im Begriff, die Klippe hinunterzuklettern, erfüllt von Panik, wollte instinktiv ihr Kind retten. Ich bezweifelte, dass sie einen klaren Gedanken fassen konnte. Es ging steil hinunter, und es war unmöglich, sie beim Hinunterklettern zu sichern. Sie würde zu weit hinabsteigen müssen, als dass wir sie von oben hätten halten können. Ich sah mich um – vielleicht gab es einen Pfad oder einen anderen Punkt, von dem aus man besser sehen konnte, wo er hinuntergestürzt war, ehe wir die gefährliche Rettungsaktion in Angriff nahmen.

»Geh zur Bucht hinunter«, sagte ich und wies auf den Sandstrand, an dem wir vorbeigekommen waren. »Sieh zu, ob du ihn von da unten aus entdeckst. Ich laufe hier weiter und versuche, nach der nächsten Biegung etwas zu sehen.«

Karen rannte los in Richtung Strand. Sophia folgte ihr. Ich hatte gehofft, dass die Küstenlinie nach der nächsten Biegung vielleicht so günstig verlief, dass ich den Fuß der Klippen sehen konnte, aber ein ausladender grauer Felsen versperrte mir die Sicht. Ich rannte wieder zurück und schaute erneut die überwucherten Klippen hinunter.

Ich konnte Karen und Sophia unten am Strand sehen, wie sie verzweifelt versuchten, um die Felsvorsprünge herum etwas auszumachen. Ihr Gebaren sagte mir, dass sie George noch nicht entdeckt hatten.

Ich schob ein Bein zwischen dem Stechginster hindurch nach unten. Die Erde fiel steil ab, so steil, dass ich mit der Ferse weit nach hinten hangeln musste, um einen winzigen Halt zu finden. Ich ergriff einen knorrigen Ginsterzweig, meine Arme waren schnell von kleinen Nadelkratzern übersät. Ich schob auch das andere Bein hinunter, grub meine Fersen in die steile, kieselige Erde, um nicht abzurutschen.

So ließ ich mich langsam Stück für Stück nach unten, ich hangelte mich von einem Busch zum nächsten und musste darauf vertrauen, dass meine Füße sicheren Grund fanden, denn sehen konnte ich sie unter all dem Gestrüpp nicht.

Dann wölbte sich die Klippe, wurde noch ausladender und das Gefälle noch steiler. Ich spähte nach unten, reckte mich vor, versuchte irgendein Zeichen von George auszumachen. Ich sah das graue Wasser unter mir, wie es anbrandete und sich zischend zurückzog, konnte aber den Fuß der Klippe nicht sehen, wo Felsen und Wasser aufeinandertrafen. Von George keine Spur.

Ich rutschte noch ein Stück tiefer, schob tastend ein Bein vor, versuchte, den nächsten Halt für meinen Fuß zu finden. Ich musste mich auf einem Vorsprung befinden, den das Meer ausgehöhlt hatte, wie oben auf dem Dach einer Höhle. Dann glaubte ich einen kleinen festen Sims gefunden zu haben, der hervorragte, und ich verlagerte mein Gewicht darauf. Doch plötzlich wurde das Gestein unter meinem Fuß bröckelig und stürzte senkrecht unter mir ins Wasser. Ich hatte nicht die Kraft, mein ganzes Gewicht mit dem Arm zu halten, an dem ich hing, die Hand um einen Zweig gekrallt. Meine Hand rutschte schmerzhaft an dem Ginster entlang, über die stechenden Blätter.

Ich spürte, wie sich mir der Magen umstülpte, als ich durch die Luft flog, mein Körper schien einen Augenblick lang völlig gewichtslos. Mir blieb keine Zeit, Angst zu empfinden oder mir Sorgen zu machen, wo ich landen könnte – ich hatte eben genug Zeit, um zu begreifen, dass ich hinunterstürzte.

Ich tauchte in die graue See ein, eisiges Wasser umflutete mich augenblicklich, ich spürte es zwischen den Beinen, auf dem Bauch, es schlug mir über dem Kopf zusammen, floss mir in die Ohren, den Nacken, den Rücken hinunter. Ich schluckte Wasser, als ich vor Schreck scharf nach Luft schnappte. Der Kälteschock ließ mir beinahe das Herz stillstehen, zog mir die Brust zusammen. Ich sank tiefer und tiefer, und dann setzte die Auftriebskraft ein, wirkte meinem Sinken entgegen, bremste mich ab bis zum Stillstand, und ich verharrte, sank nicht tiefer; meine Ohren war eiskalt und hörten nichts als den Lärm der tosenden See.

Ich kickte wild mit den Füßen, meine Beine unbeholfen wegen der schweren Stiefel, und der enganliegende Stoff meiner Hose behinderte meine Bewegungsfreiheit zusätzlich. Ich versuchte verzweifelt, meine Panik in den Griff zu bekommen, versuchte, bloß nicht zu husten oder noch mehr Wasser in die Lungen einzuatmen. Ich spürte die wachsende Anspannung in meinem Körper, der um Atem rang, mich drängte, meine

Lungen mit Luft zu füllen. Ich setzte alle Willenskraft in den Aufstieg, den Weg durch das Wasser an die Luft; ich spürte, wie mein Aufstieg sich beschleunigte und der Druck des Wassers nachließ, bis ich plötzlich durch die Oberfläche stieß. Kaum war ich aufgetaucht, spürte ich den eisigen Wind auf meinem Gesicht und hustete scharfes Salzwasser aus. Einen Mundvoll schluckte ich und spürte, wie es mir eisig durch die Kehle rann, während ich an der Wasseroberfläche auf und nieder hüpfte. Meine Augen brannten sofort von dem salzigen Wind, ich musste blinzeln und hatte Mühe, sie offen zu halten. Ich schaute zum offenen grauen Meer und dem grauen Himmel hinaus und musste heftig kicken und kämpfen, um mich umzudrehen. Dann sah ich George unter der überhängenden Klippe bei einem Felsen treiben. Er wurde von den Wellen auf und nieder getragen, und seine kleinen Hände krallten sich um die Spitze des Felsens. Sein Gesicht war weiß vor Schock und Kälte.

»George!«, rief ich, halb freudig, dass ich ihn bei vollem Bewusstsein und anscheinend weitgehend unverletzt gefunden hatte. In einem wilden Stilmix aus Brustschwimmen und Hundepaddeln schwamm ich zu ihm, wobei meine Jackenärmel meine Bewegungen arg behinderten. Mit einem Arm umfasste ich den Felsen, an dem George sich festhielt, und mit dem anderen Arm umfing ich ihn, um zu verhindern, dass er womöglich doch noch von den wogenden Wellen fortgerissen wurde.

Ich versuchte zu entscheiden, ob wir bleiben sollten, wo wir waren, um auf Hilfe zu warten. Wenn wir losschwammen, riskierten wir, aufs Meer hinausgezogen zu werden. An sich war ich eine kräftige Schwimmerin, aber ich war nicht sicher, ob ich mit George zusammen das Ufer erreichen würde.

Ich sah, wie er sich mit letzter Kraft an den Felsen klammerte. Sein Haar war dunkel, klebte ihm am Kopf und zog sich in nassen Strähnen über sein Gesicht. Sein kleiner rosafarbener Mund stand offen und zitterte. Er war mittlerweile schon mehrere Minuten lang im Wasser.

»George, wir müssen schwimmen – bis zum Strand!«, rief ich und mühte mich, den Kopf über Wasser zu halten, der Gischt auszuweichen, die von den Klippen neben uns abprallte und sich über uns ergoss.

»Hast du verstanden?«, rief ich.

Er sah mich an, seine Augen waren klar, sein Blick direkt. Er nickte.

»Du musst dich auf den Rücken legen und mit den Beinen paddeln – okay? Ich ziehe dich mit mir und du wirst auf dem Wasser treiben, aber du musst immer weiter mit den Beinen paddeln.« Ich wollte, dass er sich bewegte, dass er Wärme erzeugte, das war wichtiger, als uns beim Schwimmen zu helfen.

Unter Wasser zog ich den Reißverschluss meiner Jacke auf und wand mich heraus, überließ sie dem Wasser, auf dem sie davontrieb. Ich ließ den Felsen los und ergriff Georges Hände, zog ihn zu mir.

»Fang an, mit den Füßen zu paddeln, George!«, rief ich.

Er wurde rasch müde und sah schon erschöpft aus, als wir die Aushöhlung unter den Klippen verließen. Ich zog ihn zu mir heran und hob sein Kinn, um es über Wasser zu halten.

»Auf den Rücken legen, George«, stieß ich mühsam hervor – das Wasser drang mir in den Mund, als wir mit den Wellen auf und ab glitten. Ich drehte mich auf die Seite, paddelte mit der freien Hand, kickte mit den Füßen und zog George an der Wasseroberfläche mit mir.

Wir kamen nur langsam voran. Ich wünschte, ich hätte noch mehr Sachen ausgezogen; das Wasser zerrte an meiner Kleidung und machte es mir schwer. Nur langsam zogen die Klippen an uns vorbei, die Wellen trugen uns voran und nahmen uns gleich wieder mit zurück, so dass wir kaum Fortschritte machten. Ich konnte Karen am Strand sehen – eine Welle hob uns und brachte sie in Sicht, ehe sie wieder hinter einem Felsen verschwand.

Ich wollte George etwas Ermutigendes zurufen – dass er weiter kicken sollte, dass wir fast da wären. Aber ich hatte keinen Atem dafür übrig, keine Energie. Meine Lungen schmerzten von der kalten Salzluft und der Anstrengung.

Wir haben bestimmt noch weitere fünf Minuten gekämpft, ehe meine kickenden Füße endlich auf sandigen Boden trafen. Nie zuvor war ich so erleichtert gewesen zu spüren, wie der raue Grund mein Gewicht aufnahm. Ich kam auf die Beine, stand erschöpft auf und hob George ein Stück aus dem Wasser. Ich konnte ihn nicht auf die Arme nehmen. Ich schleppte ihn durch die Brandung in Richtung Strand.

Karen kam ins Wasser gerannt und riss ihn mir aus den Armen. Ich stolperte und fiel auf die Knie, während ich zusah, wie sie ihn auf den Strand trug. An der Luft fror ich noch viel mehr als im Wasser. Der Wind war schneidend und ließ mich bis ins Innerste frösteln. »Rubbel ihn trocken!«, rief ich, als mir klar wurde, dass Georges kleine Gestalt noch viel schneller durchfror als meine.

Karen zog ihn bereits aus, als ich aus dem Wasser kam und den Strand hochlief. Sie schlüpfte aus ihrer Fleecejacke und wickelte ihn darin ein, um seinen kleinen zitternden Leib trocken zu kriegen. Seine Lippen waren jetzt blau, und er schien nicht mitzubekommen, was um ihn herum geschah.

»Gib ihm deinen Mantel und deine Mütze«, sagte ich zwischen meinen keuchenden Atemzügen zu Sophia. Sie stand da und sah einfach nur zu – ihr Gesicht noch immer vom Schock gezeichnet. Sie schaute mich mit leerem Ausdruck an. »Gib ihm deinen Mantel, Sophia!«, stammelte ich erneut. Das Sprechen fiel mir schwer. Meine Wangen und meine Lippen waren taub, ich hatte sie kaum genug unter Kontrolle, um klare Silben zu formen. Sophia musterte mich angewidert von Kopf bis Fuß. Ich sah an mir herunter und stellte fest, dass mir Wasser und Speichel aus dem Mund tropften – ich hatte es nicht gespürt. »Sofort!«, schrie ich sie an, und es klang bemüht, auch wenn mein Zorn über ihre Haltung deutlich mitschwang.

Widerstrebend zog sie ihren Mantel aus und reichte ihn Karen, die ihre inzwischen nasse Fleecejacke beiseite warf und George in den Mantel hüllte.

»Lauf voraus und mach Töpfe mit Wasser auf dem Herd heiß und schalt den Kessel an«, sagte ich nun etwas freundlicher zu Sophia. »Bereite eine Wärmflasche für deinen Bruder vor.«

Sie sah mich störrisch an – von mir wollte sie keine Anweisungen entgegennehmen. Ich starrte zurück. Ihre Unwilligkeit, sich zu betätigen, machte mich fassungslos.

»Los, geh schon, Sophia!«, rief Karen verzweifelt. Sie reichte ihr den Schlüssel. »Lauf – verdammt noch mal!«, schrie sie ihre reglos dastehende Tochter an.

Der Rückweg zog sich unerträglich hin. Karen musste immer wieder eine Pause einlegen; den willenlosen George zu tragen ermüdete sie rasch. Ich hatte dennoch Mühe, mit ihnen Schritt zu halten. Meine Beine waren vollkommen durchgefroren und gehorchten mir nicht richtig. Es kam mir vor, als ob meine Muskeln gegeneinander ankämpften. Ich quälte mich den Weg entlang, meine Füße taub und unbeholfen, mein kalter Körper immer wieder erschüttert, weil ich meine Schritte falsch kalkulierte.

Karen weinte, als wir das Haus erreichten – sie war völlig frustriert, weil der Heimweg so lange gedauert hatte und George kaum noch bei Bewusstsein war. Sie ging schnurstracks ins Wohnzimmer, vermutlich um George direkt an den Kaminofen zu bringen.

»Gib Lucy ein paar Handtücher und meinen Morgenmantel!«, hörte ich sie rufen.

Ich stand im Flur, vollkommen erschöpft, meine Bewegungen und meine Gedanken waren wie verzögert. Ich war müde, so unglaublich müde. Meine Lider brauchten bei jedem Lidschlag eine Ewigkeit, ehe sie sich hoben. Ich war im Begriff, jeden Moment im Stehen einzuschlafen. Inzwischen zitterte ich nicht mehr, aber ich war vollkommen durchgefroren.

Sophia erschien mit einem Stapel weißer Handtücher vor mir. Ich nahm sie ihr ab, aber meine Hände gehorchten mir nicht, und sie fielen zu Boden. Ich murmelte irgendwas von ›keine Sorge, ich mache das schon‹, und kniete mich hin, um meine Schuhe aufzuschnüren.

Ich hatte meine Finger nicht unter Kontrolle. Ich konzentrierte mich voll darauf, sie zusammenzuführen, um die Schnürsenkel zu fassen, aber meine Hände reagierten nicht. Ich versuchte es wieder, aber sie waren wie abgetrennte eigenständige Wesen. Sie waren so taub, dass ich zweifelte, ob die Hände, die ich ansah, wirklich meine waren. Ich versuchte die Schnürsenkel zwischen den Handflächen zu halten, aber sie entglitten mir, nass und wirr verknotet.

Ich musste mich an der Wand abstützen, um wieder aufzustehen. »Ich kann mich nicht selbst ausziehen«, sagte ich lallend zu Sophia. Ich wollte sie bitten, ihre Mutter zu holen, aber es gelang mir nicht, die Worte in meinem Mund zu formen. Sophia stand vor mir und starrte mich mit einem neutralen Gesichtsausdruck an, der jeden Moment in Wut oder Gelächter oder Hass umschlagen konnte.

Mein Hirn setzte eine Sekunde lang aus. Ich schwankte auf den Füßen. »Bitte«, sagte ich flehentlich und hoffte, sie begriff, dass ich mir ihre Mutter herbeiwünschte. Sie sah mich an, als wäre ich etwas ziemlich Widerwärtiges, und trat einen Schritt auf mich zu. Sie kniete sich hin und löste meine Schnürsenkel, dann griff sie nach dem Bund meiner Hose, um den Knopf zu öffnen, und musste ziemlich ziehen, weil der durchweichte Stoff sich nicht lösen wollte. Sie zog den Reißverschluss meiner Hose auf und stand dann auf, um die Knöpfe meiner Bluse zu öffnen. Dann trat sie einen Schritt zurück, ihre intime Hilfeleistung ekelte sie, aber sie sah mich immer noch unverwandt an.

Ich schälte mich aus meinen Sachen, ließ sie einfach zu Boden fallen. Ich schwankte, beugte mich vor, um die Handtücher aufzuheben, und fing langsam an, mich trockenzureiben. Es ging alles unendlich langsam. Allein meinen Kopf zu heben schien fünfmal so lange zu dauern wie sonst.

»Zieh das hier an«, sagte Sophia knapp.

Sie hielt mir einen Morgenmantel hin, weit geöffnet, bereit zum Hineinschlüpfen. Ich stolperte vorwärts, schob einen Arm in den Ärmel, wobei meine tauben Finger erst irgendwo hängenblieben. Dann drehte ich ihr den Rücken zu, rollte mich in den Morgenmantel und fand unter einigen Mühen auch den zweiten Ärmel. Ich schlug den Mantel zu und klemmte ihn unter den gekreuzten Armen fest. Ich versuchte gar nicht erst, den Gürtel zu schließen.

»Sind die von dem Unfall?«, fragte sie hinter meinem Rücken.

Ich ließ mir Zeit mit der Antwort. Ich hatte keine Ahnung, wovon sie redete.

»Die Narben hier«, erklärte sie und strich mit der Hand über meinen Rücken.

Ich nickte langsam, und von der Bewegung schwirrte mir der Kopf. Dann war ich weggetreten – ich wusste nicht mehr, was ich tat und was man um mich herum sagte.

Karen musste gekommen sein, um mich zu holen und ins Wohnzimmer zu bringen. Ich kann mir nicht vorstellen, wie ich sonst dorthin gekommen sein sollte. Ich war mir meiner Umgebung nur vage bewusst, als der Arzt kam. George rührte sich inzwischen wieder und versuchte zu sprechen.

Ich war unendlich müde, ich driftete immer wieder in den Schlaf und wurde immer wieder von Karen oder dem Arzt geweckt, die mich nötigten, warmes Wasser zu trinken, obwohl ich nicht durstig war.

Der Arzt maß immer wieder meine Temperatur. Er ließ mich erst in Ruhe, als sie langsam bis auf ein, zwei Grad unter dem Sollwert gestiegen war.

Ich war in Decken eingemummelt und bekam am Rande mit, dass Karen mir die Haare föhnte.

Ich fing Gesprächsfetzen auf. Der Arzt sagte Karen, sie solle mich und George weiterhin beobachten und ihn anrufen, wenn sie irgendeine Verschlechterung bemerkte. Wie in weiter Ferne hörte ich die Haustür zuschlagen, als er ging.

Irgendwann vernahm ich Karens und Sophias Stimmen, aber weit weg. Vielleicht waren sie im Flur.

»Wie zum Teufel ist das passiert, Sophia? Du solltest auf ihn aufpassen!«

»Es war nicht meine Schuld. Er hat meine Hand losgelassen.«

»Sophia, er hätte sterben können! Dein Bruder hätte sterben können! Du hättest ihn festhalten müssen!«

»Es ist nicht meine Aufgabe, auf ihn aufzupassen. Du hättest dich um ihn kümmern müssen, statt dich mit ihr zu unterhalten.«

Es war dunkel, als ich aufwachte – das erste Mal, dass meine Gedanken klar waren und ich nicht augenblicklich wieder in den Schlaf abdriftete. Der Kaminofen verbreitete sanftes Licht. Ich musste bereits mehrere Stunden auf dem Sofa gelegen haben, und endlich fror ich nicht mehr.

Mir war sehr behaglich in Karens Morgenmantel. Der weiche Stoff war bis zu meinem Gesicht hochgerutscht und duftete nach ihr. Es war sehr tröstlich, und ich lächelte zufrieden. Ich konnte meine Hände und meine Füße wieder spüren. Ich drückte meine Finger unter der Decke zusammen und stellte erleichtert fest, dass ich sie wieder unter Kontrolle hatte. All meine Sinne schienen zurückzukehren. Doch mir tat alles weh, mein ganzer Körper schmerzte, als ich mich aufsetzte.

Karen saß im Sessel, George schlief in eine Decke gehüllt auf ihrem Schoß. Sie lächelte mich an, als sie sah, dass ich wach war. Sie stand langsam auf, drehte sich um und legte

George auf den Sessel. Er ließ sich davon nicht stören; er rührte sich nicht und gab keinen Mucks von sich.

»Wie fühlst du dich?«, fragte sie leise und kniete sich vor mich auf den Boden.

Ich lachte verhalten. Ich fühlte mich schrecklich. Mein Körper war schwer wie Blei und mir war, als wäre jemand von Kopf bis Fuß auf mir herumgetrampelt. »Wie geht's George?«, fragte ich zurück und sah besorgt zu ihm hinüber.

»Ihm geht's gut«, erwiderte Karen lächelnd. »Er hat sich schneller erholt als du. Ich glaube, wir haben ihn gerade noch rechtzeitig ins Warme bringen können, um das Schlimmste zu verhindern.« Auch sie schaute nun zu ihm hinüber.

Dann wandte sie sich wieder mir zu. »Du hast ein Wunder vollbracht«, sagte sie. Sie lächelte, aber ihre Augen füllten sich mit Tränen. Sie hob die Hand und legte sie mir an die Wange. »Du warst unglaublich.«

Ihre Dankbarkeit ließ mich erröten, und ich schüttelte den Kopf. »Ich habe bloß nach ihm Ausschau gehalten und den Halt verloren und bin abgerutscht. Es war reiner Zufall, dass ich ihn dann retten konnte.« Ich wollte keinesfalls Ruhm ernten, den ich nicht verdient hatte.

»Hörst du dir eigentlich selbst zu?«, sagte Karen halb amüsiert, halb verzweifelt. Sie legte die andere Hand an meine andere Wange und hielt mein Gesicht in den Händen. »Du hast George das Leben gerettet. Du kannst mir nicht erzählen, dass du das nicht getan hast«, sagte sie. Sie kam näher und küsste mich, drückte ihre Lippen fest auf meine und zog sich dann wieder zurück. »Du warst einfach unglaublich.«

KAPITEL 5

1

Einige Tage nach dem Vorfall war Heiligabend. Ich musste vor Weihnachten noch einmal nach Pennance, um mich mit den Anwälten und Tom Riley zu treffen, zusammen mit Margaret und Ben. Ich hatte einen Horror davor, Tom zu begegnen, selbst in Gegenwart von Jakes Angehörigen und den Anwälten. Ich nahm an, er wusste, dass ich die Schwachstelle bildete – dass ich diejenige war, die am ehesten von einer weiteren Verfolgung des Falles absehen würde. Noch immer fürchtete ich, sein Augenmerk auf mich zu ziehen, und seinen Drang, mich zu verfolgen.

Ich setzte die übliche Zeit an, um vom Cottage nach Pennance zu radeln, doch ich hatte unterschätzt, wie sehr ich durch die Unterkühlung geschwächt war – ich kämpfte schon seit Tagen mit den Nachwirkungen und hatte mich immer noch nicht vollständig davon erholt.

Ich hatte kaum das Ende meines Weges erreicht, als ich bereits völlig außer Atem war. Ich ließ das Rad auslaufen, bis ich zum Stehen kam, dann setzte ich einen Fuß ab. Ich musste mich einen Moment ausruhen. Ich hatte das Gefühl, einfach nicht genug Luft zu bekommen. Ich atmete tief ein, dehnte den Brustkorb bis zum Äußersten und füllte meine Lunge mit Luft, aber es kam mir vor, als enthielte sie zu wenig Sauerstoff. Meine

Beine waren schwach und müde, und mir war kalter Schweiß ausgebrochen, der mit einem Gefühl von Verletzlichkeit einherging, als ich mich erinnerte, wie entkräftend die Kälte wenige Tage zuvor gewesen war.

Ich musste mein Fahrrad den Hügel hinauf nach Pennance schieben und brauchte für den Weg ins Dorf eine halbe Stunde länger als gedacht.

Wir wollten uns in dem kleinen Gemeindezentrum gleich hinter dem Supermarkt treffen – neutraler Boden für Riley und die Arundells mitsamt ihren Anwälten. Auf dem Weg zu den Fahrradständern hinter den Parkplätzen kam ich an der Eingangstür des Gemeindezentrums vorbei. Als ich mein Fahrrad abgestellt hatte, brauchte ich eine kurze Pause – ich musste zu Atem kommen und den Schwindel und die Erschöpfung vertreiben.

Ich beugte mich gerade nach unten, um mein Rad anzuschließen, als die Doppeltüren des Gemeindezentrums krachend aufgestoßen wurden. Ich schaute unwillkürlich hoch, um zu sehen, was da los war. Als ich Tom Riley erblickte, erstarrte ich. Er stand draußen vor der Tür, deren Flügel laut auf und zu schwangen. Er sah wütend aus. Sein Gesicht war rot, umrahmt von fettigem Haar und einem struppigen Bart. Ich regte mich nicht – ich hatte Angst, dass er mich aus den Augenwinkeln erblicken würde, sobald ich mich rührte.

Er stand steif da, ballte die Hände an seinen Seiten wiederholt zu Fäusten und krallte die Finger in seine Handinnenflächen. Er blickte zu Boden, ließ die erregten Augen hin und her flitzen. »Verdammte Scheiße!«, brüllte er und versetzte dem Standaschenbecher neben den Türen einen schwungvollen Tritt. Das Blechding kullerte laut scheppernd über den Asphalt. Tom

Riley sah ihm nach, bis es liegenblieb – sein Brustkorb hob und senkte sich heftig, seine Atemzüge waren voller Zorn.

Ich beobachtete ihn; ich war wie gelähmt. Langsam beruhigte sich sein Atem, seine Brust. Er selbst starrte noch immer in Richtung Ascher, die Augen weit geöffnet, und dann holte er eine Zigarette aus seiner Jackentasche hervor. Er blinzelte, als er das Feuerzeug anklickte, die Zigarette an die Flamme hielt und daran zog, bis sie brannte. Er nahm einen weiteren Zug, blies eine große graue Rauchwolke in die kalte Luft und starrte blind vor sich hin. Geistesabwesend tippte er auf den Filter der Zigarette, um die Asche loszuwerden.

Schließlich hob er den Kopf. Er nahm einen letzten Zug von der Zigarette, dann warf er sie weg, wandte sich abrupt um und ging rasch die Einfahrt hinunter zur Hauptstraße.

Mein Rückgrat schmerzte, als ich mich aufrichtete – ich hatte zu lange halb gebeugt hinter dem Fahrrad gestanden. Mir war übel, weil ich Toms unbeherrschten Ausbruch hatte mitansehen müssen – mir war klar, dass er ohne weiteres mir hätte gelten können, wenn Tom mich entdeckt hätte. Meine Hände zitterten, als ich die Tür des Gemeindezentrums öffnete.

»Da ist sie ja!«, rief Margaret quer über den Flur.

Sie stand gemeinsam mit unserem Anwalt und einem weiteren Mann, der vermutlich Tom vertrat, an einem Tisch. Sie schüttelten sich die Hände, und der Mann, den ich nicht kannte, ergriff einen Aktenkoffer und kam auf mich zu. Er runzelte die Stirn, als er näher kam, und schenkte mir ein beiläufiges Nicken, als er an mir vorbeiging.

»Wo ist Ben?«, fragte ich irritiert, als ich Margaret erreicht hatte.

»Oh, der ist schon wieder weg. Er ist inzwischen bestimmt schon zu Hause«, antwortete Margaret jovial. »Tut mir leid, dass wir ohne dich angefangen haben. Ich habe dich auf dem Handy einfach nicht erreicht. Ben hat es x-mal probiert, das schwöre ich dir. Wir hatten keine Ahnung, wann du kommen würdest oder ob du überhaupt kommst. Jetzt muss ich zusehen, dass ich mit meinen Weihnachtseinkäufen in Plymouth vorankomme – ich muss jetzt auch los.«

»Moment mal«, versuchte ich ein Wort dazwischenzukriegen, »worauf habt ihr euch denn nun verständigt? Sind wir zu einer Übereinkunft gekommen?«, fragte ich verwirrt.

»Nein. Tom behauptet, er wäre fast bankrott und könnte das Angebot nicht noch weiter erhöhen. Er sagt, das wäre einfach nicht drin. Ich habe ihn gefragt, was mit dem ganzen Geld aus dem Verkauf seiner Werkstatt ist. Das muss ihm doch ein nettes Sümmchen eingebracht haben, hab' ich gesagt. Er meinte, dass wäre alles für die ausstehenden Löhne und die Schulden und die Rückzahlung der Hypothek draufgegangen. Nicht dass ich ihm ein Wort geglaubt habe – von wegen, bei den gesalzenen Preisen, die er immer verlangt hat. Also gehen wir vor Gericht«, schloss sie leichthin, aber entschieden.

Die Beiläufigkeit, mit der sie den letzten Penny aus dem Mann herauszupressen versuchte, schockierte mich. Wenn ich mir seine Verhaltensauffälligkeit und seinen Allgemeinzustand vor Augen führte, war ich versucht zu glauben, dass er so gut wie pleite war.

»Aber ich war mit seinem letzten Angebot einverstanden«, entgegnete ich, bestürzt darüber, dass Ben und Margaret ohne mich beschlossen hatten, den Fall voranzutreiben. »Ich finde wirklich, dass es reicht. Er hat seine Werkstatt verloren. Was ist nun noch weiter zu gewinnen?«

Margaret sah mich überrascht an. Offenbar hatte sie nicht damit gerechnet, dass ich anderer Meinung sein könnte. Sie straffte die Schultern und senkte den Kopf, so dass ihr Doppelkinn hervortrat. Ihre Augen waren glasig vor Verdruss, und sie fixierte mich, als könnte sie mich damit in die Knie zwingen.

Langsam und bedächtig sagte sie: »Er hat Jake getötet.«

Ich blinzelte, als ich das hörte, und eine Woge von Schuld spülte über mich hinweg. Meine Entschlossenheit drohte sich aufzulösen. Der winzige Zweifel war schon genug. Sie gewann, wie immer. Margarets halsstarrige Hexenjagd hatte dem Fall bereits zu viel Eigendynamik verliehen. Mir blieb kaum eine Möglichkeit, die Sache zu stoppen, außer indem ich vor Gericht Lügen erzählte.

Margaret schenkte mir ihr angestrengtes Lächeln – jenes Lächeln, bei dem ihre Augen ihre wahren Gefühle verrieten. »Nun, dann wäre das geklärt«, sagte sie, und ihre Schultern und ihre Brust sanken, als sie sich siegreich entspannte.

»Ich werde nichts unterschreiben«, sagte ich, ein letztes Aufbäumen.

»Das brauchst du auch nicht«, erwiderte sie nüchtern.

Ich wandte mich schon zum Gehen, als sie meinen Arm ergriff. Ihre Berührung war mir zuwider. »Wie ich höre, bist du die reinste Heldin – du hast Karens Jungen gerettet.«

Ich empfand es fast als übergriffig, dass sie das wusste. Es war zum Kotzen, dass im näheren Umkreis von Pennance nichts geschehen konnte, ohne dass sie davon erfuhr. Ich machte meinen Arm so freundlich es ging los und versuchte meine Abscheu zu kaschieren.

»Es war nichts weiter«, entgegnete ich gereizt und wandte mich zum Gehen. »Das hätte jeder andere auch getan.«

»Und dennoch ist es komisch, dass ihr beide euch angefreundet habt – findest du nicht?«, rief sie mir nach.

Ich spürte, wie mein Magen sich hob; ich fürchtete, sie könnte Bens Geschwätz, was Karens sexuelle Orientierung anbetraf, wiederholen. Nach Jakes Tod ging es Margaret erst recht nichts mehr an, mit wem ich meine Zeit verbrachte und welcher Art unsere Freundschaft war, dachte ich stur. Ich ging weiter durch die Halle in Richtung Tür und gab vor, sie nicht gehört zu haben.

Nach Hause zu radeln war leichter. Ich musste kaum treten, um Pennance hinter mir zu lassen – es ging fast die ganze Zeit bergab. Und dennoch kochte ich – ich war stinksauer auf Margaret, weil sie den Fall weiterverfolgen wollte.

Ich war noch immer in Gedanken, voller Ärger über ihre Bemerkung, was Karen und unsere Freundschaft anbetraf, als ich die Tür zum Cottage öffnete. Als ich meine Tasche auf die Fußmatte stellte, spürte ich, dass etwas nicht stimmte. Ich richtete mich auf, hellwach, und versuchte zu ergründen, was genau nicht in Ordnung war. Ich ließ den Blick durch die Küche schweifen. Es schien alles an seinem Platz zu sein. Der Tisch war leer, auf den Arbeitsflächen standen mein Teller und meine Tasse vom Frühstück, die Dosen mit Kaffee und Tee, die Bohnen und die alte Pasta standen so im Regal, wie sie sollten.

Ich lauschte angestrengt, meine Ohren wurden ganz steif, als ich mich mühte, irgendwelche Geräusche zu vernehmen, die nicht hierhergehörten. Ich hielt den Atem an. Mein Herz pochte heftig. Mir wurde warm, mein Gesicht war heiß, jetzt wo ich nicht mehr draußen in der Kälte war. Ich hörte jedoch nichts, nur das Wispern des Meeres unten im Tal. Ich atmete laut aus, meine Kehle dehnte sich, denn mein Körper verlangte nach Sauerstoff.

Ich runzelte die Stirn. Das Cottage fühlte sich einfach anders an als erwartet. Ich war versucht, laut zu rufen, zu fragen, ob da jemand war. Langsam schlich ich ins Wohnzimmer hinüber. Das Sofa war unbelegt, mein Schreibtischstuhl nicht besetzt, der Teppich leer. Da war niemand. Ich schaute die Treppe hinauf, blickte so weit ich konnte nach links und nach rechts, hielt Ausschau nach einem Schatten, der vielleicht über den Treppenabsatz glitt.

Ich fühlte mein Herz immer noch heftig schlagen. Meine Augen waren weit geöffnet. Ich spürte, dass mein Körper im Alarmzustand war, bereit, beim geringsten Anlass die Flucht zu ergreifen. Ich musste oben nachsehen. Ich würde mich nicht entspannen können, ehe ich nicht das ganze Haus überprüft hatte. Ich blickte auf die Treppenstufen. Sie würden knacken, sobald ich sie betrat. Und wenn ich noch so vorsichtig die Treppe hinaufschlich – einen Eindringling würde ich nicht überraschen können.

Ich machte mich bereit. Konnte sein, dass mein Kopf jeden Moment abschaltete und ich kehrtmachen und aus dem Cottage stürmen würde. Wieder schaute ich die Treppe hoch. Dann sprang ich hinauf, immer zwei Stufen auf einmal nehmend. Ich riss den Kopf nach links, um ins Schlafzimmer zu schauen, ließ den Blick fix über den offenen Kleiderschrank, das leere Bett, unter die kleine altmodische Frisierkommode gleiten. Nichts Auffälliges. Ich wandte mich rasch nach rechts, riss die

Tür zum Gästezimmer auf und stellte mich mit weitgeöffneten Augen dem, was auch immer sich darin befinden mochte. Graue Pappkartons und der Staubsauger rührten sich nicht von der Stelle. Ich knallte die Tür wieder zu und trat ins Badezimmer, riss den Duschvorhang zur Seite – der letzte Ort, an dem sich jemand verstecken mochte. Ich fand nichts, und dann kam ich mir idiotisch vor, wie ich da in meinem stillen Zuhause herumtobte, in dem alles vollkommen normal zu sein schien.

Die Luft strich durch meine Nase, als ich still verharrte und ruhiger atmete. Und dann erkannte ich, was anders gewesen war. Ich war nicht lange fort gewesen, aber lange genug, dass meine Nase sich an die Luft draußen gewöhnt hatte. Das Cottage roch immer muffig, wenn ich heimkam, die Luft war feucht und dumpfig. Heute jedoch nicht. Sie war nicht anders gewesen als die Luft draußen. Luft war ins Cottage gedrungen, eine Tür oder ein Fenster waren offen gewesen, während ich fort war.

Ich rüttelte am Badezimmerfenster. Es war fest verschlossen. Ich überprüfte Gästezimmer und Schlafzimmer – ich hatte kein Fenster offen oder unverriegelt gelassen. Ich eilte nach unten, überprüfte die Fenster in Wohnzimmer und Küche.

Nur die Haustür stand weit offen. Ich versuchte mich zu entsinnen, ob ich aufgeschlossen hatte, als ich heimgekommen war. Ich war zu sehr in Gedanken gewesen, um mich daran zu erinnern. Ich hatte andere Dinge im Kopf gehabt. Aber wenn nicht abgeschlossen gewesen wäre, hätte mich das doch aufgerüttelt und meine Aufmerksamkeit auf sich gezogen, weil es nicht normal gewesen wäre.

Ich stand da und starrte auf die Tür. Niemand hatte bei verriegelten Fenstern und abgeschlossener Tür in mein Haus eindringen können. Ich überlegte klar und vernünftig. Es gab keine andere Erklärung: Ich musste akzeptieren, dass ich überempfindlich war – vielleicht weil ich Tom Riley wiedergesehen hatte. Ich musste mich beruhigen und aufhören, so paranoid zu sein.

Ich versuchte, über mich selbst zu lachen; ich sagte mir laut, dass ich es mir abgewöhnen musste, derart überzogen zu reagieren. Ich lächelte, schloss die Haustür und verriegelte sie; ich wollte ihr nicht den Rücken kehren, ehe sie nicht sicher verschlossen war. Dann entspannte ich mich allmählich; ich ging durchs Wohnzimmer und zog meine Jacke aus. Ich hängte sie auf den Haken am Fuße der Treppe und ging dann zum Radiator hinüber, um ihn anzuschalten, damit die Sachen auf dem Ständer daneben besser trockneten. Und dann erschrak ich von neuem – diesmal war ich sicher, dass jemand im Haus gewesen war.

Auf dem Wäscheständer klaffte eine Lücke; ein Viereck, in dem ein T-Shirt zum Trocknen hätte hängen sollen. Ich wusste auch genau, welches. Es war mein Jogging-T-Shirt, ein ausgeblichenes blaues Ding mit einem Logo, der Silhouette eines stilisierten Gebirgszuges. Ich war mir vollkommen sicher, dass ich es gewaschen hatte. An dem Tag hatte ich nämlich meine sämtlichen Joggingsachen in die Waschmaschine gesteckt.

Mein ganzer Körper war wie taub vor Angst, aber mein Geist war nicht gelähmt. Er kam blitzschnell zu der logischen Schlussfolgerung, dass jemand im Haus gewesen war, dass dieser Jemand mein T-Shirt genommen hatte und einen Schlüssel besitzen musste.

Wer war dieser Jemand?

Mein erster Gedanke galt Tom Riley. Aber ich hatte keine Ahnung, wie er an einen Schlüssel hätte kommen sollen. Hatte ich je mein komplettes Schlüsselbund bei ihm in der Werkstatt gelassen? Eigentlich hatte ich doch immer den Autoschlüssel vom Schlüsselring abgemacht, oder? Ich war mir ziemlich sicher. Wie sonst hätte er also an einen Schlüssel kommen können?

Ben besaß einen Ersatzschlüssel. Jake hatte ihm den gegeben, als wir ins Cottage gezogen waren, damit wir problemlos an einen Schlüssel kamen, falls wir uns aussperren sollten. Konnte Tom Bens Schlüssel in die Finger gekriegt haben? Ich wühlte in meiner Tasche nach dem Handy. Ich hatte gerade mal einen einzigen Anruf von Ben verpasst. Ich ärgerte mich über Margaret, weil sie maßlos übertrieben hatte, was ihre Versuche, mich zu erreichen, anging. Ich schüttelte den Kopf, um sie aus meinen Gedanken zu vertreiben. Ich konnte keine Ablenkung gebrauchen. Ich drückte die Tasten, um den verpassten Anruf zu erwidern.

Ben antwortete nach mehrmaligem Klingeln.

»Hallo?«

»Hi, Ben. Ich bin's.«

»Ich hab' versucht, dich zu erreichen. Du bist nicht zu dem Termin gekommen«, sagte er.

»Ja, ich weiß«, erwiderte ich gereizt.

»Ist alles in Ordnung?«

»Jaja. Hör mal, hast du noch den Ersatzschlüssel fürs Cottage?«, fragte ich hastig.

»Vermutlich«, antwortete er, als hätte er lange nicht an den Schlüssel gedacht. »Hast du dich ausgesperrt?« Ich hörte förmlich, wie er bei der Vorstellung lächelte.

»Nein. Ich – ich wollte nur wissen, ob du ihn noch hast. Wollte mich vergewissern, dass du ihn nicht verloren hast.«

»Oh, ich bin sicher, dass ich ihn nicht verloren habe«, erwiderte er freundlich.

»Könntest du bitte mal nachsehen?«

»Ja, klar. Bist du sicher, dass alles in Ordnung ist?« Allmählich klang er ein wenig besorgt.

»Jaja, alles in Ordnung. Könntest du mir zuliebe einfach nur kurz nachsehen?« Ich bemühte mich, nicht zu panisch zu klingen.

»Nun ja, kann ich später machen. Ich bin im Moment nicht zu Hause«, erwiderte er gemächlich.

»Oh. Ich dachte, Margaret hätte gesagt, dass du auf dem Weg nach Hause bist«, sagte ich ungehalten.

Er zögerte. »Tja, jedenfalls bin ich nicht zu Hause«, antwortete er dann schlicht.

Ich war aufgewühlt und wartete ungeduldig auf Bens Rückruf. Ich wollte ihn nicht unter Druck setzen, wollte ihn nicht zur Eile antreiben, weil er mir sonst vielleicht Fragen stellte. Ich wusste, dass er mir sagen würde, ich sei überspannt, und dass er versuchen würde, mir auszureden, dass jemand im Haus gewesen war.

Ich ertappte mich dabei, wie ich auf den Computerbildschirm starrte, der auf dem Schreibtisch am Fenster stand – ein bunter Ball dotzte darauf herum. Ich ging zum Schreibtisch hinüber und nahm den Deckel von einer weißen Pappschachtel, die hinten an der Wand stand. Ich wühlte darin herum, durch etliche Bleistifte, verschiedene Kabel, einen alten Sternverteiler, eine alte Festplatte. Dann fand ich, was ich gesucht hatte: eine kleine Web-Cam, die ich nie zuvor benutzt hatte. Ich fuhr mit dem Daumen darüber, wischte den Staub fort.

Ich befestigte die Kamera am Rahmen der Tür, die von der Küche ins Wohnzimmer führte; ich hoffte, dass der Winkel weit genug war, um jeden Eindringling, der zur Haustür hereinkam, zu erfassen und auch jeden, der durch die Küchenfenster hereinschaute.

Ich brauchte nicht lange, um die Kamera anzuschließen und das Kabel um den Türrahmen zum Boden, dann an der Fußleiste entlang und hinter dem Schreibtisch hoch zum Computer zu verlegen. Ich stellte die Kamera so ein, dass sie jede Sekunde ein Bild aufnahm und speicherte, und hoffte, dass die Zeitspanne genügte, um ein gutes Bild von einem potenziellen Eindringling zu machen. Anschließend startete ich ein Programm, das mir die Bilder als Backup zusätzlich auf meinen Computer auf der Arbeit schickte und sie nach einer Woche löschte, damit sie mir nicht den Speicher zumüllten.

Ich lehnte mich zurück, zufrieden mit meinem Werk. Ich hatte es getestet – ich hatte mich aufgenommen, wie ich das Haus verließ und wieder hereinkam und hatte die gesicherten Bilder von meinem Computer auf der Arbeit wieder auf den Rechner zu Hause zurückgeholt. Ich fühlte mich besser in dem Wissen, dass ich Ben Beweise würde vorlegen können, falls der Eindringling erneut auftauchte.

2

Die erste Person, die die Webcam erwischte, war Karen. Ich wollte gerade vom Computer aufstehen, als Karen an der Eingangstür erschien. Ich schaltete den Bildschirm aus – ich wollte nicht, dass Karen einen Schreck kriegte, weil die Kamera sie aufgezeichnet hatte.

Ich war froh, dass sie gekommen war. Es wurde dunkel, und mir war nicht ganz geheuer allein im Cottage. Ben hatte immer noch nicht wegen des Schlüssels zurückgerufen.

»Ich dachte, vielleicht hättest du Lust, heute Abend auf einen Drink rüberzukommen. David war gerade da, um die Kinder abzuholen ...« Sie holte tief Luft, um ihre Stimme zu festigen. Sie wirkte traurig und verloren bei der Aussicht, die nächsten Tage ohne George und Sophia verbringen zu müssen.

»Vermisst du sie schon?«, fragte ich und lächelte mitfühlend.

Sie nickte und schürzte die Lippen – vermutlich, um nicht anzufangen zu weinen.

Wir saßen auf dem Boden vor dem Sofa, mit dem Rücken dagegengelehnt, die Beine lang ausgestreckt, um die Füße am Feuer zu wärmen. Karen hatte eine Flasche Rotwein geöffnet und schenkte uns großzügig ein.

»Ich wollte nicht, dass er George auch mitnimmt«, sagte sie und trank einen Schluck Wein. »Nicht so kurz nach diesem Vorfall. Ich hätte ihn lieber hier im Auge behalten.«

»Schien er denn okay zu sein?«, fragte ich besorgt.

»Ja, es ging ihm gut. Vielleicht war er ein bisschen schläfriger und müder als gewöhnlich. Aber ansonsten war alles in Ordnung. Dank dir«, fügte sie lächelnd hinzu und schaute mich an.

Ich hätte am liebsten gesagt, dass David bestimmt gut auf ihn aufpassen würde, aber da ich ihre Geschichte kannte, war ich mir da gar nicht so sicher. Ich blickte mit gerunzelter Stirn in mein Glas, schwenkte es und ließ den Wein darin kreisen.

»Und wie ist es dir ergangen?«, fragte Karen mich, immer noch lächelnd.

Ich atmete tief ein und erwog zu sagen, dass es mir gut gegangen war. Dann atmete ich seufzend aus. »Ich bin absolut erledigt«, gestand ich ein.

Sie lachte laut auf, schnappte sich mein Bein und drückte es vergnügt. Dann zog sie ihre Hand zurück und nahm einen weiteren großen Schluck Wein und ließ ihn genüsslich über die Zunge rollen, ehe sie ihn herunterschluckte.

»Ah«, sagte sie dann genießerisch. »Ab und zu ein Drink – das hat mir gefehlt«, fuhr sie fort und betrachtete voller Verlangen ihr Glas. »Ich habe nichts getrunken, während ich diese Medikamente genommen habe, und in der Regel trinke ich nicht, wenn die Kinder zu Hause sind. Ich würde mich schrecklich fühlen, wenn ihnen irgendwas zustieße und ich nicht in der Lage wäre, sie irgendwo hinzufahren, wo wir Hilfe finden.« Sie runzelte geistesabwesend die Stirn – vielleicht dachte sie an die Gefahr, in der George wenige Tage zuvor geschwebt hatte.

Ich spürte bereits die Wirkung des schweren Weines. Mein Kopf fühlte sich ganz leicht an. Ich merkte, wie mir die Wärme in die Wangen stieg und meine Mundwinkel sich zu einem zufriedenen Lächeln hoben. Meine Beine und mein übriger Körper bitzelten angenehm, und ich fühlte mich so entspannt wie den ganzen Tag über nicht.

Neben mir auf dem Boden brummte mein Handy. Ich schnappte es mir sofort, denn ich hoffte, es wäre eine SMS von Ben. Karen schaute kurz herüber, ortete das Geräusch und wandte sich dann höflich ab, damit ich die Nachricht ungestört lesen konnte.

»Ben«, sagte ich frei heraus. »Ich habe auf eine Nachricht von ihm gewartet.« Er hatte den Schlüssel gefunden – er war genau da, wo er ihn schon immer verwahrte. Er hatte ihn nicht angerührt, seit Jake ihn ihm gegeben hatte. Ich schaltete das Telefon aus und warf es auf meine Jacke, die auf dem Sessel lag. »Ich erwarte heute Abend keine weiteren Anrufe oder Nachrichten mehr«, sagte ich, damit wir wieder entspannen konnten.

»Du verstehst dich gut mit ihm, nicht wahr?«, sagte Karen und klang beinahe zu ernst.

Ich zuckte die Schultern. Allmählich fühlte ich mich in seiner Gegenwart wieder etwas unbefangener. »Er ist ganz in Ordnung«, erwiderte ich leidenschaftslos. »Nein, er ist nett«, meinte ich dann, weil ich etwas positiver klingen wollte. »Er ist ein echt netter Kerl.« Ich nickte und lächelte über meine kürzlich erwachte Zuneigung zu ihm.

»Findest du, dass er Jake ein wenig zu sehr ähnelt?«, fragte Karen behutsam.

Als Jakes Name fiel, atmete ich scharf ein. Nicht etwa weil Karen ihn erwähnt hatte, sondern weil ich immer zusammenfuhr, wenn jemand Jake erwähnte. Ich atmete aus und versuchte mich zu sammeln. »Früher fand ich das auf jeden Fall«, antwortete ich dann. »Sie sind sich in vieler Hinsicht sehr ähnlich – wie sie aussehen, wie sie reden. Aber inzwischen fange ich langsam an, ihn einfach nur als Ben zu sehen. Es hat eine Weile gedauert.«

Karen nickte verständnisvoll.

»Und Margaret? Hast du viel mit ihr zu tun?«

Ich wollte erwidern, »nicht wenn ich es vermeiden kann«, aber ich verkniff es mir. Ich fand eine diplomatischere Antwort. »Nicht so viel wie früher – nein. Sie kommt nicht zu Besuch«, ich zuckte die Schultern, als könnte man das als Problem sehen, und fügte hinzu: »aber in Pennance kann man ihr kaum aus dem Weg gehen.« Ich spürte meine Anspannung, als ich merkte, dass meine Antwort doch verriet, dass ich sie am liebsten mied.

»Du magst sie nicht, stimmt's?« Karen lächelte.

»Ich kann sie nicht ausstehen!«, platzte ich heraus, und wir mussten beide lachen. »Kennst du sie gut?«, fragte ich.

»Früher mal, ja, da hatte ich mehr mit ihr zu tun, aber ich bezweifele, dass sie sich groß geändert hat«, erwiderte Karen, noch immer lachend. »Ich finde sie ...« – sie suchte nach dem richtigen Wort – »... nun ja, im Grunde verdammt neugierig – bis zu dem Punkt, wo es schon unverschämt ist.«

Ich lachte, froh darüber, dass es Karen ähnlich ging wie mir. »Ich finde es immer noch sehr unangenehm, dass alle hier im Ort wissen, wer ich bin«, gestand ich ein.

»Und dass sie wissen, was du machst, was du im Supermarkt gekauft und was du dir zu essen gekocht hast, was dir gefehlt hat, als du beim Arzt warst ...« Sie verstummte und hob die Augenbrauen. Sie verstand vollkommen.

Ich lächelte sie an. Ich war froh, dass sie mein Unbehagen nachempfinden konnte, aber gleichzeitig tat sie mir auch leid. Sie musste unter noch weit genauerer Beobachtung stehen als ich, da sie aus einer der namhaften Familien im Ort stammte. Ich stellte mir vor, wie Jakes Mutter in der Post über sie tratschte, über ihre Scheidung, über ihre Affäre ...

Karen raffte sich auf und kam auf die Füße. »Noch ein Glas Wein?«, fragte sie.

Während sie uns nachschenkte, musste ich wieder an Tom Riley denken. Ich hatte keine Ahnung, was er sich davon erhoffte, in mein Haus einzubrechen und mir ein T-Shirt zu klauen. Es schien völlig grotesk. Wollte er mir einfach nur Angst einjagen? Das war ihm zweifellos gelungen. Meine größte Sorge war nun, dass er noch einmal einbrechen würde, und zwar nachts, wenn ich schlief. Ich würde die Tür fest verriegeln, wenn ich wieder zu Hause war – die Tür besaß nämlich zwei große Riegel, einen oben und einen unten.

Ich überlegte, ob ich würde schlafen können. Ich sah vor mir, wie ich im Bett saß und darauf lauschte, ob sich jemand dem Haus näherte. War ich naiv – nahm ich die Sache nicht ernst genug? Hätte ich Ben alles erzählen sollen? Mein Instinkt hatte mir abgeraten, auch wenn ich nicht hätte sagen können, warum. Karen kehrte zurück, und ich sah ihr entgegen. Sollte ich ihr alles erzählen und sie nach ihrer Einschätzung fragen? Doch ich wollte ihr den Abend nicht verderben. Ich wollte ihr nicht auch noch meine Sorgen aufbürden, wo sie sich doch selbst schon genug eigene machte, weil George nicht bei ihr war.

Der Gedanke an den Eindringling hatte mich wieder aufgewühlt; ich merkte, wie heiß mir war, und das Kaminfeuer und der Wein taten ein Übriges. Ohne groß nachzudenken, zog ich meinen Pullover aus und warf ihn zu meinem Handy und meiner Jacke auf den Sessel.

»Du lieber Himmel!«, hörte ich Karen sagen. Ich wandte mich rasch nach ihr um. Sie sah voller Bestürzung zu mir herab, das Gesicht ganz verkniffen. Ihr Mund war leicht geöffnet, aber sie brachte keinen Ton heraus, während sie meinen Arm anstarrte. Ich senkte den Blick; ich begriff nicht gleich, was los war.

Ich trug nur ein T-Shirt, und die lange gezackte pinkfarbene Narbe auf meinem Arm war entblößt. Karen kniete neben mir nieder und starrte sie entsetzt an. Dann hob sie den Blick. »Tut das weh?«, fragte sie.

»Nein, nein«, antwortete ich und lachte; ich wollte ihre Besorgnis zerstreuen. »Wenn überhaupt, dann spannt es. Es ist irgendwie steif, wenn ich mich bewege, so als wäre es nicht richtig zusammengefügt«, sagte ich. Als ich mit den Fingern wackelte, konnte man die Sehnen verfolgen wie Speichen, die von meinen Fingern zum Handgelenk führten. Die Bewegung setzte sich über das Handgelenk fort, wo die Narbe begann, und dann hob sich der übrige Unterarm ungleichmäßig – die Narbe und das verletzte Gewebe bewegten sich nicht auf natürliche Weise. »Das ist ganz schön anstrengend«, sagte ich lachend und schüttelte die Hand aus.

Karen streckte ihre Hand aus, als wollte sie die Narbe berühren, blickte dann aber auf und sah mich fragend an.

»Es tut wirklich nicht weh, wenn du sie anfasst«, sagte ich.

Sie legte sachte die Fingerspitzen auf die Wulst und fuhr die Narbe entlang. Direkt auf der Narbe spürte ich ihre Berührung fast gar nicht – das Gefühl war an der Stelle nie ganz zurückgekehrt.

»Es fühlt sich trotz allem glatt an«, sagte sie erstaunt. Sie ließ ihre Finger über die Ränder gleiten, wo das pinkfarbene Narbengewebe auf die unverletzte Haut traf. An der Stelle spürte ich ihre Fingerspitzen besser; ein kitzelndes Gefühl überlief meinen Arm und setzte sich über meine Brust fort. Karen streckte ihren Arm aus und umschloss mit den Fingern meinen

Unterarm; langsam und fest strich sie meinen Arm hinauf, ertastete die Form. Sie lächelte, fuhr mit der Hand über meinen Ellbogen und unter den Ärmel meines T-Shirts. Auf meinem Oberarm verharrte sie und befühlte die Muskeln.

»Du hast schöne Arme«, sagte sie bewundernd.

Ich lächelte, als ich ihr Kompliment hörte, und dank des Weines konnte ich es sogar annehmen. Es gefiel mir, wie sie mich berührte, fest und selbstbewusst, aber mit sanften Händen. Ihre Berührung erweckte meine Haut zum Leben, nicht nur dort, wo ihre Hände waren, sondern auch ringsum. Dort bitzelte sie, als wolle sie als Nächstes berührt werden.

»Sie sind ziemlich muskulös geworden«, sagte ich, um mich von der allzu angenehmen Empfindung abzulenken.

»Ich mag muskulöse Arme«, erwiderte Karen und ließ ihre Hand weiter über meinen Arm gleiten, ohne auf meine kritischen Worte einzugehen.

»Mir gefallen deine Arme besser«, sagte ich und betrachtete ihren Unterarm. »Du hast elegante Arme.«

Ich mochte ihre blasse Haut. Ich mochte die dunklen Sommersprossen, die großzügig auf ihren Armen verteilt waren. Man bemerkte sie anfangs gar nicht, aber sobald man sie entdeckt hatte, waren sie unwiderstehlich. Ich war versucht, die Hand auszustrecken und mit dem Finger jeden Zentimeter ihres Armes entlangzustreichen und die einzelnen Punkte miteinander zu verbinden. Ich hob die Hand und ließ sie kurz über ihrer Haut verharren – ich spürte nur die warme Luftschicht und die flaumigen Härchen auf ihrem Arm zwischen uns.

Dann klopfte es laut an der Tür. Wir zuckten beide zusammen, zutiefst erschrocken. Mein Herz flatterte wild in meiner

Brust, mein Kopf flog herum, und ich starrte mit schreckgeweiteten Augen zur Tür.

Karen kam rasch auf die Füße und ging Richtung Wohnzimmertür. Ich hätte ihr beinahe nachgerufen, sie solle stehenbleiben. Ich machte mir Sorgen, wer da draußen sein mochte. Karen verschwand aus meinem Blickfeld, und ich vernahm das dumpfe Pochen ihrer Schritte im Flur. Ich hörte, dass sie nicht einmal zögerte, die Haustür zu öffnen. Panik stieg in mir auf bei dem Gedanken, wen sie da womöglich ins Haus ließ.

Ich hörte die Überraschung in ihrer Stimme, als sie etwas sagte. Sie klang nicht verängstigt, sondern genervt. Ich hörte die Stimme eines Mannes, eine tiefe Stimme, die weit trug, aber trotzdem verstand ich seine Worte nicht. Ich hörte, wie Karen etwas entgegnete, ihre Stimme nun leicht erhoben, leicht erregt.

Ich stand auf und ging langsam zur Wohnzimmertür. Karen sprach jetzt schneller, das rasche Feuer eines Wortgefechts. Die tiefe Stimme erklang wieder, schoss zurück. Ich trat in den Flur, ich wollte meine Anwesenheit kundtun, damit wer auch immer es war wusste, dass Karen nicht allein war.

Ich erkannte ihren Mann auf Anhieb. Sein Gesicht zeigte den gleichen unangenehmen Ausdruck wie an dem Tag, als ich ihn das erste Mal gesehen hatte. Er blickte zu mir herüber. Missfallen huschte über sein Gesicht, aber er sagte nichts.

Ich sah, wie er die Nase rümpfte und seine Mundwinkel verächtlich zuckten, ehe er sich abwandte und in der Dunkelheit verschwand. Karen wandte sich mir zu. Sie sah verlegen aus und gleichzeitig ein wenig verängstigt.

»Er bringt George zurück«, sagte sie verstört.

Ich sagte stumm: »Sorry!« und wünschte, ich wäre nicht aufgetaucht – ich befürchtete, die Situation nur noch verschlimmert zu haben. Ich machte kehrt und ging ins Wohnzimmer zurück, lauschte aber weiter in Richtung Tür, für den Fall, dass seine Stimme zornig wurde.

Beide klangen schroff, aber ich konnte nicht verstehen, was sie sagten. Er redete jetzt leiser, wo er nun wusste, dass Karen Besuch hatte. Meine Nerven waren angespannt, als ich ihm lauschte; ich war noch immer überreizt wegen des Eindringlings, der in meinem Cottage gewesen war.

Schließlich hörte ich, wie die Haustür geschlossen wurde und Karens Schritte sich näherten. Als sie ins Wohnzimmer trat, sah ich, dass sie Tränen in den Augen hatte. Sie trug George auf dem Arm. Er sah blass und müde aus, sein Kopf lag an der Schulter seiner Mutter.

»David hat gesagt, er wäre einfach nicht zur Ruhe gekommen, und deshalb hat er ihn zurückgebracht.« Ihre Stimme klang brüchig. Zorn und Kummer flackerten in ihren Augen, während sie George sachte schuckelte, um ihn zu besänftigen.

Ich senkte den Blick und öffnete den Mund, um zu sagen, dass ich wohl besser gehen sollte, damit sie sich um George kümmern konnte.

Doch Karen kam mir zuvor. »Bleibst du?«, sagte sie. »Ich hätte gern, dass du über Nacht hierbleibst, wenn du willst.«

Ich war erleichtert, dass sie gefragt hatte. Es widerstrebte mir, in die Dunkelheit hinauszutreten, in dem Wissen, dass David dort gewesen war. Und ich hatte Angst, allein im Dunkeln zum Cottage zurückzugehen.

Mir fiel ein, dass ich den Dachboden nicht überprüft hatte, und dieses Versäumnis animierte meine lebhafte Phantasie auf der Stelle, sich die schrecklichsten Szenarien auszumalen.

3

Die Weihnachtstage verbrachte ich fast ganz bei Karen. Morgens ging ich gleich nach dem Aufstehen ein Stück spazieren, denn zum Joggen war ich immer noch zu erschöpft. Dann duschte ich im Cottage, zog mir frische Kleidung an und kehrte gegen Mittag zu Karen zurück.

Ich spielte mit George, während Karen üppige Mahlzeiten mit Braten zubereitete, und hinterher guckten wir alle drei den ganzen Nachmittag Cartoons im Fernsehen. Die Abende hatten Karen und ich dann für uns; Karen trank jedoch keinen Alkohol, nun wo George wieder da war.

Ich schlief auf dem Sofa, warm und kuschelig vor dem Kamin. Karen gab mir einen Gutenachtkuss, bevor sie nach oben ging – sie drückte ihre weichen geschlossenen Lippen auf meine und verharrte so einen Moment lang, die Augen geschlossen. Wenn sie ihre Lippen geöffnet hätte, wenn sie mich mit anderen Absichten geküsst hätte – ich hätte sie nicht abgewiesen.

Zu Weihnachten schenkte sie mir eine neue Jacke, um die zu ersetzen, die ich bei der Rettungsaktion im Wasser ausgezogen und verloren hatte. Es war eine sehr teure Jacke – sie war viel besser als meine alte. Karens Großzügigkeit machte mich verlegen. Ich hatte für George einen neuen Dinosaurier gekauft –

einen Pterodactylus. George rannte im Haus damit herum, den Arm hoch erhoben, und ließ ihn durch die Lüfte segeln. Es war die glücklichste Zeit, die ich seit langem erlebt hatte – jeden Morgen in einem warmen Haus aufzuwachen, bei Menschen, die ich ins Herz geschlossen hatte.

Silvester kam Sophia nach Hause, und ich kehrte in mein Cottage zurück. Nach den Tagen bei Karen kam es mir jetzt noch kälter und öder vor. Tagsüber fühlte ich mich relativ sicher. Ich hielt die Haustür verriegelt, und im Sonnenlicht, das durch die Bäume hereinschien, konnte ich das Innere des Cottage gut überblicken.

Doch ich fürchtete die Nacht – ich fürchtete den Einbruch der Dämmerung und die undurchdringliche Dunkelheit, die sich um das Cottage zusammenzog und mir keine Vorwarnung zukommen ließ, falls sich jemand näherte. Am späten Nachmittag radelte ich nach Pennance, um einzukaufen, ehe die Geschäfte über Neujahr schlossen. Es wurde schon dunkel, und so griff ich mir hastig ein paar Dosensuppen, Schokolade und Nudeln, und dann ließ mich meine Phantasie wieder im Stich. Ich schloss gerade mein Rad auf, als Ben auf dem Weg in den Pub vorbeikam.

»Hast du Lust auf einen Drink?«, fragte er aufgeräumt.

»Du fängst ja früh an«, erwiderte ich lachend und hob eine Augenbraue.

»Ich hab seit Ewigkeiten Silvester nicht mehr freigehabt. Das muss ich voll ausnutzen«, meinte er grinsend. »Also, kommst du mit?« Er wies in Richtung Pub.

»Nein, ich möchte zu Hause sein, ehe es dunkel ist«, antwortete ich und lächelte verlegen.

Er runzelte die Stirn und sah mich besorgt an. »Was ist los?«, fragte er.

»Mir ist einfach nicht wohl dabei, wenn ich erst im Dunkeln heimkomme«, erwiderte ich ausweichend.

Er musterte mich einen Augenblick lang nachdenklich. Ich fragte mich, ob er mich immer noch für paranoid hielt.

»Du solltest dir wirklich mal das Haus bei mir um die Ecke ansehen«, meinte er dann. »Es steht immer noch zum Verkauf, weißt du, aber bestimmt nicht mehr lange. Es ist echt ein prima Haus.«

Ich schüttelte den Kopf. Ich wollte nicht schon wieder darüber sprechen. »Ich bin heute einfach ein kleiner Feigling. Ich habe die letzten Tage bei Karen verbracht und bin jetzt einfach ein bisschen nervös, weil ich heute Abend in das leere Cottage zurück muss.« Ich lächelte. »Also, ich muss jetzt los ...« Ich ergriff den Lenker meines Fahrrads und schickte mich an zu gehen.

Ben sah mich immer noch mit gerunzelter Stirn an. »Wie wär's, wenn ich dich nach Hause begleite?«, schlug er vor. »Komm mit in den Pub und trink was, und dann bringe ich dich nach Hause, gucke unters Bett und vergewissere mich, dass alles in Ordnung ist. Was meinst du?« Er lächelte wieder. »Und wenn du in der Nacht Angst kriegst, rufst du mich an. Ich kann blitzschnell da sein. Ist nicht nötig, Karen aufzuscheuchen.«

Fast hätte ich mich wieder über ihn geärgert, aber er hatte ja recht – es wäre besser, ihn anzurufen und nicht Karen, jetzt wo Sophia wieder zu Hause war.

Ich gab nach. Ich nickte.

»Super! Dann lass uns gehen«, sagte er glücklich.

Ich blieb nur auf ein Bier. Ich wollte nicht, dass mir der Alkohol zu Kopf stieg. Ich wollte geistesgegenwärtig sein, wenn ich allein im Cottage war. Ben schaffte es, in derselben Zeit das Dreifache zu trinken, und als ich gehen wollte, war er schon ein bisschen angeheitert. Er überredete mich mehrmals, noch ein Weilchen zu bleiben, begleitete mich dann aber nach Hause, wie er es versprochen hatte. Bei unserer Ankunft überprüfte er das Cottage gründlich und ging sogar mit einer Taschenlampe nach draußen, um auch hinter dem Haus nach dem Rechten zu sehen.

Schließlich stand er in der Tür und verabschiedete sich.

»Falls du dir wegen Tom Sorgen machst, kannst du dir das sparen«, sagte er. »Zumindest heute Nacht.«

Ich sah ihn verständnislos an.

»Ich hab' ihn heute Nachmittag heimgehen sehen, als ich bei Mum war. Er wohnt ja am Ende unserer Straße. Er hatte eine große Flasche Wodka dabei. Der geht heute nirgends mehr hin, das kannst du mir glauben. Er sah um die Zeit schon ziemlich abgefüllt aus.«

Ich nickte mit gerunzelter Stirn. Bens Beobachtung beruhigte mich keineswegs.

»Nun komm schon«, sagte er lächelnd; seine Augen suchten meine einen Moment zu lange – der Alkohol zeigte seine Wirkung. »Lächel mal wieder«, meinte er und grinste schief.

Ich musste wider Willen lachen.

»Viel besser. Also: Hast du ein Problem, rufst du mich an. Ich und ein paar kräftige Kumpel stehen im Nu hier auf der Matte. Okay?«

Ich nickte, damit er Ruhe gab.

»Oh, und übermorgen, wenn ich wieder arbeiten muss, bin ich in Plymouth«, sagte er dann langsam und wies unbestimmt mit dem Finger. »Bist du zufällig im Büro? Ich hab gedacht, vielleicht hast du Lust, nach Feierabend was essen zu gehen.«

»Ja«, antwortete ich schlicht. »Wonach steht dir der Sinn?«

»Wie wär's, wenn ich einen Tisch für uns reserviere? Lass dich überraschen.«

Ich zuckte die Schultern. »Okay.«

»Schön«, sagte er. »Auf mich wartet das nächste Bier.« Er trat durch die Tür nach draußen. »Dann gute Nacht.« Er beugte sich vor, schlang die Arme um mich und neigte den Kopf, als wollte er mich küssen. Ich wich zurück; seine vom Alkohol befeuerte Vertraulichkeit verschreckte mich.

»Komm schon«, sagte er lächelnd. »Es ist Silvester.« Er öffnete weit die Arme, als würde er schließlich ja wohl nicht zu viel verlangen. Er machte einen unbeholfenen Schritt zur Seite, leuchtete mit der Taschenlampe ins Gebüsch und bückte sich dann, um etwas von der Bank aufzuheben. »Schön, dann tun wir so, als wäre dies ein Mistelzweig«, sagte er und hielt einen knorrigen Efeuzweig hoch.

Ich warf einen Blick darauf, dann musterte ich Ben skeptisch. Er sah aus, als würde er nicht gehen, ehe er nicht seinen Silvesterkuss bekommen hatte.

»Na schön.« Ich hob mich auf die Zehenspitzen, seinen Lippen entgegen. Er drückte sein Gesicht an meines, unsere Lippen trafen sich nicht genau. Ich musste den Nacken anspannen, weil er zu sehr drückte. Nach Karens Gutenachtküssen fühlte es sich unangenehm an. Seine Haut war rauer, nicht so glatt und seidig wie Karens zarte Wange. Seine kurzen Stoppeln piekten mich, als seine Mundpartie sich in mein Gesicht drückte. Er roch intensiv nach Mann, und sein Atem war sauer von dem Bier, das er getrunken hatte.

Er zog den Kopf zurück und leckte sich die Lippen. »Siehst du«, sagte er und seine Lider schlossen sich halb. »War doch nicht schlecht, oder?«

Wirklich wohl war mir im Cottage dennoch nicht zumute. Ich ging früh zu Bett und stopfte ein Hemd in den Spalt unter der Tür, um zu verhindern, dass jemand sie vom Flur aus einfach so aufdrücken konnte. Das Radio stellte ich nicht an. Ich wollte das Knarzen und Seufzen des Cottage hören und lauschte auf Geräusche, die nicht sein sollten. Ich lag vollständig angezogen auf dem Bett, innerlich bereit, das Schlafzimmerfenster zu öffnen und auf den Weg hinunterzuspringen, falls es sein musste.

Gegen ein Uhr morgens löschte ich das Licht und beschloss, es zu riskieren, ein wenig zu schlafen. Es war heller, als erwartet – ein fast voller Mond warf sein weißes kaltes Licht auf die Bäume und durch mein Schlafzimmerfenster und ließ die Oberflächen bleifarben erscheinen.

Ich setzte mich im Bett auf und schaute zum Fenster hinaus auf den Weg. Einzelheiten konnte ich des hellen Gegenlichts wegen kaum erkennen, Umrisse nur ausmachen, wenn ich sie aus schrägem Winkel betrachtete. Ich vernahm keine Bewegung da draußen. Ich legte mich wieder zurück und starrte an die silbrige Zimmerdecke über mir; halb fürchtete ich, womöglich nie wieder aufzuwachen, wenn ich jetzt einschlief.

Ich erwachte bei strahlendem Sonnenschein, der dunstig ins Schlafzimmer fiel und die in der Luft schwebenden Staubpartikel glitzern ließ. Ich spürte, wie Angst und Beklemmung mich ergriffen – zu spät machte ich mir Sorgen, dass ich eingeschlafen war, gefolgt von der erlösenden Erleichterung, dass niemand in der Nacht ins Haus eingedrungen und ich noch am Leben war.

Ich war jetzt zuversichtlicher, nachdem die Nacht ohne Zwischenfälle verlaufen war. Und am Tag darauf war ich noch entspannter. Es war ein wunderschöner klarer Morgen, und ich ging die Küste entlang spazieren. Auf dem Rückweg sah ich Karen durch ihr Küchenfenster, wie sie das Mittagessen für die Kinder zubereitete. Ich winkte ihr im Vorbeigehen zu, und sie lächelte und winkte zurück.

Wieder ging ich sehr früh zu Bett, es war kaum später als acht. Diesmal hörte ich Radio und versicherte mir, dass alles in Ordnung sein würde, wenn ich es spätestens um kurz vor zwölf ausschaltete. Ich dachte, wenn etwas Schlimmes passierte, dann erst nach Mitternacht. Es war kein rationaler Gedanke. Es war nichts als eine Regel, die mein Hirn aufgestellt hatte, weil niemand anders da war und das Gegenteil behaupten konnte.

Ich schlummerte noch weit vor Mitternacht ein und wachte in den frühen Morgenstunden einmal auf; ich schaltete das Radio aus und schlief sofort weiter. Als der Wecker klingelte, hatte ich mindestens zehn Stunden geschlafen.

Ich duschte rasch und zog mir eine gefütterte Radlerhose und einen Fleecepullover an. Mir würde schon warm werden, wenn ich mit dem Rad zur Arbeit fuhr, aber während es hügelab ging, war der Wind bestimmt eisig. Ich machte mir nicht die Mühe zu frühstücken; ich trank nebenbei einen Instantkaffee, während ich meine Sachen zusammensuchte.

Hastig öffnete ich die Haustür; ich wollte früher als sonst auf dem Weg sein. Fast hätte ich das Paket nicht bemerkt, das da draußen lag. Ich stieß es mit dem Fuß unabsichtlich beiseite, als ich zur Tür hinaustrat, in Gedanken schon bei meinem Fahrrad. Das Päckchen war ziemlich leicht – es schlitterte über die trockene Erde und ein paar Steinchen vor der Türschwelle.

Ich schaute es irritiert an, weil ich den Postboten nicht gehört hatte, und wunderte mich auch darüber, dass er schon so früh dagewesen war. Dann bemerkte ich, dass das Päckchen gar nicht frankiert, ja nicht einmal adressiert war. Vermutlich hatte ich das Klopfen nicht gehört, weil ich unter der Dusche stand. Ich hob das Päckchen auf, trug es hinein und legte es auf den Tisch.

Ich bekam nicht viele Päckchen, vor allem keine unerwarteten. Ich fuhr mit dem Fingernagel über die Mitte des Deckels, schlitzte das dünne braune Klebeband auf und öffnete es. Es kam keine weitere Verpackung zum Vorschein. Drinnen lag eine Stoffpuppe. Sie bestand aus Sackleinen, hatte grobe braune Haut und gelbe Wollstränge als Haar. Sie roch unangenehm – sie oder die Schachtel. Ein beißender Geruch von Verbranntem stieg mir in die Nase, als ich die Puppe aus dem Karton nahm. Am Hinterkopf war das Haar versengt. Die Wolle zerbröselte zwischen meinen Fingern, als ich sie anfasste. Ich drehte die Puppe um, erblickte den verletzten Hinterkopf und sah, dass ihr Rücken aufgeschlitzt war und die Schlitze mit roter Farbe gefärbt waren. Ich drehte sie wieder um und konnte es nicht fassen. Wenn ich noch irgendwelche Zweifel gehabt haben sollte, wen oder was die Puppe repräsentierte, dann machte die Tatsache, dass sie mein T-Shirt trug, die Bedeutung unmissverständlich klar.

4

Ich war schockiert. Und überrascht, was sich jemand hatte einfallen lassen, um mich zu ängstigen. Ich war so abgestoßen, dass ich Wut in mir aufflammen spürte. Ich hatte keinen Zweifel, wer mir das angetan hatte. Ich warf die Puppe in meinen

Rucksack, schloss die Haustür hinter mir ab und machte mich auf den Weg nach Pennance.

Von der Fahrt bekam ich kaum etwas mit. Ärger und Adrenalin speisten meine Muskeln und brachten mich im Nu ins Ortszentrum. Ich zögerte keine Sekunde, als ich den Dorfanger erreichte. Ich bog in die Straße zu Margaret ein, das Gesicht heiß vor Zorn und Anstrengung. Ich kam an ihrem Haus vorbei und fuhr bis ans Ende der Straße – zu Tom Rileys Haus.

Ich hämmerte mit der Faust an die Tür – lautstark. Zunächst kam keine Reaktion, aber ich sah, dass im Erdgeschoss Licht brannte. Ich trat einen Schritt vor und hämmerte noch ein paarmal wutentbrannt an die Tür.

Langsam öffnete sie sich. Tom Riley trug ein T-Shirt und Boxershorts und hatte sich einen Morgenmantel um die Schultern gelegt. Abgestandene Luft schlug mir entgegen, muffig und schwer von Zigarettenrauch und Alkohol. Ich verzog unwillkürlich das Gesicht und nahm den Kopf beiseite, bis der rauchige Mief sich etwas verzogen hatte.

Sobald ich wieder atmen konnte, schaute ich ihn an. »Was soll die Scheiße?!« Ich hielt die Puppe hoch und fuchtelte ihm damit vor dem Gesicht herum.

Er starrte sie blöde an. Er hob die Brauen, um seinen Blick zu fokussieren; sein Mund stand wortlos offen.

»Was zum Teufel hoffen Sie damit zu erreichen?«, schrie ich. Ich funkelte ihn erbost an und wartete auf seine Antwort, aber er sagte nichts.

»Ich kann in dieser gottverdammten Sache nichts ausrichten. Ich bin nicht diejenige, die den Fall vorantreibt. Ich hätte mich schon längst mit Ihnen geeinigt, wenn nicht die ganze verfluchte Angelegenheit überhaupt fallengelassen.« Ich trat einen Schritt vor, um ihn zu einer Reaktion zu nötigen.

Er schluckte schwer und atmete seufzend aus. »Ich weiß«, sagte er träge und halb verschlafen.

Ich trat wieder einen Schritt zurück, sein Anblick stieß mich ab. »Sie sind betrunken«, sagte ich angeekelt. Er musste die ganze Nacht gesoffen haben. Ich wusste nicht, was ich sonst noch sagen sollte. Ich bezweifelte, dass er kapierte, warum ich überhaupt gekommen war.

»Und warum schicken Sie mir dann das hier?«, fragte ich, noch immer wütend, doch ich zügelte meinen Zorn, um einigermaßen vernünftig mit ihm zu reden.

Er heftete den Blick auf die Puppe; er streckte den Kopf vor, zog ihn wieder zurück und öffnete die Augen weit, um das Ding klar in den Blick zu bekommen. Er sah töricht aus, grotesk. Er glotzte die Puppe noch einen Moment begriffsstutzig an, dann zuckte er die Schultern und schob die Unterlippe vor, so dass sie wie eine fette pinkfarbene Nacktschnecke in seinen Bart gebettet war.

Seine phlegmatische Gleichgültigkeit entfachte meinen Zorn von neuem.

»Jedenfalls ist es verdammt gemein und verdammt kindisch!«, schrie ich ihn an und stieß ihm die Puppe grob vor die Brust. Er stolperte zurück, verlor beinahe das Gleichgewicht. Seine Hand glitt haltsuchend über die Wand, fand dann das Geländer am Fuße der Treppe und griff zu, um nicht zu stürzen.

Er schaute überrascht drein. Er blickte mich an wie ein getretener Hund, tumb, ohne die Spur einer Ahnung, was er falsch gemacht hatte. Die Puppe lag zwischen uns auf dem Boden. Er hob sie auf und betrachtete sie. Langsam drehte er sie um, besah sie sich aus jedem Winkel.

Dann schaute er mich wieder an und schluckte erneut. Seine Augen waren blutunterlaufen und tränten. »Ich habe keine Ahnung, was das ist«, sagte er lallend.

»Und ob Sie wissen, was das ist!«, schnauzte ich ihn an und fixierte ihn böse.

Wieder sah er auf die Puppe hinunter. Dann wies er mit der Hand darauf, sein gelbbraun verfärbter Zeigefinger berührte sie leicht. »Ich hab' das Ding mein Lebtag noch nie gesehen.« Er schaute mich einfältig an und streckte mir die Puppe entgegen.

»Die können Sie behalten!«, fauchte ich.

Aus dem würde ich nichts weiter herauskriegen. Ich wandte mich genervt um. Der blöde Idiot mochte das bewerkstelligt haben, als er sich am Abend zuvor hatte vollaufen lassen. Vielleicht erinnerte er sich wirklich nicht mehr daran – allem Anschein nach musste er einen ziemlichen Pegel gehabt haben. Bebend und noch immer aufgebracht fuhr ich davon und ließ Pennance hinter mir.

Innerlich bebte ich noch immer, als ich im Büro eintraf. Ärger und Adrenalin waren körperlich abgebaut. Jetzt fühlte ich mich wie ausgelaugt, ohne jede Energie, und bei dem Gedanken daran, was ich getan hatte, wurde mir ganz schwummrig. Es war dumm gewesen, Tom auf diese Weise anzugehen. Wenn er nüchtern gewesen wäre oder sogar schon wieder neu betrunken – wer weiß, wie er dann reagiert hätte. Mir brach der Schweiß aus, wenn ich nur daran dachte, und ich bereute mein kopfloses Handeln.

Ich suchte die Damentoilette auf und hockte mich aufs Klo, holte ein paarmal tief Luft und atmete rasselnd aus. Mir war übel. Mir wurde heiß und kalt bei dem Gedanken, in welche Gefahr ich mich gebracht hatte – und bei der Vorstellung, welcher Hass am Werk gewesen sein musste, als er die Puppe gebastelt hatte. Ich schluckte die Erschütterung, die Verzweiflung, die ich empfand, weil sich jemand mir gegenüber derart rachsüchtig zeigte, herunter. Er musste geradezu von Bosheit besessen gewesen sein, als er die Puppe aufgeschlitzt und ihr das Haar verbrannt und die Wunden mit dem getränkt hatte, was er als mein Blut ansah.

Ein ersticktes Schluchzen entrang sich meiner Kehle, ehe ich es unterdrücken konnte. Ich trocknete mir hastig die Augen – ich wollte nicht, dass sie anschwollen und sich röteten, während ich auf der Arbeit war. Ich zwang mich, langsam ein- und auszuatmen, in tiefen, beruhigenden Zügen.

Mir wurde klar, dass ich das einzige Beweisstück, das ich besaß, bei dem Übeltäter zurückgelassen hatte. Ich hatte Tom die verdammte Puppe zurückgegeben. Ich lachte, ein abgehacktes kurzes Lachen, und schüttelte den Kopf – ich konnte meine eigene Dummheit kaum fassen. Ich hätte Ben die Puppe abends zeigen können – hätte sie zur Polizei bringen können. Nun hatte ich nichts mehr in der Hand, was ich vorweisen konnte, nichts, das man nicht unter Paranoia abbuchen würde.

»Scheiße!« Ich stampfte mit dem Fuß auf. »Verdammte Scheiße!«, rief ich, noch lauter, und hieb die Faust donnernd gegen die Wand der Klokabine.

Ich trat heraus und machte mich vor dem Spiegel zurecht; ich tupfte die Tränenspuren mit kaltem Wasser und Papierhandtüchern fort und besserte den Eyeliner aus. Er verschmierte ein wenig, aber ich sah ganz passabel aus. Man konnte denken, dass ich einfach bloß müde war, redete ich mir ein und kehrte an meinen Schreibtisch zurück.

Ich schaute auf meinen Bildschirm und begann zu lächeln. In meiner Wut hatte ich nicht mehr an die Web-Cam gedacht. Rasch öffnete ich das Backup-Verzeichnis und markierte die Bilder, die seit acht Uhr am Abend zuvor gespeichert worden waren.

Ich rief sie auf und spielte sie im Schnelldurchlauf ab. Ich sah mich selbst im Haus herumlaufen, hölzern erschien ich aus der Küche kommend an der Haustür und dann plötzlich in Großaufnahme direkt auf der Schwelle zum Wohnzimmer. Danach war ich an der Treppe, und dann wurde das Bild grau und unscharf. Ich musste sämtliche Lichter unten gelöscht haben.

Ich hielt die Diashow an und öffnete ein einzelnes leeres Foto. Ich vergrößerte es, um zu sehen, ob dann etwas darauf zu erkennen war. Doch ich sah nichts als graues Geflimmer. Ich fluchte und zog den Regler weiter zu den letzten Aufnahmen. Gegen halb sieben wurde es langsam hell, und gegen acht war es endlich hell genug, um Einzelheiten ausmachen zu können.

Ich lehnte mich in meinem Stuhl zurück, enttäuscht und ernüchtert. Ich hätte das Küchenlicht anlassen sollen. Ich hätte mich selbst in den Hintern beißen können, weil ich die Sache nicht bis zu Ende durchdacht hatte. Hätte ich das Licht angelassen, hätte ich jeden, der sich dem Haus näherte, und jeden, der eingebrochen wäre, mit der Kamera eingefangen. Jetzt aber hatte ich immer noch keine Beweise für Ben.

5

Ich war froh, dass ich Ben abends treffen würde. Ich hatte beschlossen, ihm alles zu erzählen, auch wenn ich ihm keine Beweise vorlegen konnte. Zumindest hatte ich selbst jetzt die Gewissheit, dass ich verfolgt wurde – es entsprang nicht meiner Paranoia und meinen Schuldgefühlen.

Das Restaurant, in dem wir uns treffen wollten, kannte ich nicht, und als ich es endlich gefunden hatte, war ich spät dran. Ich blieb einen Augenblick davor stehen und überlegte, ob es auch wirklich das richtige Lokal war. Ich studierte die edel wirkende weiße Speisekarte, die hinter Glas in einem blitzenden Messingrahmen aushing. Die Auswahl war klein und erlesen, klassische Fleisch- und Fischgerichte mit entsprechenden Preisen. Ein Abendessen hier kostete mehr, als ich in einem Monat für Lebensmittel ausgab.

Ich schaute durch das Fenster. Die Tische waren großzügig arrangiert und mit steifen weißen Tischtüchern bedeckt. Ich beobachtete, wie ein Paar mittleren Alters zu seinem Tisch geführt wurde. Der Mann trug Jackett und Krawatte und die Frau einen roten Blazer über einem langen Wollkleid. Sie griff nach ihrer Halskette, während sie Platz nahm. Der Ober zückte keinen abgegriffenen kleinen Notizblock; er hielt die Hände adrett vor sich übereinandergelegt, als er die Getränkebestellung entgegennahm.

Es war nicht die Art von Restaurant, in dem ich gewöhnlich aß, und auch nicht die Art Restaurant, das ich für ein Abendessen mit Ben erwartet hatte. Ich trat ein und ging zum Empfangstresen. Ein Mann in einem makellosen schwarzen Jackett hob den Blick und schaute mir entgegen.

»Guten Tag. Entschuldigung, ich bin nicht sicher, ob ich hier richtig bin«, sagte ich und fühlte mich komplett fehl am Platze. Ich trug Jeans und robuste Wanderschuhe und einen langen Regenmantel. »Ich werde eventuell hier erwartet. Ich habe die Reservierung nicht selbst vorgenommen.«

»Auf welchen Namen wurde reserviert, Madam?«, fragte er höflich.

»Arundell – Ben Arundell ...«

Er fuhr mit dem Finger eine säuberlich angelegte Reservierungsliste hinunter und hielt nach der Hälfte inne.

»Ja, Sie sind hier richtig. Ich glaube, der Herr ist bereits da.« Er hob die Hand und wies auf einen Ober, der am Eingang zum Speisesaal stand. »Wenn Sie ihm bitte folgen wollen ...«

»Ist es in Ordnung, wenn ich so hineingehe?« Ich wies auf meine Jeans. Es war mir peinlich, so unangemessen gekleidet zu sein.

»Selbstverständlich«, erwiderte er, ohne mit der Wimper zu zucken. »Möchten Sie Ihren Regenmantel hier an der Garderobe lassen?«

Ich fühlte mich befangen, als ich zu unserem Tisch geführt wurde – meine Wanderschuhe klackten laut auf dem Parkett. Ben saß weit hinten, an einem Tisch in einer ruhigen Ecke. Ich musste das ganze Restaurant der Länge nach durchqueren, und die Leute sahen auf und guckten, wer ihren eleganten Abend störte, als ich an ihnen vorüberstiefelte.

Ben stand auf, als ich näher kam. Er trug einen schicken Pullover und ein Jackett und seine auf Hochglanz polierten Brogues. Er wirkte nervös. Der Ober zog den Stuhl Ben gegenüber unter dem Tisch hervor und war mir beim Platznehmen behilflich. Ich kam mir idiotisch vor – ein hilfloses Frauchen, dem man beistand, während es sich auf einem bequemen Stuhl niederließ – in abgetragenen Jeans und robusten Wanderschuhen, in denen ich schon Hunderte von strapaziösen Meilen zurückgelegt hatte.

Ich wand mich unbehaglich in meinem Fleecepullover. Mir war zu heiß, aber ich trug nur ein T-Shirt darunter und wollte meine Narben nicht zur Schau stellen. Ich fühlte mich so schon unbehaglich genug. Der Ober reichte mir die Speisekarte und schenkte mir ein freundliches Lächeln. »Kann ich Ihnen etwas zu trinken bringen, während Sie die Karte studieren?«, fragte er.

»Ein Glas Sekt, würde ich vorschlagen«, antwortete Ben an meiner Stelle, »und für mich bitte auch noch eines.«

Ich nickte, als der Ober mich Zustimmung heischend ansah. Ich wollte nicht noch mehr Aufmerksamkeit auf mich ziehen. »Und ein Glas Leitungswasser bitte«, fügte ich hinzu. Ich war durstig und verschwitzt, weil ich mich so beeilt hatte. Die letzten paar hundert Meter hatte ich im Laufschritt zurückgelegt.

»Bringen Sie uns lieber eine Flasche Mineralwasser«, korrigierte Ben meine Bestellung.

Der Ober ging, und Ben wandte sich mir zu. Er lächelte nervös.

»Das ist ein ganz schön teurer Laden«, sagte ich. »Ich wünschte, du hättest mich vorgewarnt.« Ich schaute ihn missmutig an. Nicht dass ich mich besonders gern aufbrezelte, aber ich blamierte mich auch nicht gern.

»Mach dir darüber keine Sorgen«, erwiderte er, immer noch lächelnd. »Du bist eingeladen.«

»Darum geht's nicht«, entgegnete ich. Ich beließ es dabei. Ich war mir nicht sicher, ob er mich verstehen würde, selbst wenn ich es ihm erklärte. Für ihn gehörte ich vermutlich zu diesen sportiven Outdoor-Frauen, die sowieso nie etwas anderes trugen.

Der Ober kehrte mit zwei Gläsern Sekt zurück und servierte sie uns. Er schien zu spüren, dass wir noch nicht bereit waren zu bestellen, denn er verschwand gleich wieder.

»Cheers«, sagte Ben munter und erhob sein Glas.

Ich ergriff meines, nahm den Stiel zwischen zwei Finger, drehte es aber nur auf der weißen Tischdecke hin und her, die so glatt und steif war, dass sie nicht die kleinste Falte schlug.

»Was feiern wir?«, fragte ich und sah Ben direkt in die Augen.

»Nichts«, erwiderte er verdutzt. »Müssen wir was zu feiern haben, um ein Glas Sekt zu trinken?«

Ich sagte nichts und trank einen kleinen Schluck. Emsige säuerliche Bläschen prickelten mir in die Nase und barsten.

Ich schaute mich im Restaurant um. Es war ausgewogen besetzt – an jedem zweiten Tisch saß ein Paar; die Reservierungen waren so getaktet, dass die exklusive Küche nicht zu sehr unter Druck geriet. Es war kein Familienrestaurant, und es war nicht die Art von Restaurant, in das man mit Freundinnen und Freunden ging.

»Soll das hier ein Date sein, Ben?«, fragte ich stirnrunzelnd.

Er schaute erschrocken drein, die Brauen gehoben, den Mund leicht geöffnet. Es gelang ihm nicht, seine Gedanken in Worte zu fassen.

»Ich wünschte, du hättest mir das gesagt«, fuhr ich fort, und mein Verdruss schwang in meiner Stimme mit. Ich hatte einen aufreibenden Tag hinter mir, und das hier setzte dem die Krone auf.

Ben sah gekränkt aus. »Nun, ich dachte, das wäre klar«, sagte er pikiert. Er zog sein Glas näher zu sich und spielte nervös damit herum.

»Aber wie kommst du darauf?«, sagte ich ungläubig.

»Wir sind doch schon öfter zusammen ausgegangen.« Als er sah, dass ich das nicht überzeugend fand, fuhr er fort. »Wir verstehen uns doch so gut, und ich dachte, wir könnten jetzt mal einen Schritt weitergehen.« Er schien verletzt, weil ich nicht auf derselben Wellenlänge war wie er.

Ich wandte den Blick ab. Mir war beklommen zumute, und ich wusste nicht, was ich sagen sollte.

»Aber wo du jetzt schon mal hier bist, können wir es doch auch als Date betrachten – spricht doch nichts dagegen.« Er sah zufrieden aus, froh, diese Rettungsleine gefunden zu haben.

Ich schüttelte den Kopf. »Ben, ich kann das nicht«, sagte ich eindringlich.

Er schaute mich nachdenklich an. Seine Augen glitten zwischen meinen hin und her. Dann senkte er den Blick. »Ich weiß, es ist erst ein Jahr her, seit Jake ...« Er brach ab. »Aber wir können es doch langsam angehen lassen«, meinte er dann. »Ich habe kein Problem damit.«

»Ben, bitte. Ich kann dich in diesem Licht nicht sehen. Ich fühle mich geschmeichelt«, fuhr ich fort, um die Enttäuschung abzumildern, »aber unter diesem Aspekt kommst du für mich einfach nicht in Betracht.«

»Vor ein paar Monaten kam ich unter diesem Aspekt sehr wohl für dich in Betracht«, entgegnete er mit einer leichten Schärfe in der Stimme.

Ich errötete, als ich an jenen Abend dachte, und mir wurde leicht übel, als ich mir das Bild in Erinnerung rief, Ben auf mir, die Hosen bis zu den Knöcheln heruntergelassen. Ich schluckte und zögerte. Ich wollte nicht zu grausam sein, aber ich wollte ihn auch nicht ermutigen.

»Das war nur ein Mal«, sagte ich ruhig. »Und wir hätten das nicht tun sollen.«

Er schwieg einen Moment; er sah verletzt und verlegen aus. »Aber mit der Zeit ...«, sagte er dann und klang verzweifelt. »Wir verstehen uns gut. Das ist doch schließlich das Wichtigste, oder nicht? Bei manchen Paaren wächst die Liebe eben langsam.« Er schaute mich voller Hoffnung an.

Meine Übelkeit wuchs. Wo ich doch Jake schon nicht genug geliebt hatte, würde die Liebe, die ich Ben entgegenbringen mochte, erst recht nicht genügen. »Das reicht nicht, Ben.« Ich schüttelte den Kopf.

Er langte über den Tisch, ergriff meine Hand und hielt sie zwischen seinen gefangen. Ich spürte Widerwillen meinen Arm hinaufkriechen, der den Wunsch in mir weckte, mein ganzer Körper würde schrumpfen, so dass ich mich zusammenkrümmen und ihm entkommen könnte.

»Verbring einfach ein bisschen Zeit mit mir. Und ich meine nicht im Pub. Lass uns öfter so wie jetzt zusammen essen gehen. Spazieren gehen. Was unternehmen.« Er sagte das alles sanft, flehend, bettelnd.

Ich wusste nicht, was ich tun sollte. Ich hatte keine Ahnung, was ich noch anführen konnte, um ihm klarzumachen, dass ich nicht mit ihm zusammensein wollte.

»Vielleicht könnten wir zusammen in Urlaub fahren. Wir könnten getrennte Zimmer nehmen und alles. Wäre einfach nur schön, wegzufahren und Zeit miteinander zu verbringen. Wir könnten mit dem Zug nach Schottland fahren. In den Highlands wandern. Oder mit dem Eurostar nach Frankreich fahren.« Sein Blick begann zu wandern; seine Gedanken trugen ihn fort.

Ich machte mir seine Abwesenheit zunutze und entzog ihm meine Hand. Mit festem Blick sah ich ihn an.

»Ben. Nein.«

Er sah geschockt aus. Ich war zu ihm durchgedrungen, und es tat weh. Er lehnte sich auf seinem Stuhl zurück. Er wirkte ernüchtert; die beschwörenden Worte waren ihm ausgegangen. Er war offenkundig verlegen; er ließ den Blick durch das Restaurant schweifen und trank hastig ein paar Schlucke Sekt.

Ich griff gleichfalls nach meinem Glas und überlegte, was ich tun sollte. Es würde noch peinlicher für ihn sein, wenn ich jetzt ging – die Frau in den lauten Wanderstiefeln ließ ihr Date sitzen, und alle bekamen es mit. Ich wollte ihn nicht verletzen und auch nicht demütigen. Es tat mir leid, dass es für ihn so war. Und ich brauchte ihn als Freund.

Ich räusperte mich und griff nach der Speisekarte. »Wollen wir was zu essen bestellen?«, fragte ich ruhig.

»Es ist wegen Karen, stimmt's?« Er sah verärgert aus. Er beugte sich vor, schaute mir ins Gesicht und wartete auf eine Antwort. »Ich weiß, dass du sie fast jeden Tag besuchst«, sagte er anklagend.

»Was tut das jetzt zur Sache?«, gab ich irritiert zurück.

»Nun, wer besucht seine Nachbarn schon so oft? Vor allem ein Stadtmensch wie du. Wer bleibt über Nacht bei seinen Nachbarn, wenn das eigene Bett nur hundert Meter entfernt ist? Wer stürzt sich von einer Klippe, um den verdammten Nachbarsbub zu retten?« Seine Stimme war lauter geworden, während er seine Beschuldigungen auf mich abfeuerte.

»Ich werde nicht bestreiten, dass ich Karen sehr mag und dass ich viel Zeit mit ihr verbracht habe«, sagte ich genervt.

Ich dachte, dass ich ihm damit den Wind aus den Segeln genommen hatte. Er schwieg einen Moment. Dann blickte er mich finster an; seine Halsschlagader pochte heftig.

»Schläfst du mit ihr?«, fragte er unumwunden.

»Was zum Teufel ...?« Seine dreiste indiskrete Frage verschlug mir einen Moment die Sprache. »Nein«, erwiderte ich dann. »Nein, das tue ich nicht.«

»Was ist es dann?«, bohrte er nach, noch immer zornig. »Ich verstehe nicht, was für eine Anziehungskraft diese Frau auf andere ausübt.« Er schüttelte den Kopf. »Sie wickelt dich um den kleinen Finger. Die Trevithicks waren alle so. Geben sich nie zufrieden«, giftete er. »Und ich finde es krank, dass sie das mit dir genauso macht. Wirklich – das ist echt krank.«

»Sie ist einfach nur sehr nett zu mir«, verteidigte ich sie, ohne zu kapieren, worauf Ben hinauswollte.

Er sah mich verdrossen an. Vermutlich stand mir meine Verwirrung ins Gesicht geschrieben. Er lehnte sich erneut zurück und schob seinen Stuhl ein Stück nach hinten. Er sah sehr zufrieden mit sich aus.

»Sie hat es dir nicht erzählt, stimmt's?«, sagte er triumphierend.

»Ich weiß nicht, wovon du redest«, erwiderte ich. Seine Selbstgefälligkeit stachelte mich auf. »Wir haben über eine Menge Dinge gesprochen.«

»Aber das eine hat sie dir nicht erzählt, stimmt's?«, sagte er höhnisch lachend.

Ich sagte nichts mehr. Ich hatte keine Lust auf Rätselraten.

»Sie war mal Jakes Freundin«, sagte er und lächelte niederträchtig. »Die Liebe seines Lebens.« Er betonte jedes einzelne Wort. »Er wollte sie heiraten – so sehr hat er sie geliebt. Dich hat er nicht geheiratet, stimmt's, aber sie hätte er geheiratet. Sie hat ihm das Herz gebrochen, als sie mit der Schule fertig war und fortgegangen ist, um zu studieren. Es wundert mich nicht, dass sie es dir nicht erzählt hat, wenn ich's mir recht überlege.« Mit einem zufriedenen Glucksen trank er den letzten Schluck seines Sekts.

Ich fühlte mich wie ausgelaugt. Mir war kalt. Seltsam, dass sie mir ausgerechnet das verschwiegen hatte. Wir hatten einander so viele persönliche und vertrauliche Dinge erzählt – Dinge, die ich nie zuvor jemandem erzählt hatte. Ich hatte sie von Anfang an als sehr offen erlebt.

Es war nicht so, als hätte ich einen gewaltigen K.o.-Schlag erhalten. Es war eher so, als hätte mich jemand ins Stolpern gebracht. Ich war aus dem Gleichgewicht geraten, die Welt aus dem Lot. Es war, als stimmte etwas nicht, ohne dass ich hätte sagen können, was das war.

»... aber ich könnte dich lieben«, hörte ich Ben sagen. Ich hatte seine ersten Worte nicht mitbekommen. Er sprach jetzt wieder leise und eindringlich; er langte über den Tisch, wollte wieder meine Hände ergreifen.

Ich schaute ihn ungläubig an. Er konnte es einfach nicht lassen. Was musste ich denn noch tun, um ihn davon abzuhalten, mich anzubaggern? Wie weit würde er noch gehen?

Ich stand unvermittelt auf; der Stuhl schrammte laut über das Parkett. Mir war schwindlig. Sagte er die Wahrheit, was Karen anbelangte? Konnte ich ihm künftig noch vertrauen? Was hatte er sich noch einfallen lassen, um mich von Karen abzubringen und meine Zuneigung zu gewinnen? War er derjenige gewesen, der versucht hatte, mir Angst einzujagen, so dass ich mein Haus verließ und in seine Nähe zog? Er hatte einen Schlüssel. Er hatte gewusst, wann ich nicht zu Hause gewesen war.

Ich brachte kein Wort heraus. Ich starrte ihn angsterfüllt an.

6

Ich saß auf einer Bank am Bahnsteig und wartete auf den Zug. Mir war flau im Magen, und ich bebte innerlich vor Angst und Zorn. Ich hatte das Restaurant verlassen, ohne ein weiteres Wort mit Ben zu wechseln. Ich hatte ihm nicht erzählt, welchen Verdacht ich gegen ihn hegte. Ich wollte nicht hören, was er darauf vielleicht erwidern mochte. Sein Frohlocken, als er mir erzählte, wie wenig Jake mich geliebt hatte, widerte mich an. Es hatte mich nicht so getroffen, wie Ben wohl erwartet hatte. Es war keine niederschmetternde Offenbarung für mich gewesen. Aber dass Ben mich verletzen wollte, indem er die Beziehung zwischen mir und meinem verstorbenen Partner unterminierte, der auf so brutale Weise ums Leben gekommen war, fand ich schrecklich.

Ich fand es grausam und manipulativ. Es bewies einen erschreckenden Mangel an Einfühlungsvermögen – den gleichen Mangel an Einfühlungsvermögen, den er bewiesen hatte, als er mit mir schlief. Mich schauderte am ganzen Leib, als ich wieder daran dachte, meine Haut zog sich vor Widerwillen zusammen. Ich erinnerte mich an den groben Kuss, den er mir Silvester gegeben hatte – er hatte nicht im Geringsten mitbekommen, wie unangenehm ich das fand. Meine Lippen verzogen sich angewidert, wie bei einem ekligen Geschmack. Ich wünschte, ich hätte mir den Mund ausspülen können; ich wünschte, ich könnte die unangenehme Erinnerung fortwaschen.

Könnte er in mein Cottage eingedrungen sein?, überlegte ich von neuem. Er hatte auf jeden Fall die Gelegenheit dazu gehabt. Soweit ich wusste, war er der Einzige, der einen Schlüssel besaß. Konnte ich mir vorstellen, wie er die Puppe bastelte, wie er voller Zorn auf sie einstach? Wenn ich an die hämische Fratze dachte, die er mir an diesem Abend gezeigt hatte, konnte ich es mir in der Tat vorstellen. Er hätte gewusst, wie betroffen sie mich machen würde. Und wer sonst kannte mich gut genug, um eine dermaßen akkurate Nachbildung zu fabrizieren?

Wusste Tom von den Narben auf meinem Rücken? Ich wiegte den Kopf. Es war möglich. Ich erinnerte mich, dass Ben erzählt hatte, dass Tom bei der Freiwilligen Feuerwehr war. Jeder, der in jener Nacht an der Unfallstelle gewesen war, konnte ihm erzählt haben, was passiert war. Jeder konnte den im Wagen eingeschlossenen verkohlten Leichnam des beliebten örtlichen Polizeibeamten beschreiben und dessen Partnerin, die schwer verletzt überlebt hatte. Es war in der Tat sogar möglich, dass das ganze Dorf über Form und Verlauf meiner Narben Bescheid wusste und über sämtliche Einzelheiten meiner Verletzungen im Bilde war. Solche pikanten Details hatten bestimmt im Nu die Runde gemacht.

Panik stieg in mir auf. Die Liste der Menschen, denen ich misstraute, umfasste plötzlich das gesamte Dorf. Der Druck, den meine Angst erzeugte, bereitete mir Kopfschmerzen, und meine Schultern bebten, als ich sie vor Anspannung fester zusammenzog. Ich schloss die Augen und atmete tief; ich versuchte, nicht in Verstörung und Verzweiflung zu versinken. Ich durfte am Bahnhof keinen Blackout kriegen, durfte nicht in dumpfe Benommenheit abdriften. Ich musste mich unter Kontrolle behalten.

Ich musste mit jemandem reden. Ich brauchte jemanden, der die tatsächlich existierenden konkreten Puzzleteile für mich so zusammensetzte, dass sie Sinn ergaben. Ich rieb mir die Stirn und versuchte meine Gedanken zu sammeln. Ich fühlte mich desorientiert. Ich wusste nicht, wem ich trauen konnte. Der einzige Mensch, der mir nahestand und den ich hätte ansprechen können, war Karen, aber wenn ich versuchte, sie mir vorzustellen, gerieten meine Gedanken ins Trudeln. Ich war verletzt, weil sie mir nicht von Jake erzählt hatte – weil sie mir verschwiegen hatte, dass sie die Frau seines Lebens gewesen war. Diese Unterlassung weckte meine Zweifel, ob ich ihr wirklich vollkommen vertrauen konnte. Ich konnte nicht mehr vorbehaltlos zu ihr gehen und ihr von meinen Ängsten erzählen und mich damit ihr gegenüber offen und verletzlich zeigen.

Der Zug näherte sich und kam langsam und kreischend am Bahnsteig zum Stehen. Ich starrte ihn mit stumpfem Blick an; vor lauter Angst und Misstrauen war mein Kopf wie leergefegt, mein Körper wie gelähmt. Aus den Augenwinkeln sah ich dunkle Schemen aus- und einsteigen, ein verwischter Spätankömmling flitzte über den Bahnsteig und sprang in den Zug. Ich sah, wie ein Mann in Uniform sich umdrehte und den Bahnsteig entlangschaute und hörte dann die Pfeife, die dem Zug signalisierte, dass er abfahren durfte. Ich sah, wie sich das langgestreckte Gebilde in Bewegung setzte und davonzog; dann glitt die ferne Wand des Bahnhofs wieder in mein Blickfeld.

Ich blieb in einem Hotel in der Nähe des Bahnhofs. Ich konnte kaum sprechen, als ich eincheckte. Es war genau das Richtige, genau das, was ich getan hätte, hätte ich vernünftig denken können. Das Hotel war der sicherste Ort für mich, und es gelang mir, mehrere Stunden am Stück zu schlafen. Am folgenden Morgen konnte ich wieder viel klarer denken, und ich stieg in aller Frühe in den Zug nach Hause.

Während der Heimfahrt rief ich verschiedene Schlosser an, bis ich einen fand, der noch am selben Tag Zeit hatte, das Schloss der Haustür auszutauschen und sämtliche Fenster mit abschließbaren Riegeln zu versehen.

Ben schickte mir eine Textnachricht. Er entschuldigte sich und fragte, ob wir uns treffen könnten. Ich antwortete prompt, dass er mich in Ruhe lassen solle. Innerlich trieb ich den Zug zur Eile an; ich wollte bloß nach Hause und mich um die Schlösser kümmern.

Als ich zurückkam, schlich ich erst einmal ums Haus herum und spähte durch alle Fenster, um mich zu vergewissern, dass niemand drinnen war. Dann holte ich tief Luft, öffnete die Eingangstür und flitzte unter einem Adrenalinschub einmal durchs ganze Haus, um sicherzugehen, dass ich wirklich allein war. Die Wohnräume hatte ich schnell überprüft; dann stand ich da und starrte zu der geschlossenen Dachluke hoch.

Ich stellte die Leiter auf, lehnte sie an die Wand und kletterte hinauf. Ich langte nach oben, um die Luke aufzustoßen. Ich kam mir sehr verletzlich vor, als ich auf den Dachboden kletterte, mit dem Kopf voran. Es war kalt, und ich fühlte mich ungeschützt, als ich mich in der Dunkelheit aufrichtete. Ich streckte den Arm aus und tastete auf der schräg zulaufenden Wand nach dem Lichtschalter – meine verzweifelt kratzenden Finger verrieten meine Angst. Das Licht erhellte alles schlagartig. Graue Pappkartons, einen alten Lampenschirm, ein Bücherregal, für das kein Platz gewesen war. Keine Eindringlinge.

Ich schaute zu Boden, und mein Blick fiel auf den roten Schuhkarton. Ich hatte ihn nicht mehr angerührt seit jenem Tag, als ich hineingespäht hatte, während Jake fortgewesen war. Ich fühlte mich schuldig, als ich ihn zu mir zog und den Deckel anhob. Es kam mir immer noch so vor, als enthielte er Jakes geheime Vergangenheit.

Da war er wieder, ganz oben auf dem Stapel, wie er in den Bergen wanderte. Er sah seltsam flach und zweidimensional aus. Es war schwer, ihn sich als einen echten Menschen vorzustellen, wenn ich auf das Bild schaute. Es war schwer, ihn lebendig werden zu lassen.

Langsam und zögernd schob ich meine Finger seitlich an dem Stapel von Fotos vorbei nach unten; ich spürte die steifen Ränder der Bilder an meinen Fingern entlangstreichen. Es war ganz unten auf dem Boden der Schachtel. Ich ertastete den glatten gewölbten Rahmen der offiziellen Aufnahme. Ich schob meine Fingerspitzen darunter und hob den Stapel der Fotos beiseite. Langsam zog ich das gerahmte Bild hervor, die Gruppe erschien, einer nach dem anderen, bis ich Jake erblickte und dann seine bezaubernde Begleiterin.

Ich verspürte eine eigenartige Mischung aus Traurigkeit und Stolz. Ich war traurig oder vielleicht auch enttäuscht, Karens junges Gesicht zu sehen, aber zugleich erfüllte Bewunderung mein Herz, weil sie so schön war. Ich lächelte ihr Bild voller Zuneigung an. Sie sah nicht viel anders aus als heute, wenn man vom Babyspeck der Teenagerin absah. Vielleicht begriff ich erst in dem Augenblick, wie attraktiv ich sie wirklich fand.

Ich verspürte keine Eifersucht, weil ihr Jakes Herz gehört hatte. Ich verspürte keinen Neid, weil sie die Liebe seines Lebens gewesen war. Wenn überhaupt, war ich eifersüchtig, weil er mit ihr zusammengewesen war, und ich empfand Widerwillen bei dem Gedanken, dass Jake ihren aparten blassweißen Körper berührt hatte.

Ich wollte, dass er seine Hände auf dem Foto von ihren löste. Ich wollte, dass er sie in Ruhe ließ. Schließlich legte ich das Foto auf den Stapel zurück und verbarg es rasch, indem ich den Deckel des Schuhkartons schloss.

Ich kletterte die Leiter wieder hinunter und stand ernüchtert im Wohnzimmer. Ben hatte zumindest was Karen anging die Wahrheit gesagt. Ich war deprimiert, denn der Stachel des Wissens saß tief.

7

Ich blieb nicht lange im Cottage. Mein innerer Aufruhr ließ mich bald den Weg zum Gutshaus einschlagen. Die Kinder waren beide da, und deshalb näherte ich mich langsam und suchte nach Anzeichen, ob sie schon aufgestanden waren. In meinem aufgewühlten Zustand mochte ich Sophia nicht begegnen, und ich wollte auch nicht, dass George mich so sah.

Ich erspähte Karen durch das Küchenfenster. Sie deckte den Tisch. Sie trug noch ihren Morgenmantel, der locker um ihre

Taille geschlossen war. Zwischen dem Schalkragen konnte ich ihr bleiches Dekolleté ausmachen, den Ansatz ihrer Brüste, die sich nackt vorwölbten. Karen war konzentriert bei der Sache, mit gesenktem Blick verteilte sie die Teller. Niemand störte sie, niemand verlangte ihre Aufmerksamkeit, niemand zerrte an ihr. An diesem Morgen wirkte sie traurig und abgespannt. Mir wurde das Herz schwer, als ich sie so sah.

Dann hob sie den Kopf und schaute mir direkt in die Augen. Ich rührte mich nicht und starrte sie an – mein Gefühlsaufruhr war mir peinlich. Ich kam mir vor wie ein Eindringling, weil ich mich dem Haus ungebeten genähert hatte. Ich überlegte, ob ich weitergehen und so tun sollte, als wäre ich auf einem Spaziergang. Ich wollte ihr nicht zeigen, ihr nicht eingestehen, wie sehr ihr Geheimnis mich aufgewühlt hatte. Karen versuchte zu lächeln, ihre Mundwinkel hoben sich, aber ihre Augen blickten traurig und resigniert. Sie wandte sich ab und verschwand in Richtung Flur, und ich ging die Eingangsstufen hinauf.

Als sie die Tür öffnete, sah ich, dass ihre Augen müde und leicht geschwollen waren. Ich wollte sie nicht darauf ansprechen. Es war mir unangenehm, sie nach ihrem Befinden zu fragen, solange das Geheimnis zwischen uns stand. Ich fühlte mich ihr in dem Augenblick nicht nahe genug.

»Komm rein«, flüsterte sie und schenkte mir erneut ein trauriges Lächeln.

Ich trat leise ein und sah zu, wie sie behutsam die Tür schloss.

»Sie schlafen noch«, sagte sie im Flüsterton. »War spät gestern.«

Sie wandte mir den Rücken zu und führte mich in die Küche; ihre nackten Füße patschten auf den Fliesen.

»Schließ die Tür«, sagte sie.

Ich schob die Tür hinter mir zu und ließ sie leise ins Schloss gleiten.

Karen sah mich an. Ich rührte mich nicht, und mir schnürte sich die Kehle zu. Ich wusste nicht, was ich ihr sagen wollte oder was ich brauchte, um mich besser zu fühlen. Ich wusste auch nicht, was sie hätte sagen können, um das Problem zu beheben.

»Möchtest du eine Tasse Tee?«, fragte sie. Sie legte den Kopf schief und lächelte mich an, diesmal richtig. Sie schien mein Unbehagen zu spüren. Ihre Augen lächelten, sahen aber immer noch so aus, als würde sie jeden Moment anfangen zu weinen.

Ich nickte stumm. Ich fand immer noch keine Worte.

Karen füllte den Kessel mit Wasser, nahm zwei Tassen aus dem Schrank und versuchte dabei, so leise wie möglich zu sein.

Ich trat nervös von einem Fuß auf den anderen. Dann schlenderte ich zum Tisch hinüber und weiter zum Fenster. Ich blickte nach draußen, nahm aber nichts wahr. Meine Gedanken waren vollauf damit beschäftigt, nach den Worten zu suchen, mit denen ich das Thema anschneiden konnte. Ich wollte nicht töricht erscheinen; ich wollte auch nichts sagen, das mich sofort in Tränen ausbrechen ließ oder sie in eine unangenehme Lage brachte.

Ich holte tief Luft und stieß sie dann langsam und kontrolliert wieder aus – das anhaltende gleichförmige Ausatmen erfüllte mich mit innerer Ruhe.

»Du warst lange aus gestern Abend«, meinte Karen, und es war nicht als Frage formuliert. »Ich bin ziemlich spät noch bei dir gewesen, aber ich glaube, du warst nicht da.«

Ich wandte ihr weiterhin den Rücken zu. »Ja«, sagte ich und zwang meine Stimme über den Kloß in meiner Kehle. »Ich ...

Ich bin über Nacht in Plymouth geblieben«, erklärte ich kurzangebunden. Ich wollte nicht über den Abend mit Ben reden, sondern sie ohne Umschweife auf Jake ansprechen. Ich wollte nicht, dass meine Frage als Reaktion auf Bens niederträchtiges Getratsche verstanden wurde.

Karen schwieg wieder. Ich hörte, wie das Wasser im Kessel brodelte, wie er Dampf ausstieß und sich dann abschaltete. Ich hörte jedoch nicht, dass Karen sich rührte. Ich wartete darauf zu hören, wie die Teekanne über die Arbeitsplatte zum Kessel geschoben wurde und das Wasser auf dem Boden der Kanne auftraf.

»Wie ich höre, warst du mit Ben verabredet?« Karen versuchte, unbeschwert zu klingen, als wäre sie erfreut über mein Date und neugierig, Einzelheiten über eine romantische Episode in meinem Leben zu erfahren, aber am Ende brach ihre Stimme.

Mir hämmerte das Herz in der Brust. Ich spürte, wie mein Puls heftig in meinem Hals pochte, hörte ihn in den Ohren rauschen. Meine Augen öffneten sich weit vor Überraschung und Hoffnung. Ich musste ein paarmal schlucken, um an dem Kloß in meinem Hals nicht zu ersticken. Ich wandte mich um und erhaschte einen Blick auf Karens Gesicht, ehe sie sich abwandte, um sich zu schützen.

Sie hatte völlig erschüttert ausgesehen. Ihre Augen waren voller Schmerz und ihre Mundwinkel vor Kummer nach unten gezogen. Sie hob die Hand ans Gesicht, vermutlich um eine Träne fortzuwischen. Sie atmete kurz und abgehackt, sie schniefte und hielt den Kopf gesenkt.

Ich spürte, wie sich mein Gesicht zu einem Lächeln verzog, als ich Hoffnung aus ihrer Reaktion schöpfte. Ich trat auf sie zu und wollte eben ihren Namen sagen, als sie mir zuvorkam.

»Bist du mit Ben zusammen?«, fragte sie. Ihre Stimme zitterte.

Ich trat dicht hinter sie. Sie fuhr sich mit der rechten Hand flüchtig übers Gesicht; die linke zuckte nervös. Ich streckte die Hand danach aus, um sie zu berühren und zu beruhigen.

»Bist du?«, wiederholte sie ein wenig lauter und noch ein wenig aufgewühlter.

»Nein. Nein, ich bin nicht mit Ben zusammen«, erwiderte ich. Ich konnte nicht umhin zu lächeln, auch wenn meine Stimme voller Mitgefühl war.

Ich streckte die Hand nach ihrer Hand aus und spürte ihre Wärme, noch ehe ich sie ergriff; meine Hand kribbelte vor Begierde, sie zu berühren. Ich verschränkte meine Finger mit ihren und genoss das köstliche Gefühl, das mich durchströmte. Karen schloss ihre Finger fester um meine.

Sie hob unser beider Hände an ihre Brust, zog mich näher an sich, Trost suchend. Ich spürte, wie ihre Brust sich in rascher Folge hob und senkte und wie sie sich dann allmählich beruhigte, während wir einfach nur still dastanden. Ich rührte mich nicht; ich wusste nicht, was mich erwartete oder was ich erhoffen durfte. Langsam entspannte ich mich und wagte es, mich enger an sie zu schmiegen.

Meine Brüste berührten sachte ihren Rücken, meine ganze Vorderseite war plötzlich hellwach und lauerte auf die nächste Sinneswahrnehmung. Ich atmete scharf aus. Ich wusste, dass Karen das mitbekam. Ihr tiefgehender bebender Atem war ruhig geworden. Sie hob den Kopf, lauschte auf mich und meine Reaktion.

Ich drängte mich an sie, unsere Körper schmiegten sich langsam und sachte aneinander. Mein Atem beschleunigte sich, als sie ihr Gewicht auf den anderen Fuß verlagerte und ihre Pobacken sich kurz und aufreizend an meinen Lenden rieben. Ich hob meine freie Hand und strich ihr zärtlich das Haar aus dem bleichen Nacken. Sie neigte den Kopf und entblößte noch mehr von ihrer Haut.

Ich konnte sie riechen. Ich roch den Duft ihres Haares und ihrer warmen Haut. Er erfüllte mich, als ich mich vorbeugte, um sie auf die Schulter zu küssen. Sie hielt den Atem an, als erwarte sie die Berührung meiner Lippen auf ihrer Haut. Ich öffnete den Mund leicht und küsste sanft ihren Haaransatz. Sie atmete heftig aus.

Ihre Reaktion erschreckte mich – was ich tat, erschreckte mich. Ich küsste sie wieder, nun leidenschaftlicher, ich öffnete meine Lippen ein wenig mehr. Diesmal stöhnte sie auf, und ihr Stöhnen erzeugte ein Kitzeln zwischen meinen Schenkeln.

Ich konnte nicht aufhören, sie zu küssen, ihre Reaktion zu spüren und zu hören. Ich legte den Arm um sie, ich wollte sie halten und an mich pressen. Meine Hand glitt zwischen die Falten ihres Morgenmantels und fand die nackte warme Haut ihres Bauches. Ich hielt inne, beinahe geschockt von der Berührung, und fragte mich, ob sie wollte, dass ich so weit ging.

Sie drückte meine Hand an ihre Brust. Langsam führte sie sie nach unten, öffnete ihren Morgenmantel und legte sie sachte auf ihre Brüste. Ich keuchte auf, als meine Hand über ihre Brustknospe glitt, die sich unter meiner Berührung aufrichtete. Ihre Hand zuckte ein wenig, ermutigte mich fortzufahren. Ich begann ihre Brüste mit kleinen Bewegungen zu umkreisen, während meine andere Hand über ihren Bauch nach unten glitt und meine Fingerspitzen von einer Seite zur anderen strichen.

Meine Hand erreichte den Ansatz ihrer Haare. Wieder war ich unsicher, ob sie wollte, dass ich weitermachte. Wieder drückte sie meine andere Hand, die auf ihren Brüsten lag, und wand sich, um meine zweite Hand zum Fortfahren zu ermuntern.

Ich ließ meine Finger immer tiefer gleiten und spürte, wie sie sich zunehmend anspannte. Als ich die Lippen zwischen ihren Schenkeln erreichte, zögerte ich erneut und musste schlucken, doch dann merkte ich, wie feucht und geschwollen sie waren.

Ich ließ meine Finger noch tiefer gleiten, teilte das Haar und drang langsam zwischen die feuchten Lippen vor. Karens Körper spannte sich an, presste sich noch mehr an mich. Ich ließ meine Finger langsam kreisen und drückte Karen mit dem Handballen fest an mich. Sie drückte meine andere Hand auf ihrer Brust im Einklang mit meinen Bewegungen. Mit jedem Umkreisen keuchte sie auf. Ich glich meinen Atem an, fand ihre Erregung überwältigend.

Ich beschleunigte das Kreisen meiner Finger, spürte, wie sie wuchs und anschwoll. Sie war triefend feucht, und ich konnte ihre Feuchtigkeit riechen, wie sie warm und betörend zu mir aufstieg. Sie atmete schneller und schneller, als ich ihre Klitoris immer rascher umkreiste, bis sie unter meinen Fingern den Höhepunkt erreichte. Ich drückte sie eng an mich, als ich sie kommen spürte, hielt sie aufrecht, ließ sie jede einzelne Kontraktion genießen. Sie bäumte sich auf und hielt den Atem an, um keinen Laut von sich zu geben, als ihr Körper erbebte.

Wir atmeten im Einklang, während sie sich langsam beruhigte. Ich fühlte mich fast ebenso erlöst wie sie. Sie wandte sich langsam zu mir um, hielt meine nasse Hand und drehte mir ihr Gesicht zu, bis unsere Lippen sich berührten. Sie leckte sich die Lippen und machte unseren Kuss feucht und saftig. Ich spürte, wie unsere

Körper sich wieder aneinanderschmiegten, wie ihre Brüste mit meinen verschmolzen und ihr Schenkel sich zwischen meine drängte.

Dann machte sie sich abrupt von mir los und lauschte, als habe sie ein Geräusch von oben gehört. Ich war zu sehr in meine Lust versunken gewesen, um es zu vernehmen; doch dann hörte ich die Schritte, die die Treppe herunterkamen. Meine Erregung verebbte und ließ mich kalt zurück.

Karen zog ihren Morgenmantel wieder um sich zusammen, verknotete den Gürtel und wandte mir den Rücken zu. Sie stellte den Kessel wieder an und rückte mit lautem Geklapper die Tassen vor sich zurecht. Ich stand wie belämmert da, mein Verstand wie betäubt, die Augen geweitet, als Sophia die Küchentür öffnete.

Sie blickte mich mit diesem Ausdruck an, der signalisierte, dass er sich spontan zu jedem anderen wandeln konnte. Sie sagte kein Wort und richtete den Blick auf ihre Mutter, die ihr den Rücken zukehrte; sie sah zu, was Karen tat, und versuchte ihr Verhalten zu ergründen.

Dann lenkte sie ihre Aufmerksamkeit wieder auf mich, sprach aber zu ihrer Mutter, als sie sagte: »Ich meinte zu hören, dass wir Besuch haben. Ich komme zum Frühstück, wenn sie weg ist.«

Sie war verschwunden, ehe eine von uns reagieren konnte.

8

In jener Nacht träumte ich, dass Jake und ich in unserem Cottage verbrannten, weil sich die neuen Riegel an den Fenstern nicht öffnen ließen. Jake saß auf einem Stuhl im Schlafzimmer, die

Hände ordentlich auf den Knien. Er redete mit mir, er sagte mir, ich solle hinausgehen, solle mich retten, solange es möglich sei. Ich weiß nicht, warum ich mich nicht rührte. Im Traum tun die Menschen die seltsamsten Dinge. Ich sah ihm zu, wie er mich anflehte zu gehen, während die Flammen an seinen Fersen leckten und seine Hosenbeine Feuer fingen. Ich sah zu, wie das Gelb und Orange ihn verschlang, ihn in rote Brandblasen verwandelte, und dann sah ich nur noch ein schwarzes Loch in seinem Gesicht, das Worte ausstieß.

Der Traum war nicht schwer zu deuten, als ich aufwachte. Das Cottage stand in Flammen.

Ich setzte mich rasch auf und hustete so heftig, dass mir die Brust wehtat. Ich hörte, wie die Scheibe im Schlafzimmerfenster barst und ein Stein auf dem Fußboden landete. Ich glaube, ein ähnliches Geräusch hatte mich geweckt.

Ich war schrecklich schläfrig, mein Verstand schwerfällig. Das Zimmer war von einem schwachen orangefarbenen Schein erfüllt und voller Rauch. Ich blickte zur Tür. Der Spalt über der Schwelle leuchtete flammendrot. Panik ergriff mich, und ich sprang aus dem Bett. Ich rannte schnurstracks zum Fenster und versuchte den Riegel zu öffnen. Ich war völlig verwirrt, als er sich nicht rührte, sich keinen Millimeter drehen ließ, selbst als ich meine ganze Kraft einsetzte.

Wieder brachte mich der Rauch zum Husten, und ich zog mein T-Shirt hoch, um meine Nase zu bedecken. Noch einmal versuchte ich den Fensterriegel zu drehen, aber vergeblich. Ich starrte ihn verständnislos an. Ich glaube, ich brauchte etliche Sekunden, um zu begreifen, dass es an dem glänzenden neuen Schloss lag, dass ich eingesperrt war. Ich schrie auf, als mir klar wurde, dass ich die Schlüssel für die neuen Schlösser in der Küche liegenlassen hatte.

»Lucy!« Ich hörte jemanden meinen Namen rufen. »Lucy!« Es klang wie Jakes Stimme, die von irgendwo draußen ertönte. Ich war ganz benommen vom Rauch. Ich glaubte, Jake wäre da draußen.

»Geh weg vom Fenster, Lucy!«, rief er. Ich tat wie geheißen und kehrte zum Bett zurück. Ein paar Sekunden später hörte ich ein lautes Geräusch am Fenster. Weitere Scheiben gingen zu Bruch, und der Fensterrahmen ächzte unter dem Druck.

»Bleib weg da!«, rief er. Irgendetwas Großes kam auf das Fenster zugeflogen, brach durch und ließ das Fensterkreuz bersten. Ein großer Holzkloben landete auf dem Teppich.

»Kannst du rauskommen?«, rief die Stimme nun.

Ich kehrte zum Fenster zurück. Die eine Hälfte fehlte ganz, und es sah so aus, als könnte ich mich kleinmachen und hindurchzwängen. Ich hob den Holzkloben auf und stieß damit das verbliebene Glas aus dem Rahmen. Ich zögerte. Ich hatte nur leichte Schlappen an den Füßen. Ich traute mich kaum, damit auf der Fensterbank herumzuturnen.

»Lucy! Du wirst einfach springen müssen!«, rief er. Ich vernahm die Besorgnis in seiner Stimme.

Unter mir hörte ich ein Krachen. Plötzlich konnte ich nichts mehr sehen. Schwarzer Rauch umhüllte mich. Ich hustete lautstark und kletterte ins Zimmer zurück; ich bekam keine Luft auf der Fensterbank. Der Rauch verfolgte mich.

»Komm raus!«, rief er, und seine Stimme klang verzweifelt.

Ich atmete tief ein, soweit das in der sich rapide verschlechternden Luft möglich war, und kletterte wieder auf die Fensterbank. Diesmal zögerte ich nicht. Ich sprang hinunter, ohne zu wissen oder zu sehen, wo ich landen würde.

Mein Körper war entspannt, als ich landete. Ich war vom Fensterbrett gesprungen ohne Hoffnung, unverletzt zu bleiben. Ich landete mit voller Wucht auf den Füßen, konnte mein Gleichgewicht jedoch nicht halten, stürzte auf die Hüfte, und die Schwungkraft katapultierte mich vorwärts, ich rollte über verschiedene Körperteile ab, die mein Gewicht aufnahmen und mich abbremsten. Ich fühlte mich schwer lädiert; der erste Aufprall hatte mein Knochengerüst aufs Unangenehmste erschüttert, aber ich hatte nicht das Gefühl, mir etwas gebrochen zu haben.

Ich hockte auf dem Boden und sah zum Cottage hinüber – schwarzer Rauch schob sich vor das flackernde Feuer, das im Inneren loderte. Ich spürte, wie mir jemand die Hand auf den Arm legte, meinen Ellbogen umfasste, versuchte, mich vom Feuer wegzulotsen. Ich stand auf, ich taumelte vor Müdigkeit und den Schmerzen im ganzen Leib und ließ zu, dass man mich vom Cottage fortführte.

Wieder musste ich husten, dicker Auswurf kam hoch und verfing sich in meiner Kehle. Ich beugte mich vor, benommen, und ließ mich dann auf alle Viere nieder, trockenes Kratzen in der Kehle, hustend. Eine Hand legte sich auf meinen Rücken.

In nicht allzu weiter Ferne vernahm ich Sirenen, kurze Heultöne, die näher und näher kamen. Am Ende des Weges verstummten sie, und ich hörte, wie der große Löschzug sich näherte. Ich konnte meine Hände vor mir im Licht seiner Scheinwerfer erkennen.

Als ich aufblickte, meinte ich Jake einen Augenblick zu erkennen, wie er über mich gebeugt stand, seine Hand beschützend auf meinem Rücken. Das aufzuckende Blaulicht huschte über sein Gesicht. Ich sah, wie er mich anlächelte. Ich blinzelte, und die Lichter zuckten davon, und ich sah, wie sein Gesicht sich veränderte. Ich war entsetzt, als ich erkannte, dass es Ben war, der zu mir herabsah.

9

Ich brach zusammen, nahm nichts mehr wahr, bis Karen mein Gesicht mit den Händen umfing und meinen Namen sagte, immer wieder, und mir eindringlich in die Augen sah. Sie brach in Tränen aus, als ich reagierte und ihren Blick erwiderte. Sie küsste mein Gesicht, bedeckte meine Wangen und meine Stirn mit erleichterten Küssen.

»Nimm das hier, mein Liebling«, sagte sie. »Valium.« Sie schob mir eine Pille in den Mund und reichte mir eine Flasche Wasser. Gehorsam schluckte ich die Pille hinunter.

»Der Arzt sagt, deine Lunge hört sich gut an«, fuhr sie fort und strich mir übers Haar. Sie erzählte mir weitere Einzelheiten über meinen Gesundheitszustand, aber ich hörte nicht wirklich zu. Doch ich empfand ihre Anwesenheit als tröstlich. Es gefiel mir, ihre Stimme zu hören, es gefiel mir, wie sie mich streichelte.

Um mich herum wurde geredet, man redete mit Karen. Die Stimmen strichen über mich hinweg, sie schienen nicht mit mir reden zu wollen. Nach einigen Sekunden oder Minuten wandte Karen sich wieder mir zu.

»Der Arzt sagt, du kannst mit zu mir nach Hause kommen, wenn du willst«, sagte sie und lächelte mich an. »Möchtest du das?«

Ich sah sie benommen an. Ich glaube, das Valium entfaltete bereits seine Wirkung. Ich nickte. Um uns herum war niemand mehr – wir konnten uns unbehelligt davonmachen. Der Arzt oder Karen mussten die Leute um mich herum verscheucht haben, insbesondere Ben.

Wir gingen langsam den Weg hinunter. Ich war benebelt vom Valium, und im Licht der Taschenlampe waren meine Schritte unsicher. Karen hatte mich fest untergehakt und versuchte mich aufrechtzuhalten.

»Haben sie Ben festgenommen?«, fragte ich.

Ich musste sie das wohl schon einmal gefragt haben, denn sie antwortete ruhig und gelassen. »Nein, das haben sie nicht. Er hat das Feuer nicht gelegt«, erwiderte sie und drückte meinen Arm. »Er hat dich gerettet.«

»Woher weißt du das?« Ich sah sie erstaunt an.

»Er kam her und schrie aus voller Kehle«, antwortete sie. »Er stand unter meinem Fenster und schrie nach einer Leiter.«

»Er hat dich geweckt?«, fragte ich verwirrt nach.

Sie schwieg kurz. »Nein, irgendwas hatte mich vorher schon geweckt. Aber er hat mich auf jeden Fall aufgescheucht. Als er sah, dass ich auf war, rannte er gleich wieder den Weg runter. Er hat versucht, ins Haus zu gelangen, um dich rauszuholen. Ich glaube, er hat die Scheibe eingeworfen. Was immer er getan hat, er hat nicht Feuer gelegt und dann sein Möglichstes versucht, um dich zu retten.«

»Aber was hatte er hier zu suchen?« Mein Verstand arbeitete nur langsam, doch ich war immer noch misstrauisch.

Sie zögerte; es fiel ihr schwer zu antworten, und ihre Stimme klang angespannt, als sie zu sprechen begann. »Er hat gesagt, dass ihr Streit hattet. Er hatte versucht, dich zu erreichen, um sich zu entschuldigen. Als du nicht auf seine Anrufe reagiert hast, ist er aus lauter Verzweiflung hergekommen.«

Ich schüttelte den Kopf. Ich mochte nicht glauben, was sie mir da erzählte.

»Ihr mögt vielleicht einen schlimmen Streit gehabt haben«, fuhr Karen fort, »aber ich glaube nicht, dass Ben versucht hat, dich umzubringen.« Sie lachte leise, als sei der Gedanke völlig absurd.

»Aber irgendjemand hat es versucht«, sagte ich beharrlich.

Karen schwieg einen Moment. Dann meinte sie diplomatisch: »Die Polizei ist nicht sicher, was das Feuer ausgelöst hat. Sie werden einen Brandermittler schicken, vermutlich gleich morgen, der sich den Schaden ansehen und versuchen wird, die Brandursache herauszufinden.«

»Aber Ben ist der Einzige, der das Feuer gelegt haben kann«, wiederholte ich, frustriert, weil sie mir nicht zuzuhören schien.

Wir hatten ihre Eingangstür erreicht, und sie führte mich ins Haus, untergehakt, als wäre ich eine gebrechliche alte Dame. Sie schloss die Tür hinter uns und verriegelte sie.

»Komm mit nach oben«, befahl sie sanft. »Ich muss dich im Auge behalten, sagt der Arzt, und deshalb werde ich dich heute Nacht in mein Bett verfrachten.«

Ich musste mich sehr konzentrieren, den Flur entlang und dann die Treppe hinauf zu gehen. Meine Bewegungen wurden immer unkoordinierter, obwohl der Boden unter meinen Füßen nun eben und das Licht gut waren.

Karen machte nur eine kleine Lampe in ihrem Schlafzimmer an, hielt die Beleuchtung gedämpft, und führte mich zu ihrem Bett, wo sie mich auf der Kante platzierte. Sie setzte sich neben mich, legte mir den Arm um die Schultern und drückte mich an sich.

Mir war schummrig im Kopf vor Müdigkeit, und meine Worte klangen verschliffen, als ich erneut anfing zu reden.

»Ben ist der Einzige, der das getan haben kann«, wiederholte ich beharrlich. »Er hat einen Schlüssel.«

»Was für einen Schlüssel?«, fragte Karen nach und schaffte es bewundernswerterweise, interessiert zu klingen.

»Einen Schlüssel für meine Haustür«, sagte ich, als wäre das sonnenklar.

Sie drückte mich an sich. »Nur weil er einen Schlüssel hat, heißt das noch lange nicht, dass er das Feuer gelegt hat.«

Ich runzelte die Stirn. Selbst diese Bewegung kam mir verlangsamt vor.

»Nein, nicht heute Abend.« Ich schwieg kurz. Die Worte ließen sich nur mühsam formen. »Neulich. Jemand ist eingebrochen. Mit einem Schlüssel.«

»Jemand ist mit einem Schlüssel eingebrochen«, wiederholte sie mir zu Gefallen.

Ich nickte schwach, meinte es aber heftig.

»Aber es können auch noch andere Leute einen Schlüssel haben. Ich glaube, vielleicht haben wir sogar einen. Meine Eltern haben das Cottage früher vermietet, bevor Jake sie überredet hat, es zu verkaufen.«

Ich hörte ihre Worte, begriff die Bedeutung aber nicht wirklich. Ich hatte gerade genügend Entschlusskraft und gedankliche Energie, meine Argumente vorzubringen, nicht aber ihre zu widerlegen.

»Jemand ist eingedrungen. Hat ein T-Shirt gestohlen. Mir eine Puppe gebastelt – eine Stoffpuppe. Das Haar verbrannt. Den Rücken aufgeschlitzt. Rote Farbe auf die Schnitte geschüttet. Der Puppe mein T-Shirt angezogen.« Ich war vollkommen erschöpft. »Angst«, sagte ich schließlich.

Karen nahm ihren Arm von meinen Schultern. »Wann war das?«, fragte sie ruhig.

»Vor zwei Tagen.« Ich beugte mich vor und stützte meine Ellbogen auf die Knie.

Karen stand langsam auf und ging im Zimmer umher. Ich sah ihre Beine vor mir, wie sie sich über den Teppich bewegten. Ich war zu müde, um den Kopf zu heben und ihren Gesichtsausdruck zu studieren.

Dann kniete sie vor mir nieder; sie ergriff meine Hände und drückte sie sachte. Ihr Kopf war tiefer als meiner, und ich konnte ihr Gesicht erkennen. Ihre Miene war starr. Sie schaute mir nicht in die Augen.

»Ich möchte, dass du dich jetzt hinlegst«, sagte sie mit ausdrucksloser Stimme. »Ich werde kurz aus dem Zimmer gehen, bin aber gleich wieder zurück. Du bist hier vollkommen sicher, hörst du? Du bist jetzt in Sicherheit.«

Sie stand auf, fasste mich sanft bei den Schultern und drückte mich zurück, bis ich mit dem Rücken auf ihrem Bett lag. Sie musste meine Beine hochheben. Meine Glieder waren schwer wie Blei – ich konnte sie nicht anheben.

Karen zog die Bettdecke über mich, zog sie mir bis ans Kinn hoch, küsste mich auf die Stirn und ließ ihre Lippen dort einige Sekunden verharren.

Ich hörte, wie sich die Tür öffnete und wieder schloss und wie ein Schlüssel umgedreht wurde.

Ich weiß nicht, wie lange sie fort war. Ich bin nur kurz aufgewacht, als sie ins Schlafzimmer zurückkehrte. Sie schloss die Tür hinter sich ab, kam ans Bett und setzte sich zu mir.

»Schlaf«, sagte sie, ohne zu lächeln. »Ich werde über dich wachen. Du bist jetzt in Sicherheit.«

10

Als ich aufwachte, schien die Sonne zum Schlafzimmerfenster herein. Es kostete mich Mühe, wirklich wach zu werden – meine Lider waren wie Blei und fielen immer wieder zu, und mein Hirn fuhr immer wieder ruckzuck runter. Ich setzte mich auf und zwang mich, wach zu bleiben. Ich fühlte mich noch immer benommen und rieb mir Wangen und Stirn, um den Kopf freizubekommen. Dem Stand der Sonne nach musste es schon später Vormittag sein. Ich war allein im Schlafzimmer.

Ich schwang die Beine unter der Bettdecke hervor. Meine Füße waren schmutzig und zerkratzt. Ich starrte sie an und wartete darauf, dass der Nebel aus meinem Kopf verschwand und mein Verstand mir ihren Zustand erklärte. Bilder der vergangenen Nacht tauchten vor mir auf, wahllos durcheinander. Es dauerte eine Weile, bis ich sie sortiert bekam und verstand.

Die Ereignisse der vergangenen Nacht verstörten mich keineswegs. Ich erinnerte mich klar und deutlich an alles und akzeptierte es als Tatsache. Ich fragte mich, wie mein Cottage jetzt wohl aussehen mochte und welcher Schaden entstanden war, und ich hatte vor, hinzugehen und es mir anzusehen, aber ich war nicht besonders aufgebracht. Mein sedierter Verstand folgerte ganz ruhig, dass ich mir wohl ein neues Haus würde suchen müssen.

Karen hatte frische Kleidung auf dem Stuhl am Bett zurechtgelegt: eine Jeans, ein T-Shirt, einen langen Wollpullover und Unterwäsche. Ich brauchte eine Weile, um zu begreifen, dass sie die Sachen für mich bereitgelegt hatte.

Ich erblickte sie durch den Spalt zwischen Küchentür und Angeln. Sie saß am Tisch. George saß auf ihrem Schoß und spielte mit seinem Pterodactylus. Er sah sie ab und zu an, schien aber die Hoffnung auf eine Reaktion aufgegeben zu haben. Sie hielt die Faust an die Lippen gepresst und starrte mit gerunzelter Stirn aus dem Fenster. Sie wirkte abwesend und verstört. Ich sah es, ohne in irgendeiner Weise darauf zu reagieren.

Ich schob die Tür auf und schaute Karen an. Ich merkte, dass mein Gesicht ausdruckslos war. Karen wandte sich mir zu. Sie versuchte zu lächeln, aber ihr stiegen bloß Tränen in die Augen. Sie hob George von ihrem Schoß und setzte ihn ab, stand auf und kam auf mich zu. Sie legte die Arme um mich, zog mich an sich und schmiegte ihre Wange an meine. Sie hielt mich fest umschlungen und wiegte mich sachte. Ihre Wange wurde nass.

Schließlich löste Karen sich von mir und wich ein wenig zurück, ließ aber ihre Hand in meinem Nacken. Die Fingerspitzen ihrer anderen Hand glitten sanft über meine Wangen. Mit den Augen folgte sie ihren Fingern; sie runzelte die Stirn und sah aus, als empfinde sie Schmerz. »Ich liebe dich«, sagte sie ruhig, ohne mir in die Augen blicken zu können.

Sie ließ ihre Hand langsam sinken, ergriff meine und führte mich zum Tisch. »Komm, iss was zum Frühstück«, sagte sie.

Sie nahm George wieder auf ihren Schoß, während ich frühstückte. Ich hatte keinen Appetit. Mein Mund verlangte nicht nach irgendwelchen Aromen. Ich fühlte mich jedoch geschwächt und wusste, dass mein Magen leer war, wie eingefallen. Also aß ich langsam und bedächtig zwei Scheiben Toast und trank eine Tasse Tee dazu.

»Ich werde mir nachher das Cottage ansehen«, sagte ich gleichmütig, als ich mit dem Frühstücken fertig war. »Und dann fahre ich zur Arbeit.«

Karen sah mich mit schmerzlichem Gesichtsausdruck an. »Es ist nicht viel davon übrig«, sagte sie behutsam. »Aber natürlich können wir hingehen und es uns ansehen, wenn du willst.« Sie versuchte zu lächeln. »Niemand erwartet von dir, dass du heute arbeitest, Darling.«

»Ich muss dennoch ins Büro«, erwiderte ich schlicht. »Ich muss die Bilder der Webcam sichern.«

Sie sah mich entgeistert an. »Webcam-Bilder?«

»Nach dem Einbruch habe ich eine kleine Kamera installiert. Sie müsste Bilder von dem Brandstifter gemacht und eine Backup-Kopie an meinen Rechner auf der Arbeit geschickt haben.«

Karen sah perplex aus, erwiderte meinen Blick aber weiterhin. Ich wusste nicht, ob ich meine Worte wiederholen sollte. »Ich muss jedenfalls ins Büro«, sagte ich dann noch einmal.

Sie wandte den Blick ab und schwieg. Plötzlich war sie wie weggetreten; sie ließ den Kopf sinken und schaute zu Boden; ihr Mund war leicht geöffnet. Ich hatte keine Ahnung, was sie dachte oder empfinden mochte. Ich trank noch einen Schluck Tee.

»Was erwartest du auf den Bildern zu sehen?«, fragte sie schließlich.

»Ich glaube, dass Ben das Feuer gelegt hat.«

Sie schaute weiterhin zu Boden, runzelte aber die Stirn. Ich hatte den Eindruck, ihr stand die Verzweiflung ins Gesicht geschrieben.

»Du lässt dir nicht ausreden, dass er es getan hat, stimmt's?« Es war mehr eine Feststellung als eine Frage. Ihr standen die Tränen in den Augen, als sie mich schließlich ansah.

Ich wusste nicht, was ich sagen sollte.

»Na schön«, sagte sie widerstrebend. Sie stand langsam auf, ließ George zu Boden gleiten und stützte ihn, bis er sicher auf den Füßen stand. »Wir können das nicht ewig aufschieben«, fuhr sie fort, und ihre Stimme klang zutiefst bedauernd. »Nicht einmal bis heute Abend«, fügte sie hinzu.

Sie ging ein paar Schritte, als wollte sie aufbrechen, dann blieb sie abrupt stehen und schlug sich die Hand an die Stirn. »Wie dumm von mir«, sagte sie zu sich selbst. Sie wandte sich um und schaute mich an. »Ich wollte dich mit dem Wagen hinfahren«, erklärte sie und schien über sich selbst erschrocken.

Ich musste schlucken. Ich ließ ihre Worte sacken und wartete auf die übliche Panikattacke. Sie kam nicht. Auch dieser Angst gegenüber war ich wie taub.

»Ich glaube, das wäre in Ordnung«, erwiderte ich dann. »Ich meine, wenn du mich hinfahren würdest.«

Ich schlief fast den ganzen Weg über. Ich wachte auf, als mein Kopf, der am kalten Fenster der Beifahrertür lehnte, durchgerüttelt wurde, weil die Straße so holperig war. Das Fenster war von meinem Atem beschlagen. Draußen war es grau, ein fortwährender Nieselregen ging nieder. Die Scheibenwischer wischten ihn regelmäßig fort. Es sah nach einem kalten, trüben Tag aus.

Ich beobachtete Karen beim Autofahren; ihre schlanken Arme und eleganten Hände führten Bewegungen aus, die mir nicht vertraut waren, sie drehten das Lenkrad, betätigten die leisen Blinker. Ich drehte mich um und sah nach George. Er saß in seinem Kindersitz auf der Rückbank. Er war sehr still an diesem Tag.

Karen bog auf den Parkplatz vor meinem Büro ein und parkte ein gutes Stück vom Eingang entfernt. Sie löste ihren Sicherheitsgurt, nachdem sie den Motor abgestellt hatte.

»Willst du mit reinkommen?« Ich fand, ich müsste fragen, aber dann war ich unsicher, ob das richtig gewesen war.

Karens Lippen zuckten. Sie sah mich bedrückt an und schüttelte den Kopf. »Nein, ich warte hier.«

Ich schickte mich an, die Tür zu öffnen, als sie unvermittelt meine Hand ergriff. »Warte«, sagte sie leise, »warte noch einen Augenblick.«

Sie drückte meine Hand, streichelte sie mit dem Daumen und musterte sie, als hätte sie sie noch nie zuvor gesehen. Dann hob sie sie an ihr Gesicht und presste ihre Lippen auf meinen Handrücken. Sie schloss die Augen, während sie meine Hand noch einen Moment hielt; dann legte sie sie sachte auf mein Knie.

»Okay«, sagte sie und ließ mich gehen.

Die letzten Bilder, die mein Computer geschickt hatte, waren von 23.25 Uhr. Ich öffnete das Allerletzte, um nachzusehen, ob das Feuer darauf war. Es war merkwürdig, die vertraute Küche meines Cottage in Flammen zu sehen. Das Bild zeigte fast nur Weiß, das Feuer war in vollem Gange, als die Kamera das letzte Bild aufgenommen hatte, ehe sie geschmolzen war. Ich kopierte die letzten dreißig Minuten der Aufnahmen und lud sie in ein Media-Player-Programm.

Die Küche erschien ganz normal, eine statische Serie von grauen Bildern. Es war komisch, sich vorzustellen, dass es sie nicht mehr gab. Ich beobachtete die unveränderte Szenerie ungefähr eine Minute lang, bevor ich den Cursor ein Stück weiterzog. Die Küche erschien weiterhin unverändert grau, und dann explodierte das Bild in Weiß, als ich zu schnell voranging. Ich hielt inne und zog den Cursor zurück bis zu der Stelle, kurz bevor das Feuer ausbrach. Ich klickte auf das nächste Bild und schaute mir eine Aufnahme nach der anderen an.

Eine Gestalt erschien an der Eingangstür. Ich konnte sie nicht näher ausmachen. Es war mehr ein Schatten. Ich klickte weiter. Auf der nächsten Aufnahme war der Briefschlitz geöffnet, und auf den Bodenfliesen war eine dunkle Flüssigkeit zu erkennen. Auf dem nächsten Bild war alles wie zuvor, nur der Briefschlitz war geschlossen. Zwei oder drei Bilder weiter überblendete ein aufflammendes Licht das Zentrum des Bildes. Das Licht reichte bis zur Tür hoch, und ich konnte keine weiteren Details daneben erkennen, als ich den oberen Ausschnitt vergrößerte. Ich klickte weiter.

Dann sah ich ein Gesicht. Auf der nächsten Aufnahme war es ziemlich klar zu erkennen. Die Flammen waren zusammengesunken und begannen nun unten an den Küchenschränken zu züngeln und brannten sich durch die Fußmatte an der Tür. Das Gesicht war nicht dort gewesen, wo ich danach gesucht hatte. Der Bereich, den ich vergrößert hatte, war zu weit oben an der Tür. Das Gesicht war aber ein gutes Stück darunter. Große Augen betrachteten die Flammen, ehrfürchtig sahen sie zu, wie das Feuer sich ausbreitete. Das Gesicht lächelte. Ich hatte Sophia noch nie so zufrieden gesehen.

Ich war schockiert, ohne es jedoch zu spüren. Ich starrte reglos auf das Bild. Langsam begann die Realität einzusickern, mein Verstand knüpfte Verbindungen, die Wahrheit brach, als sie sich unverhüllt zeigte, mit solcher Klarheit ein, dass ich sie nicht leugnen konnte.

Alles passte zusammen. Man erkennt die Wahrheit, wenn man ihr begegnet. Sophia hatte die Zeit gehabt. Ich konnte mir vorstellen, dass sie mich giftig genug hasste, um meinem Ebenbild Schnittwunden zuzufügen und mir die Puppe voller Häme vor die Tür zu legen. Ich zweifelte nicht daran, dass sie wünschte, ich wäre in den Flammen im Cottage ums Leben gekommen.

Sie musste die Zuneigung, die ihre Mutter für mich empfand, wahrgenommen haben, noch ehe Karen sich ihrer bewusst geworden war. Sie hatte das Loch auf dem Pfad gegraben, damit ich mich verletzte und nicht länger am Haus vorbeilief. Es entbehrte nicht einer gewissen Ironie, die ich trotz meiner inneren Taubheit genoss. Es musste ziemlich frustrierend für sie sein, wie die Dinge sich entwickelt hatten. Fast alles, was sie unternommen hatte, mitsamt meiner Reaktion darauf, hatte Karen und mich näher zusammengebracht, hatte mich bei ihr Zuflucht suchen lassen. Schlimmer hätte es sich für Sophia nicht entwickeln können. Bis jetzt.

Ich starrte das Foto an und fragte mich, was nun passieren würde. Ich spielte jedes nur denkbare Szenario durch. Trotz meines Zustands ließ ich mich von der Vernunft leiten und konnte mir jede Zukunftsgeschichte ohne gefühlsmäßige Verstrickung vorstellen – ich konnte mir die Gefühle der anderen vorstellen, ihre Schuldgefühle, ihre gefühlsmäßigen Bindungen, ohne von meinen eigenen Emotionen abgelenkt zu sein.

Ich gelangte ohne Mühe zu meiner Schlussfolgerung, wusste aber, dass ich sie später als peinigend erleben würde. Ich fuhr mit dem Cursor über die Backup-Bilder, markierte sie allesamt und drückte die Löschtaste.

Ich sagte nichts zu Karen, als ich wieder im Auto saß. Ich sah sie schweigend einen Moment an. Mehr war nicht nötig, um ihren Verdacht zu bestätigen. Sie wandte sich ab und schlug die Hände vors Gesicht. Ich sah dennoch, wie sich ihr Mund öffnete; ihre Mundwinkel gingen nach unten, als würden sie gezogen; ein Tropfen Speichel begann einen Faden zu ziehen. Karen fing an zu zittern und zu zucken, und sie atmete laut schluchzend tief ein, so dass ihre Brust bebte.

Ich wandte den Blick ab. Ich empfand nicht das Geringste.

KAPITEL 6

1

Sie beobachteten mich. Sie hatten nie aufgehört, mich zu beobachten. Ich konnte den Kopf nicht heben, um ihre Blicke über die Regale im Supermarkt hinweg aufzufangen. Ich starrte auf das Regal vor mir, schaute auf die Konservendosen mit Saucen, Suppen und Bohnen. Ich konnte mich nicht entscheiden, was ich nehmen sollte. Ich hatte dieser Tage keinen großen Appetit. Ich schlich niedergedrückt hinter den Regalen entlang, spürte den Druck auf meiner Brust wie jeden Tag und wünschte, ich könnte mich zusammenrollen, mich im Regal verkriechen und schlafen.

Ich atmete aus, ergriff irgendeine x-beliebige Konserve und legte sie in meinen Einkaufskorb.

»Haus abgebrannt«, hörte ich jemanden am anderen Ende des Ladens leise sagen.

»Wirklich traurig. Hat alles verloren«, erwiderte eine andere Stimme, die belegt klang vor Mitleid.

Sie hatten nicht die leiseste Ahnung.

An der Kasse bezahlte ich in bar. Ich streckte die Hand aus, reichte stumm einen Geldschein hinüber. Mittelalte aufgedunsene Finger ergriffen ihn und reichten mir einige Münzen zurück. Ich hatte nicht die Energie, den Kopf zu heben, um die Frau an der Kasse anzusehen. Sie hätte erwartet, dass ich lächelte, dass ich mich für das Wechselgeld bedankte und zu verstehen gab, dass ich wusste, dass sie wusste, wer ich war. Ich verstaute die Konserven in meinem Rucksack und ging zur Tür hinaus, den Blick auf meine Füße geheftet.

Ich war in das Haus in der Nähe von Ben gezogen. Es lag nur ein paar hundert Meter vom Supermarkt entfernt. Ich war innerhalb von fünf Minuten zu Hause; es war nicht einmal weit genug, um ins Schwitzen zu geraten und vom Adrenalin belebt zu werden.

Ich öffnete die Tür zu meinem neuen Backsteinhaus, trat ein und warf die Schlüssel auf den mit Laminat ausgelegten Boden. Das Echo hallte von den nackten weißen Wänden wider. Ich hatte wenige Besitztümer außer denen, die Ben zusammengetragen hatte, als ich einige Wochen zuvor eingezogen war.

In der Küche befanden sich ein neuer Wasserkessel, zwei Kaffeebecher, zwei Teller, zwei Sets Besteck. Ben hatte seine Sachen geteilt, um mir auszuhelfen. Das Esszimmer stand komplett leer, die Tür blieb stets geschlossen. Bens altes Sofa und sein tragbarer Fernseher befanden sich im Wohnzimmer. Dort verbrachte ich fast den ganzen Tag. Ich ging kaum jemals nach oben. Dort lag zwar eine Matratze auf dem Boden im Schlafzimmer, aber für gewöhnlich schlief ich in den frühen Morgenstunden vor dem Fernseher ein.

Ich stellte meinen Rucksack im Wohnzimmer auf den Boden, setzte mich aufs Sofa und stellte aus lauter Gewohnheit den Fernseher an. Ich heftete den Blick auf den Bildschirm. Es liefen Nachrichten. Ich verfolgte die Bilder der letzten Katastrophe, ohne jedoch wirklich etwas aufzunehmen.

Von der Arbeit war ich freigestellt worden. Der Arzt hatte geradezu darauf gedrängt, dass ich eine Auszeit nahm. Ich war nicht sicher, ob das wirklich das Beste für mich war. Mein Tag hatte wenig Struktur. Hätte ich die Vorhänge zugezogen gehalten und sämtliche Uhren fortgeräumt, dann hätte sich das kaum auf meinen Tagesablauf ausgewirkt. Ich verbrachte Stunden vor dem Fernseher und verschlief mehr und mehr davon. Je weniger ich unternahm, desto lethargischer wurde ich.

Ich ging nicht mehr joggen. Allein der Gedanke an meine alte Laufstrecke, die an Karens Haus vorbeiführte, stimmte mich traurig und bewirkte, dass mir kalte Tränen aus den Augen rannen. Aus meinen Beinen wich jegliche Energie, und ich begann zu zittern, ehe ich auch nur einen Schritt aus dem Haus gesetzt hatte.

Eines Tages sah ich Karen in Pennance. Sie kam anscheinend selten in den Ort. Diesmal hielt sie vor dem Postamt, als ich gerade vom Supermarkt kam. Ich war schon auf der anderen Seite des Dorfangers, als sie in ihrem Wagen vorfuhr. Sie bemerkte mich nicht, als sie ausstieg. Ich stand einfach da, zwei Einkaufstaschen in den Händen, und starrte den Wagen an.

Ich sah Sophia auf dem Beifahrersitz. Sie telefonierte mit ihrem pinkfarbenen Handy, lachte über etwas, das wohl jemand zu ihr sagte. Sie bemerkte nicht, dass ich zu ihr hinüberschaute. Ich erblickte Georges Gestalt auf dem Rücksitz. Er saß in der Mitte, im Dunkeln. Ich konnte ihn nicht klar erkennen, weil die Scheibe von innen beschlagen war. Er schien sich nicht zu rühren, saß einfach still da. Ich hätte gern gewusst, wie es ihm ging, ob er den Pterodactylus, den ich ihm geschenkt hatte, immer noch mochte.

Ich wusste, dass es Zeit war zu gehen, aber ich konnte mich nicht von der Stelle rühren. Ich spürte, wie mich das Gewicht meiner Einkäufe lähmte, spürte, dass meine Beine steif und unbeweglich waren, meine Augen auf den Wagen geheftet. Mein Körper zuckte nur kurz, als Karen aus dem Postamt trat.

Ich kam mir idiotisch vor, wie ich ohne Hoffnung auf ihr Auto und ihren Sohn starrte. Ich konnte meinen Blick nicht abwenden, als sie mich ansah, nur flüchtig, den Blick nicht wirklich fokussiert, und mir ein halbes Lächeln schenkte, die Mundwinkel kaum verzogen – es war dieser abwesende Blick, mit dem sie mich am Anfang unserer Bekanntschaft bedacht hatte. Er erforderte es nicht einmal, auf ihrem Weg von der Post bis zum Auto innezuhalten. Sie schaute sich auch nicht noch einmal um, als sie losfuhr. Das hätte ich gesehen. Ich blieb wie angewurzelt stehen, während ihr Wagen davonfuhr, in die Straße zum Meer einbog und hinter den letzten Häusern verschwand.

2

Eines Tages trat ich aus dem Haus. Ich hatte jedes Zeitgefühl verloren, und draußen war es dunkel. Es war Vollmond, wohl der zweite nach dem Brand, und vermutlich war es früher Morgen. Alles war frostbedeckt, und die Straße und die Häuser glitzerten im orangefarbenen Licht der Laternen.

Es war friedlich. Kein Mensch war weit und breit zu sehen. Ich trat aus der Sackgasse heraus. Es tat gut, nicht die Augen senken zu müssen, um den neugierig-mitleidigen Blicken der Leute auszuweichen. Da war keine Menschenseele, die mein Tun und Lassen ausspionierte oder über mich redete.

Ich blieb einen Augenblick stehen, als ich den Dorfanger erreichte. Es war still. Ich konnte das Meer hören. Ich hatte es noch nie zuvor in Pennance gehört. Stets hatte eine Geräuschkulisse sein fernes Rauschen übertönt – das Lärmen von Autos, das Sirren der Klimaanlagen an den Geschäften, Menschen, die sich miteinander unterhielten.

Ich setzte meinen Weg fort, aus dem Ort hinaus, den vertrauten Weg entlang zum Cottage.

Das Mondlicht war hell, es wurde von den frostüberzogenen Feldern zurückgeworfen. Ich konnte ziemlich gut sehen in diesem Licht. Mein Schatten war lang und dünn und zog sich in einem spitzen Winkel über die Straße und die Hecke hinauf.

Die Schafe ruhten auf den Weiden, die Köpfe steif erhoben, als wären sie an Ort und Stelle festgefroren. Sie regten sich nicht, als ich an ihnen vorbeikam.

Ich hatte das Cottage nicht mehr gesehen, seit die Polizei das Absperrband entfernt hatte und es freigegeben war. Ich betrachtete das ausgebrannte Gerippe, ließ meinen Augen Zeit, sich an das dämmrige Licht unter den Bäumen zu gewöhnen. Dann näherte ich mich dem gähnenden schwarzen Loch, das einst die Eingangstür gewesen war, und lehnte mich in den Türrahmen. Er fühlte sich kalt und klebrig an. Ich schaute auf meine Hand und zerrieb den feuchten, schmierigen Ruß, der sich dunkel auf meinen bleichen Händen abzeichnete, zwischen Daumen und Fingern.

Ich beugte mich vor und schaute hinein. Das Dach und das obere Stockwerk waren eingestürzt. Die verbrannten Überreste des Schlafzimmers lagen dort, wo einst die Küche gewesen war. Ich wagte es nicht einzutreten. Ich konnte den Boden nicht klar genug erkennen, um meine Schritte sicher zu setzen, und ich musste die Lage auch nicht gründlicher untersuchen, um zu erkennen, dass Bens Beschreibung akkurat gewesen war. Es war nichts vom Cottage übrig, nichts von meinen Besitztümern.

Von Jake keine Spur. All seine Kleidungsstücke, die im Schrank gewesen waren, all seine alten Schulbücher in den grauen Kisten, sein Schuhkarton mit den Fotos – alles war eingeäschert worden. Es war schwer, sich ihn in diesem leeren schwarzen Gerippe, das einst unser Zuhause gewesen war, vorzustellen. Nun bereute ich es, seine Sachen nicht aussortiert zu haben. Ich besaß nichts, das mich an ihn erinnern würde. Ich wollte nicht, dass meine Erinnerung an das Foto, das ihn in den Alpen zeigte, verblasste. Ich versuchte, mich ganz genau daran zu erinnern, während ich da stand – ich wollte es in mein Gedächtnis einmeißeln, um zu verhindern, dass es seine Detailtreue verlor.

Ich hatte immer vorgehabt, Jakes Sachen zwischen Ben und Margaret aufzuteilen. Ich selbst hätte nur wenige Dinge behalten. Aber sie hätten vermutlich die Fotos haben wollen.

»Es tut mir leid«, sagte ich laut, um mich bei ihm zu entschuldigen. Aber ich hatte nicht das Gefühl, dass er das Cottage noch heimsuchte, und ich glaubte nicht, dass er mich hörte.

Ich vermisste das Cottage ganz und gar nicht. Es tat mir leid, dass es abgebrannt war, so wie es mir um jedes andere alte Haus leidgetan hätte, aber ich empfand kein heftiges Verlustgefühl beim Anblick seiner Zerstörung. Ich war dort so unglücklich gewesen, dass der Gedanke, dort nicht mehr wohnen zu können, beinahe eine Erleichterung war. Doch ich vermisste das Rauschen der Meeresbrandung. Ich merkte, wie ich dem Weg folgte – dem Ruf der zurückweichenden und erneut heranrollenden Brandung.

Ich ging langsam unter den Bäumen hindurch, bis der Weg breiter wurde und das Tal sich zum Gutshaus hin weitete. Ich schaute auf die silberfarbene See hinaus, die im Mondlicht glitzerte. Ich schloss die Augen, atmete im Einklang mit der Brandung, und die frische Luft erfüllte meine Lungen in kühlen Wogen.

Ich öffnete die Augen wieder und drehte mich zum Haus um. Ich wollte mich vergewissern, dass mich niemand sah. Die Fenster waren dunkel, das bleiche Antlitz des Hauses schlief still. Ich schaute zu Karens Schlafzimmer hinauf. Ich sah sie klar vor mir, wie sie unter dem weißen Deckbett lag und schlief, den Morgenmantel über die Rücklehne des Stuhls geworfen, der neben ihrem Bett stand. Ich stellte mir ihr bleiches entspanntes Gesicht vor, beschienen vom Mondlicht, eine dunkle Haarsträhne, die sich über ihre Wange zog. Ich konnte mich noch immer an ihren Geruch erinnern, daran, wie ich mich an sie presste; konnte ihre Wärme an meinem Gesicht spüren, ihren Duft einatmen.

Mir wurde eng in der Brust, und meine Stirn legte sich in Falten. Ich durfte nicht zu oft in diesen Bildern schwelgen und meine Erinnerung an sie in die Gegenwart übertragen. Erst trösteten die Bilder mich, dann erstickten sie mich und machten meinen Verlust so spürbar wie am Anfang.

Wieder schaute ich zum Haus hinüber, nahm seine Einzelheiten in mich auf – die Anzahl der Fenster, die Pflanzen, die draußen an der Eingangstür standen. Ich hatte nicht vor wiederzukommen, nachdem ich das Cottage nun gesehen hatte. Es war zu schmerzlich, so nah bei Karen zu sein. Vielleicht würde ich der Versuchung eines Tages doch nicht widerstehen können, an ihre Tür zu hämmern, sie anzuflehen, mich einzulassen, trotz aller Probleme, die das mit sich brächte.

Ich wandte mich ab und holte tief Luft. Meine Augen waren feucht geworden – eisig kalte Tränen rannen mir über die Wangen. Ich wischte sie hastig weg, als wollte ich sie vor beobachtenden Blicken verbergen.

Ich hielt die quälende Umgebung nicht länger aus. Ich machte kehrt und ging den Weg zurück ins Dorf, ohne mich noch einmal umzuschauen. Mittlerweile war ich schweißgebadet und spürte die Anstrengung in meiner Brust.

Als ich den Dorfanger erreichte, hielt ich einen Moment inne, um Atem zu schöpfen. Gegenüber der Post, am Ende der Grünfläche, befand sich Jakes Gedenkbank. Ich lachte, als ich sie sah. Ich hatte nicht mitbekommen, dass Margaret sie gekauft und hatte aufstellen lassen. Ich hatte Margaret seit dem Brand kaum gesehen. Vermutlich hatte ich das Ben zu verdanken – er musste ihre Besuche unterbunden haben.

Als ich mich Margarets Gedenkstätte jetzt näherte, musste ich lächeln. Es war nun das Einzige, was mich noch an Jake erinnerte. Und das Komische war, dass ich mir vorstellen konnte, wie er dort saß. Jetzt, wo das Cottage abgebrannt war, konnte ich mir vorstellen, wie er stattdessen nun den Dorfanger heimsuchte und sich von seinen geisterhaften Streifzügen auf der Bank ausruhte.

Sie sah frisch und grau aus im Mondlicht. Ich wischte die Reifkristalle von der Sitzfläche und nahm Platz. Die Kälte durchdrang meine Hose auf der Stelle. Ich legte den Arm auf die Rückenlehne und berührte die glänzende Plakette. *Jake Arundell – vielgeliebt.* Ich verfolgte den Schriftzug seines Namens, zeichnete ihn nach.

Wieder lächelte ich. Ich fragte mich amüsiert, ob er Rat gewusst hätte: Wie erholte man sich davon, dass Karen einem das Herz gebrochen hatte? Mir fiel es schwer, mir die beiden als Paar vorzustellen. Ich wusste, dass es sehr lange her war und dass Menschen sich änderten. Ich hätte gern gewusst, wie Jake in dem Alter gewesen war, als er Karen begegnete. Plötzlich vermisste ich ihn. Ich wollte mit ihm reden. Ich vermisste seine Gesellschaft.

Es entsprang nicht meinen Schuldgefühlen. Ich vermisste ihn nicht aus reinem Pflichtgefühl. Ich wollte mit ihm reden. Ich wollte seinen Rat hören. Ich wollte mit ihm lachen. Ich wollte darüber lachen, welche Ironie darin steckte, dass ich mich in dieselbe Frau verliebt hatte wie er. Ich wollte, dass er meine Hand nahm und drückte, dass er sich mir zuwandte und lachte, dass seine fassbreite Brust sich hob und senkte, während er mit seiner tröstlichen tiefen Stimme mit mir redete.

»Ich vermisse dich, Jake Arundell!«, sagte ich liebevoll und zeichnete noch einmal seinen Namen nach. »Ich vermisse dich wirklich.«

3

Ich hatte bereits beschlossen, Pennance zu verlassen, als sie an einem Sonntag anrief, an dem ich mit Ben zum Lunch verabredet war. »Hallo?«, meldete ich mich zögerlich.

»Hi!«

Ich wusste sofort, dass sie es war – ihre Stimme war selbst am Telefon klar zu erkennen. Sie hatte bloß ein Wort gesagt, aber es enthielt enorm viel Bedauern und Schmerz, während ihre Stimme ruhig klang, beinahe entschuldigend.

»Hi!«, erwiderte ich schlicht. Ich war innerlich erstarrt, als ich ihre Stimme vernommen hatte – die Erinnerung an das, was ich verloren hatte, schnitt mir ins Herz. Wir schwiegen beide. Ich hörte nichts als das Rauschen der Telefonleitung.

»Wie geht es dir?«, fragte sie schließlich. Sie versuchte, höflich zu klingen, als sei ihre Frage eine reine Formalität, nicht tiefschürfend gemeint, aber ich hörte dennoch, dass sie wirklich wissen wollte, wie es um mich bestellt war. Ich fragte mich, ob sie wusste, wie sehr ich sie vermisst hatte. Ich fragte mich, ob sie hören wollte, wie sehr ich sie vermisste.

»Mir geht es gut, danke«, antwortete ich ruhig einen Augenblick später. Meine Stimme drohte zu versagen. Ich schluckte den Kloß in meiner Kehle hinunter.

»Ich habe mich gefragt, ob du Lust hättest, heute zum Mittagessen zu kommen«, fuhr sie freundlich fort. Sie klang zögernd, beinahe verlegen.

Das war eine Überraschung. Damit hatte ich nicht gerechnet, auch wenn ich ihren Anruf ersehnt hatte – auch wenn ich gewusst hatte, dass sie nicht anrufen konnte, nicht anrufen sollte.

»Es sind nur George und ich da«, fügte sie hinzu. Und dann leise: »Wir vermissen dich sehr.«

Es war zu viel. Ich musste die Hand über das Telefon legen, damit sie nicht hörte, wie mein Atem harsch wurde, weil mir die Tränen liefen. Ich schniefte und räusperte mich und blinzelte die Tränen zurück, bevor ich erneut ansetzte zu sprechen.

»Ich ... ich kann heute nicht, tut mir leid. Ich bin mit Ben verabredet«, sagte ich, innerlich bebend.

»Von uns aus kannst du auch ein andermal kommen, wenn es dir heute nicht passt«, erwiderte sie leise. »Uns ist jeder Tag recht.«

Ich schlug die Hand vor den Mund. Ich sah sie vor mir, wie sie die Tür öffnete, die Arme ausstreckte, um mich zu begrüßen. Wäre ich in der Lage, ihre Umarmung einfach zu erwidern, ohne zusammenzubrechen, ohne sie zu bedrängen? Wäre ich in der Lage, mit ihr zusammenzusitzen, ein angenehmes Beisammensein, während mir das Herz brach, wenn ich einsehen musste, dass ich niemals die Hand nach ihr ausstrecken durfte, um sie zu berühren, dass ich mich niemals vorbeugen und ihren Nacken küssen durfte, dort, wo ihr T-Shirt verrutscht war?

Ich holte tief Luft, von einem Schluchzen geschüttelt. »Ich ... ich glaube nicht, dass das eine gute Idee ist. Ich ... es tut mir leid, ich kann nicht.« Ich legte auf, ehe mein Schmerz unüberhörbar wurde und hatte das Gespräch damit abrupt beendet.

Meine Reaktion enttäuschte mich. Ich war davon ausgegangen, dass es mir möglich sein würde, mit ihr wie mit einer Freundin zu sprechen. Ich hatte mir vorgestellt, ihr herzlich zu begegnen, voller Freude, mit ihr zusammenzusein, wenn sie das wollte und Sophia nicht da war. Ich hatte gedacht, ich wäre in der Lage, meinen Schmerz unter Kontrolle zu halten, um ihre Freundschaft weiterhin genießen zu können.

Aber dann empfand ich ein überwältigendes Verlustgefühl, als ich ihre Stimme vernahm, ihre ruhigen Worte, die in mich drangen und mich marterten. Ich wollte sie. Ich wollte mit ihr zusammensein und konnte an nichts anderes denken, als ich ihre

Stimme hörte. Mein Körper sehnte sich schmerzlich danach, sie in den Armen zu halten, bei ihr zu liegen, sie nah bei mir zu haben, die Wärme ihrer Haut an meiner zu spüren. Nichts anderes wollte ich. Ich konnte mir nicht vorstellen, jemals etwas anderes zu wollen als sie. Ich hätte schreien können vor Frustration.

Später schickte sie mir eine SMS. »Bitte ruf an, falls du es dir anders überlegst. Ich verstehe, wenn du es nicht möchtest. Love, K.« Ich starrte auf die Nachricht. Ich klickte sie weg. Dann öffnete ich sie wieder, um sie noch einmal zu lesen – um noch einmal zu lesen, wie sie mit »Love« geendet hatte. Ich schüttelte den Kopf, spürte, wie jedes Mal, wenn ich sie erneut las, Tränen in mir aufstiegen und ein unerträgliches Verlangen.

»Alles in Ordnung?«, fragte Ben besorgt.

Ich war offenbar noch sichtlich aufgewühlt, als er kam. Ich nickte und erwiderte, er brauche sich keine Sorgen zu machen, schnappte mir meinen Schlüssel und schloss die Haustür hinter mir.

Er hakte sich bei mir unter, und gemeinsam gingen wir in Richtung Dorfanger. »Du siehst nicht so aus, als wäre alles in Ordnung«, sagte er stirnrunzelnd.

»Doch, es geht mir gut.« Ich versuchte zu lächeln. »Karen hat angerufen, das ist alles«, fügte ich ein wenig verlegen hinzu.

»Was hat sie gesagt?«, fragte er nach einer kurzen Pause.

»Nicht viel. Ich ... ich konnte nicht mit ihr sprechen. Ich habe aufgelegt.« Wieder drohte meine Stimme zu versagen.

Ben sagte nichts. Er schaute mich freundlich an, schürzte die Lippen und versuchte dann, stoisch zu lächeln.

Wir saßen in einer gemütlichen Nische im hinteren Teil des Pubs. Es war ziemlich viel los an dem Tag. Anscheinend brauchten alle einen warmen Sonntagslunch zur Aufmunterung. Ben trank seinen Pint und studierte die Speisekarte. Ich hatte den Blick auf meine geheftet und las sie wieder und wieder, ohne irgendwas zu erfassen.

»Hast du die Bank am Dorfanger gesehen?«, fragte er beiläufig, den Blick immer noch auf die Speisekarte gerichtet. »Gefällt sie dir?«

Ich brauchte einen Augenblick, ehe ich begriff, was er meinte. »Oh, ja. Ja, sie gefällt mir, tatsächlich«, erwiderte ich lächelnd. »Sie hat mich neulich an ihn erinnert. Das war gut – gut, sich an ihn zu erinnern.«

Ben lächelte mich zustimmend an.

Dann schwiegen wir wieder und studierten erneut die Speisekarten.

»Und – was nimmst du?«, fragte Ben.

Ich konnte keinen klaren Gedanken fassen. Ich war nicht einmal hungrig. Ich atmete tief ein und aus. »Ich weiß nicht. Was nimmst du?« Ich legte die Speisekarte auf den Tisch.

»Ich nehme Roastbeef«, sagte er und lächelte voller Vorfreude bei dem Gedanken an sein Mittagessen.

»Dann nehme ich das auch.« Ich wollte Ben nicht länger warten lassen.

Ich hielt den Blick noch immer gesenkt, als Ben die Bestellung am Tresen aufgegeben hatte und zum Tisch zurückkehrte. Er wedelte mit der Hand vor meiner Nase, um mich aus meiner Abwesenheit zu holen.

»Entschuldige«, sagte ich und lächelte.

Er erwiderte nichts, sondern wartete geduldig, ob ich weiterreden würde.

»Ich glaube, ich sollte umziehen«, fuhr ich fort. »Ich glaube, ich sollte fortziehen.«

Er schaute mich überrascht und gleichzeitig enttäuscht an, ließ mich aber weiterreden.

»Hier ist einfach alles zu schmerzlich«, sagte ich und wandte den Blick ab. »Du bist das Einzige, was mich hier noch hält«, fügte ich hinzu, denn seine freundliche Zuwendung in den vergangenen Wochen verdiente Anerkennung.

Er nickte und senkte den Blick. »Wohin willst du gehen?«

»Ich weiß nicht. Erst mal für eine Weile nach London. Dann sehe ich weiter.«

»Nicht nach London. Du liebst die freie Natur«, wandte er ein, aber dann biss er sich auf die Zunge und lächelte resigniert.

Ich versuchte sein Lächeln zu erwidern. Ich trank einen Schluck, um das Schweigen zwischen uns zu füllen. Ben sah unbehaglich drein, beinahe verschüchtert. Er machte den Eindruck, als wollte er etwas sagen, wüsste aber nicht, ob er sich trauen sollte. Er beugte sich vor, langte über den Tisch, ergriff meine Hand und hielt sie einen Augenblick. Er schaute mir in die Augen und drückte meine Hand; dann ließ er sie los und lehnte sich wieder zurück.

»Ich habe Karen neulich gesehen«, sagte er.

Ich zuckte innerlich zusammen, als ich ihn ihren Namen aussprechen hörte, und versuchte, mich zusammenzunehmen. Ich nickte nur, um ihn zum Weiterreden zu ermuntern.

»Die Scheidung ist jetzt durch. Klang, als wäre es ziemlich unerfreulich gewesen. Sie hat das zwar nicht direkt gesagt, aber ich kann mir kaum vorstellen, dass ihr Mann es ihr leichtgemacht hat.«

Ich nickte wieder. Ich wollte mir nicht vorstellen, wie aufgebracht Karen vielleicht gewesen war oder wie ihr Mann sie behandelt haben mochte. Es hätte mich sofort in Tränen ausbrechen lassen.

»David hat das Sorgerecht für Sophia«, fuhr Ben beiläufig fort, ergriff sein Glas und trank einen Schluck.

Mein Mund öffnete sich ein wenig, meine Gedanken galoppierten davon. Ich schaute Ben an.

»Geht es ihr gut? Ist es in Ordnung für sie, Sophia nicht mehr bei sich zu haben?« Ich musste einfach danach fragen.

Ben zuckte die Achseln. »Ich würde nicht sagen, dass sie glücklich darüber ist. Eher resigniert, schätze ich.« Er hob den Blick und schaute in die Ferne. »Sie schien es für das Beste zu halten. Besser für George auf jeden Fall, hat sie, glaube ich, gesagt. Ich vermute, da hat's wohl Probleme gegeben«, meinte er und sah mich fragend an.

Ich konnte nichts darauf erwidern. Mein Herz schlug so heftig, dass sich meine Hand instinktiv auf meine Brust legte, um es zu beruhigen. Ich musste mich von Ben abwenden. Meine Augen weiteten sich, mein Gesicht wurde heiß, und ich spürte, wie ich rot wurde, als ich mir erlaubte, in all den Möglichkeiten zu schwelgen, die sich damit eröffnet hatten.

Was hatte sie an diesem Morgen, als sie mich anrief, im Sinn gehabt? Wollte sie, dass wir Freundinnen waren, weil die Vergangenheit für alles andere zu schmerzlich war? Oder empfand sie noch dasselbe für mich wie vor dem Brandanschlag? Meine Gedanken überschlugen sich.

Ich sah Ben an. Meine Beine zuckten vor Ungeduld – sie wollten loslaufen, damit ich zu Karen kam.

Ben lächelte resigniert. »Ich werde dein Essen abbestellen.«

Ich sprang auf, beugte mich über den Tisch und küsste ihn auf die Stirn. Ich nahm sein Gesicht in beide Hände. »Danke«, sagte ich und begriff, was ihn seine Worte gekostet hatten.

Ich musste mich davon abhalten, den Weg zum Gutshaus rennend zurückzulegen. Meine Beine fühlten sich leicht an und zitterten. Es kam mir vor, als hätte ich kaum noch Kontrolle über sie. Ich musste meine Gefühle im Zaum halten, durfte nicht zulassen, dass die Hoffnung mich überwältigte. Ich musste ihr ruhig und vernünftig gegenübertreten, damit ich akzeptieren konnte, was sie von mir wollte.

Ich sah, dass meine Hand zitterte, als ich die Türklingel betätigte. Ich trat zwei Schritte von der Tür zurück, um nicht so nah vor ihr zu stehen, dass sie meine unterschwelligen Gefühle erkannte. Ich musste mich zwingen, ruhig zu atmen, als ich hörte, wie sich ihre Schritte näherten.

Ich hatte meine Rede parat, meine Ausflüchte. Ich sei zufällig vorbeigekommen und hätte mir überlegt, ihre Einladung, bei Gelegenheit zum Lunch zu kommen, doch anzunehmen. Ich holte tief Luft, um gleich loszulegen, als sie die Tür öffnete.

Ich brachte kein Wort heraus, als ich sie erblickte. Ich spürte, wie meine Miene sich änderte. Ich spürte, dass mein Gesicht voller Hoffnung war, als ich sie ansah. Dann brach ich innerlich zusammen bei dem Gedanken, dass es hoffnungslos war, und ich musste den Blick senken, denn ich war nicht in der Lage, ihrer Ablehnung zu begegnen.

Aus den Augenwinkeln sah ich, dass sie auf mich zu trat. Ich sah, wie ihr Körper sich näherte, als sie die Arme hob und mir um die Schultern legte. Ich spürte ihre Wärme, als sie mich umfing. Sie zog meinen Kopf an ihre Brust und hielt mich unter ihrem Kinn geborgen. Als sie mein Gesicht zu ihrem hob, hielt ich die Augen geschlossen – ich konnte sie nicht ansehen – ich hatte Angst, was ich erblicken würde. Ich spürte, wie ihre weichen Lippen meine Wangen küssten, meine Tränen und dann mein ganzes Gesicht.

Die englische Originalausgabe erschien unter dem Titel *Pennance*.

Ashton, Clare: *Rückkehr ins Leben* / Roman
Aus dem Englischen von Andrea Krug
ISBN 978-3-95917-003-1

1. Auflage 2016
Umschlag: Grafikbüro Schadenberg, Berlin, unter Verwendung eines Fotos von Alixx Morrigan, Chymorgen, Botallack/St. Just
Satz: Winfried Brand, Erftstadt
Druck: CPI – Clausen & Bosse, Leck